Bolatudeyeyan

柏拉图的夜宴

武斌◎著

沈阳出版发行集团
沈阳出版社

图书在版编目（CIP）数据

柏拉图的夜宴 / 武斌著 . -- 沈阳：沈阳出版社，2021.4

ISBN 978-7-5716-1607-6

Ⅰ.①柏… Ⅱ.①武… Ⅲ.①随笔—作品集—中国—当代 Ⅳ.①I267.1

中国版本图书馆 CIP 数据核字（2021）第043992号

出版发行：沈阳出版发行集团|沈阳出版社
（地址：沈阳市沈河区南翰林路10号 邮编：110011）
网　　址：http://www.sycbs.com
印　　刷：辽宁泰阳广告彩色印刷有限公司
幅面尺寸：165mm×240mm
印　　张：19.125
字　　数：300千字
出版时间：2022年8月第1版
印刷时间：2022年8月第1次印刷
责任编辑：沈晓辉　郑　丽
封面设计：杨　雪
版式设计：冷志敏
责任校对：张　晶
责任监印：杨　旭

书　　号：ISBN 978-7-5716-1607-6
定　　价：58.00元

联系电话：024-24112447　024-62564922
E - mail：sy24112447@163.com

目录 catalog

索尼角的海神庙

希腊人的神圣家族

我从维也纳乘飞机去雅典。一下飞机，导游就先领我去参观海神庙。一路上，我们沿着海岸边的公路行驶，欣赏着萨罗尼克海湾田园诗般的美景，闪过几处美丽宁静的海滩，不到一个小时的车程，我们就远远望到了海神庙那高大雄伟的身姿。

海神庙位于阿提加半岛（Attioa）最南端伸入海中的一个陡峭大悬崖上。几根残存的多利克式圆柱，高高地立在悬崖之上。这个地方叫索尼角（Cape Sounion）。索尼角三面环海，左面是著名的爱琴海，正面是地中海，右面是爱奥尼亚海。它占据了远近的制高点，是瞭望大海最好的地方。从神庙的岩石山顶俯视大海，碧波荡漾，水天一色，远处是矗立在大海深处的白色灯塔，忽隐忽现，还有散落在爱琴海上的一座座小岛，宛如仙境。

公元前5世纪初的时候，希腊人就开始建造这座神庙。传说，当时的雅典国王在这里焦急地等待远征的儿子，他向海神祈祷儿子平安。不多时，果然见到船队凯旋。为了向海神表达感恩之情，在此修建起这座神殿。但是，在工程还没有完成的时候，波斯人打了过来，神庙的工地遭到毁灭性的侵袭，沦为废墟。公元前444年，希腊人又开始重建。

海神庙与雅典著名的帕特农神庙是同一时期的建筑，有人认为，它们可能是同一位建筑师设计的。在爱琴海中的埃依纳岛，还有一座阿菲娅雅典娜神庙，大约也是同一时期的建筑。神庙里曾经供奉着岛民崇拜的一位山林水泽的仙女，是欧洲最优美的一座古希腊神庙，神庙是典型的围柱式建筑，原有34根多立克石柱，现仅存24根，但仍然是当今希腊保存最完好的神庙之一。最可以称为奇迹的是，阿菲娅雅典娜神庙，与索尼角的波塞冬海神庙，以及雅典卫城的帕特农神庙，它们之间的距离，构成了一个等边三角形，被称为古代的“神圣大三角”。

幸运的是，这3座壮丽的神庙，我都瞻仰过，领略了它们无限的风采和迷人的魅力。

被雅典英雄忒修斯杀死的居住在克里特岛迷宫中的牛头人身的怪物

我们沿着山路攀登上山崖，站到了波塞冬海神庙的脚下。神庙的高大令人仰视，仰视使人敬畏。在这里，不仅敬畏的是神，还有对宏伟建筑本身的敬畏，对高大宏伟的敬畏。海神庙和其他地方的神庙建筑相似，呈长方形，四面柱廊，16根多利克式圆柱顶天立地，高大雄伟。在夕阳的余晖下，圆柱的身影似乎能触及苍穹。神庙里边的门廊、内殿、后殿，在大理石柱间壁上精巧的石雕，表现的是与亚马孙族女战士的场景及英俊少年的精美雕像。

我们流连在神的居所，感受来自远古的神韵，也享受着温暖的海风拂面而过。海风仿佛是对神称颂的神曲。

希腊人依海而生，对海神多有敬畏之心。所以，在雅典和希腊各地都建立了许多供奉波塞冬的神庙。而位于索尼角的海神庙是其中最著名的一座。从神庙建立时起，这里就成为一个祭拜神灵的中心，在荷马的《奥德赛》中被称为“Hiron Akron”，意思是“神圣的海角”。

爱琴海神韵的魅力无所不在，岁月的沧桑更增添了昔日的神秘。许许多多的人，来到索尼角，徘徊在神庙的高大石柱之间，站在峻峭的崖边眺望大海，在心中涌起思古之幽情和无尽澎湃的激情。19世纪初，著名诗人拜伦曾来过这里，并在其中的一个石柱上留下他“到此一游”的痕迹。也许正是这一刻，拜伦就把自己与希腊的命运连在了一起。

在希腊神话中，海神波塞冬（Posidon）是奥林匹斯十二主神之一。他是主神宙斯的哥哥，冥界之王哈迪斯的弟弟。波塞冬与兄弟年轻时团结一致，曾推翻了他们的父亲，也就是前任神王克洛诺斯的残暴统治。三兄弟分配天下，宙斯主管天庭，哈迪斯主管冥界，波塞冬则成为海洋之神，掌管所有水域。波塞冬的地位和力量之高，以致支配力遍及整个世界，是仅次于宙斯的强大掌权者。他的坐骑是一头巨大如山的鲸鱼，他的武器是象征力量的三叉戟。当他挥动三叉戟时，便掀起滔天巨浪，引起风暴和海啸、大陆沉没、天崩地裂，将万物打得粉碎。他用三叉戟击碎岩石，从石缝中流出的清泉浇灌大地，使农民五谷丰登，所以波塞冬又被称为丰收之神。波塞冬还给予了人类第一匹马，他乘坐的战车就是金色的战马所驭。当他的战车在大海上奔驰时，大海顿时风平浪静，周围有成群的海豚跟随。尽管波塞冬在奥林匹斯山上拥有一席之地，但是大部分时间，他都住在深海，那里有他的华丽夺目的宫殿。

波塞冬野心勃勃，曾密谋夺取宙斯的王位。但阴谋没有得逞，他被宙斯贬下人间。在人间，他也做了不少事。在阿波罗的帮助下，他替拉俄塞冬国王修筑了著名的特洛伊城墙。有一次他和雅典娜就新城起名之事竞争，争持不下，决定让民众选择。波塞冬祭出三叉戟，雅典娜伸出橄榄枝，最终，雅典人民选择了“和平”的雅典娜，因此这座城市就被命名为“雅典”。他还因科林斯的国王之故与阿波罗之间爆发了激烈的争吵，最后他以胜利告终。

据柏拉图的记述，大约一万两千多年前，直布罗陀海峡以西的大西洋海域中，曾经有一个高度先进的古代文明存在，叫亚特兰蒂斯。柏拉图说它“面积比利比亚和亚洲的总和还要大”。柏拉图说，亚特兰蒂斯有绵延的崇山峻岭，草木茂盛的平原，丰富的矿产资源，尤其是古希腊人十分看重的铜蕴藏量十分丰富。正是这片富庶的土地孕育了一个高度发达的文明社会。宙斯三分天下之后，波塞冬成为亚特兰蒂斯的保护神，据说，亚特兰蒂斯人在大西洲的中央建立了自己帝国的首都，并用伟大的保护神波塞冬的名字来命名这座城市。这座宏伟的城市用红黄黑3种颜色的石头建成，城内的重要建筑用黄铜、白银来装饰，波塞冬的神庙更是用大量的黄金、象牙加以装饰，华丽非凡。

波塞冬是希腊神圣家族的主要成员，是奥林匹斯十二主神之一。奥林匹斯十二神（Twelve Olympians），是古希腊人最崇拜的12位神。他们是：宙斯、赫拉、狄俄尼索斯（或赫斯提亚）、波塞冬、德墨忒尔、雅典娜、阿波罗、阿尔忒弥斯、阿瑞斯、阿佛洛狄忒、赫菲斯托斯和赫尔墨斯。还有一位主管冥界的哈迪斯，虽然他神圣的地位与宙斯和波塞冬相似，在奥林匹斯神系中有相同的影响力，但由于是冥府

乔凡尼·贝利尼与提香合绘的《诸神之宴》

的统治者，一般被排除在十二神外。柏拉图联系了十二神和12个月的关系，他认为哈迪斯应当和最后一个月相联系，代表死者的亡魂。

这12位主神，住在奥林匹斯山上，组成了希腊人的“神圣家族”。但他们不是唯一的神，也不是最早的神。他们是在宙斯推翻了父亲的统治，建立了新的统治秩序之后的神的家族。他们是第三代神祇。12个主神都有鲜明的性格与七情六欲，他们具有人的性格和情绪，具有超人的特殊本领。宙斯是奥林匹斯十二主神之首，众神之主，天空、雷电、乌云之神。象征物是雄鹰、橡树、节棍、王座和山峰；他最爱的祭品是母山羊和牛角涂成金色的白色公牛。赫拉是天后、宙斯的姐姐和夫人、贵妇的庇护神、掌管婚姻和生育。天空是天后赫拉光彩照人的脸庞，象征为布谷鸟、狮子、百合等。

除了这12位主神，还有几类次要神祇。仙女是自然界的女神，住在山水林木之间；命运三女神掌管人的命运；缪斯是文艺女神，是文学、音乐和舞蹈女神；时序女神掌管季节的变更；复仇女神专门恐吓那些谋杀了亲友的人，并对他们穷追不舍。

神祇住在高高的奥林匹斯山上，但他们与人间的生活密切相关。山川林木，日月海陆，以至雨后的彩虹，河畔的水仙，都是神的身影。生老病死，祸福成败，都取决于神的意志。他们都直接参与人类的生活，主宰着人间的祸福与命运。

在古希腊神话中，众神不仅有人的形体，而且也有人所具有的各种感情和生活需要，以及人所具有的各种美德和恶习。据说，神与人的差别仅在于神比人更聪明、更高大、更有力量而且永生不死。他们既有人的体态美，也有人的七情六欲，喜怒哀乐。多数的神很像氏族中的贵族，他们很任性，爱享乐，虚荣心、嫉妒心和复仇心都很强，好争权夺利，还不时溜下山来和人间的美貌男女偷情。大多数神都喜欢捉弄人类，甚至三番五次打算毁掉人类。古希腊人常在神话中嘲笑神的邪恶，指责神的不公正。荷马史诗说："神给可怜的人以恐惧和痛苦，神自己则幸福而无忧地生活着。"

的确，希腊的众神自己"幸福而无忧地生活着"。我们在希腊神话中感受到的是一种欢快明朗的戏剧化的气氛。希腊的诸神无拘无束，尽情地享受生活的快乐。他们并不是神圣威严、至高无上的，相反，他们像人一样有情有欲，喜怒哀乐，具有鲜明的性格优点和弱点。正如黑格尔在论述希腊人的精神时所指出的，他们“一心一意地追求某种东西，而总是遇着它所探索的那种东西的反面。然而它并不因此产生任何怀疑，也不反过来想想自己，却仍然对自身和自己的事业满怀信心。自由的雅典精神的这个方面，这种在遭逢挫折时仍然完全自得其乐的精神，这种在结果与现实事事与心愿相违时，依旧心神不乱地确信自己的精神——乃是一种崇高的喜剧精神。”

希腊神话的这种喜剧精神表现了人类童年的纯真天性，他们生活在一种“诗”的气氛中。马克思说，古代“希腊人是正常的儿童”。

希腊神话中的“神”实际上是人化了的神，希腊神话中的“人”实际上是神化了的人。神的故事就是人的故事。

神话是一个民族童年生活的写照，是远古传来的歌唱。希腊神话是希腊民族精神的最初记录，是他们的“原始意象”的最重要的表现方式，是他们的“集体无意识”和文化“密码”。对希腊神话和“原始意象”的追溯，将帮助我们认识并返回希腊民族灵魂的故乡。

古希腊人生活在神话中。对神的崇拜和祭祀，是他们生活中很重要的组成部分。每年的1月末祭祀雅典娜，春季祭祀酒神狄奥尼索斯，另外还祭祀阿波罗等。每4年对宙斯有一次大祭祀。自公元前776年开始，在宙斯的祭典上举行的体育竞赛，成为现代奥林匹克运动会的起源。

古希腊人崇拜众多神祇。每个城邦都有各自的神祇，并建立庙宇来崇拜他们的偶像。所以，在希腊游历，会发现神的居所无所不在。徘徊在雅典的街头，漫步在希腊其他城市的街巷，游览那些散布在爱琴海中的小岛，都会发现神庙的存在。神的寓所在哪里，神就在哪里。

人们的生活都会遇到烦恼，也许，置身于神话之中，才能真正体会到无忧无虑的欢快。也许人在本质上都希望生活在神话中，神话是童年的梦想，童年的希望。而在希腊，在雅典，流连于神的寓所，坐在神殿的高大石柱下，仿佛生活在神的身边，置身于神话的氛围中，倾听那些远古传来的歌唱。

雅典卫城

雅典高丘上的神祇寓所

古希腊人热爱神，崇敬神，他们就生活在神话的世界中。希腊的神祇很多，所以希腊的神庙也多。这是人们为众神建造的宫殿，是神祇的寓所。

希腊人建造的最大的神的宫殿是雅典卫城（Acropolis）。卫城不是一座神庙，而是一个神庙群，卫城就是神庙的城。

卫城建在雅典中心的阿克罗波利斯山丘上。这是一片石灰岩山冈。“阿克罗波利斯”的意思就是“高处的城市”或“高丘上的城邦”。卫城坐落在面积约为4平方千米的台地上，四周筑有坚固的城墙。台地东面、南面和北面都是悬崖绝壁，地形十分险峻，只在西侧才有登上卫城的路。

到了雅典，首先看到的就是高高山丘上卫城恢宏壮观的身影。它俯瞰着整个雅典城。我们站在雅典城里，只能带着崇敬的心情去仰望。

雅典卫城始建于公元前580年。最初，卫城是用于防范外敌入侵的要塞，山顶四周筑有围墙，古城遗址则在卫城山丘南侧。卫城中最早的建筑是雅典娜神庙，是祭祀雅典守护神雅典娜的神圣地。在古希腊神话中，雅典娜生于天父宙斯的前额，她将纺织、裁缝、雕刻、制作陶器和油漆工艺传授给人类，是战争、智慧、文明和工艺女神。当雅典首次由一个腓尼基人建成时，海神波塞冬与雅典娜争夺为之命名的荣耀。最后达成协议，能为人类提供最有用东西的人将成为该城的守护神。波塞冬用他的三叉戟敲打地面变出了一匹战马，而雅典娜则变出了一棵橄榄树——和平与富裕的象征。战马被认为是代表战争与悲伤，因此雅典就以女神的名字命名为雅典，雅典娜成为这座城市的保护神。

在古希腊英雄时代的城邦战争中，雅典娜是希腊军队勇往直前、取得胜利的精神力量。同时也是城邦国家繁荣昌盛、强大富足的象征。

公元前5世纪上半叶，希腊人与波斯人进行了一场生死攸关的战争。希腊各城邦结成联盟，斯巴达的陆军和雅典的海军英勇奋战，最终打败了波斯人，确保了希腊诸城邦的独立及安全，使得希腊继续称霸东地中海数百年。战后，雅典人将海军改造成巨大的商队，纵横海上，开辟市场，与色雷斯、黑海周围、小亚细亚西部、东部地中海、北非和西部地中海地区建立了广泛的商业联系，大力开展远程贸易，获得了巨大利益。“人们似乎都一致被唤醒了”。英国军事理论家富勒在《西洋世界军事史》中说：“随着这一战，我们也就站在了西方世界的门槛上面，在这个世界之内，希腊人的智慧，为后来的诸国奠定了立国的基础。在历史上，再没有比这两个会战更伟大的了，它们好像是两根擎天柱，负起支持整个西方历史的责任。”

海上贸易的大发展为雅典带来了巨大的财富，希腊古典文化进入高度繁荣的时代。希腊世界著名的学者文人和艺术大师都荟萃于雅典，授课讲学，寻求真善美，探索宇宙的奥秘和人生的真谛。雅典成为希腊文化的中心。这时的雅典也开始大兴土木，建造了一系列大型公共工程，建造了元老院、议事厅、剧场、俱乐部、画廊、旅馆、商场、作坊、船埠、体育场等公共建筑物。我们现在谈论的古希腊文化，主要是指这一时代的雅典文化，苏格拉底、柏拉图都是这个时代的人物。古希腊的悲剧和喜剧，都是在这一时代的剧场上演。

希波战争中，雅典一度被波斯军队攻占，卫城遭到毁灭性的破坏。从公元前447年起，雅典人开始战后的重建，并大规模地修建了卫城。雅典公民通过投票表决，保留了已经沦为废墟的圣所，以示永志不忘波斯侵略者的暴行。在其附近，一座新的帕特农神庙开始兴建。不久，旧的雅典娜神庙被拆除，部分残迹被放置在卫城的北城墙

帕特农神庙

上用来纪念对波斯抗战的胜利。他们花费了40年的时间，用白色的大理石重建卫城的全部建筑，先后兴建帕特农神庙、雅典卫城正门、厄瑞克提翁神庙，以及附属于这些建筑的各种塑像、浮雕等精美绝伦、千古不朽的造型艺术杰作。

帕特农神庙是雅典卫城中最著名的建筑，是古希腊建筑艺术的纪念碑，代表了古希腊建筑艺术的最高成就，被称为“神庙中的神庙”。更为壮观的是，神庙内供奉着12米高的雅典娜神像。女神站在神座上，全副武装，头戴饰有战车飞鹰的头盔，左手持帝盾，右手托胜利女神。通体使用金片包裹，面部、手臂和脚趾用象牙装饰，双眼则以宝石镶嵌。她俯视着旷大的雅典城，守护着她的子民。

这座雕像是雅典雕塑家菲狄亚斯的作品，他的艺术风格是姿态宁静而高贵，表情肃穆而温雅。古罗马的历史学家普鲁塔克评论说：“它们好像年年常春的神物，能够摆脱岁月的折磨；在它们的结构之中，似乎蕴藏着某种永生的活力和不死的精神哩！”古希腊诗人菲力浦面对菲狄亚斯创作的宙斯像发出这样的感叹：

啊，菲狄亚斯！莫非神祇驾临大地，于你面前显形？莫非你攀上云天，亲睹神形？

菲狄亚斯一生最辉煌的业绩是在他领导下重建雅典卫城，完成了众多的雕刻装饰杰作，为雅典的重建做出了卓越的贡献。

雅典人为建造卫城充分发挥了他们的智慧和才华。普鲁塔克写到卫城建设时说："大厦巍然耸立，宏伟卓越，轮廓秀丽，无与伦比，因为匠师各尽其技，各逞其能，彼此竞赛，不甘落后。"

雅典卫城建筑群达到了古希腊建筑群、庙宇、柱式和雕刻的最高水平。卫城的建筑群是一个整体，山冈本身就是它的天然基座，建筑群的结构以至多个局部的安排都与这基座自然的高低起伏相协调，构成完整的统一体。建筑群高低错落，主次分明，被认为是希腊民族精神和审美理想的完美体现。卫城的西北侧还建立了亚革拉广场、大会堂、竞技场和狄奥尼索斯剧场。它们与卫城浑然一体，形成了浩大的古城遗址群。

然而，再伟大的建筑也经不起岁月的销蚀。两千多年的风雨，不断地冲刷着卫城的光辉。希腊文明无可奈何地衰落下去，雅典卫城也失去了昔日的光辉。亚历山大时代之后，雅典几经易手。后来，罗马人来到雅典，他们对希腊文化情有独钟，为卫城的建筑物添砖加瓦，增建新的工程。公元267年，属于日耳曼系的赫鲁利人南下横扫希腊半岛，雅典失守后，帕特农神庙也被付之一炬。直到一个多世纪后，神庙才被重建，但古典文明的光辉，已注定暗淡下去。公元529年，查士丁尼皇帝关闭了柏拉图创建的雅典学园，古典时代的最后残影也就此消逝。帕特农神庙与其他古希腊神殿，先后被改建成基督教堂。在土耳其统治时期，它又成了伊斯兰的寺院。到12世纪，雅典先后被穆斯林海盗、威尼斯人和西西里岛的诺曼人劫掠，整座城市一片狼藉。

1687年，卫城经历了最大的一次浩劫。威尼斯人派远征队攻击雅典和雅典卫城，驻守在雅典的奥斯曼土耳其人加强了对雅典卫城的防守，并把帕特农神庙当作一个装满弹药的军火库。9月26日，威尼斯人的火炮在费罗帕普斯的山顶开火，瞬间摧毁了军火库，爆炸摧毁了建筑的中心部位，庙顶和殿墙全部炸塌，夷为废墟。希腊建筑师和考古学家Kornilia Chatziaslani写道："三圣所的四面墙几乎面目全非，五分之三的雕塑损坏。大约300人死于这场爆炸，无数大理石碎片也飞落在这附近。"

19世纪初，英国贵族埃尔金勋爵将大部分残留的雕刻运走。许多原属神庙的古物，现在被收藏在大英博物馆、卢浮宫等地的博物馆里。

2018年5月，希腊总统对到访的英国查尔斯王子说，希望将这些珍贵的文物返回希腊。查尔斯王子巧妙地回答说："我们都是希腊人。"

战乱炮火、海盗兵匪、海啸地震、风雨侵蚀，人祸天灾都无情地摧毁了雅典卫城庄重宏大的神庙，渐渐由富丽堂皇的神的殿堂变成一片乱石嶙峋的废墟，成为人们凭吊的历史遗迹。

但是，岁月摧毁了神庙的雄姿，却掩饰不住它当年的美丽。卫城废墟展现了一种更令人叹为观止的沧桑之美。于是，雅典卫城，就成了人们向往的文化圣地，成为人类文明源头的一个象征。

在一个秋日的早上，迎着初升的暖阳，我走上卫城西侧弯曲的山道，来到卫城的山顶上。途中远眺，看到了山丘下朝南延伸的古安哥拉遗址（Ancient Agora）。走进入口，迎面第一个建筑群就是高达18米的著名山门。这是一座大理石建筑，中间是宽大的门廊，两边是柱廊，通往卫城的圣道即由此开始。走进山门，仿佛进入一座宽阔的城堡。卫城里各座建筑历经两千多年的沧桑之变，如今庙顶已坍塌，雕像荡然无存，浮雕剥蚀严重，但巍然屹立的柱廊，仍然雄伟壮观，远远望去，犹如一座威严的古城，十分庄严气派。

然后，我就站到了从雅典城内一直仰望的帕特农神庙面前。帕特农神庙之名出于雅典娜的别名。拉丁字母中“Parthenon”意为“处女的”。它是献给女神雅典娜的神庙。神庙位于卫城顶端，造型庄重，

雅典卫城的山门

洛维奥特（Benot Loviot）绘《帕特农神庙雅典娜雕像》

气势宏伟，给人以稳定坚实、典雅庄重的感觉。帕特农神庙是西方最早的古代大庙宇，神殿四周由48根高10余米的带半圆凹槽和锥形柱头的多利克式大理石圆柱支撑，3层柱廊上支撑的大理石条石额枋屋檐，由带竖条的石板和带浮雕的石板间隔组成。东西两端檐部之上是饰有高浮雕的三角形山花。

神庙的遗址已是断墙残垣，高大的石柱仍不减当年的风采。据说，由92块白色大理石饰板装饰而成的神庙中楣饰带上，有描述希腊神话的连环浮雕，浮雕所表现的紧张的搏斗、人与怪兽的撕扯，生动逼真，众神或威武或飘逸或闲散的姿态巧妙地贯穿在一起。别出心裁的雕刻艺术，仿佛述说着历史的沧桑和不朽，尽情向世人展示着它的古老魅力和庄严气魄。

这座白色石灰石所建的神殿，在蓝天艳阳交相辉映下，展露庄严而绮丽的风姿。

厄瑞克提翁神庙是为纪念雅典娜之子、雅典王厄瑞克阿斯建造的。它依山势而建，坐落在3层不同高度的基础上，是雅典卫城建筑中爱奥尼亚样式的典型代表。神庙东区是传统的六柱门面，向南采取虚厅形式。南端用6根大理石雕刻而成的少女像柱代替石柱，头顶平面大理石花边屋檐和天花板。这6位少女体态丰满，仪表端庄，长裙束胸，轻盈飘忽，雕刻栩栩如生，衣着服饰逼真。它们像女神，无言地注视着几千年人世变幻、沧海横流。

站在陡峭险峻的崖边，我眺望大海的万顷波涛，眺望雅典城古今错落有致的民居；我徜徉在卫城的神庙中间，坐在巨大廊柱的台阶上，感受来自远古深处传来的微风，倾听众神的欢呼和歌唱。置身在这神话的场景中，在这神的寓所，感觉自己的心灵也逐渐清澈起来。

我们赞美众神，因为神让我们显得纯真；我们赞美希腊，因为希腊让我们走向文明。

特洛伊遗址

发现
特洛伊

荷马史诗讲述了特洛伊英雄的故事。他以恢宏优美的笔法，塑造了一个个叱咤风云的英雄，谱写了一曲希腊众神的颂歌。特洛伊是一个遥远的神话故事，这个神话传诵千年，经久不息。

虽然在荷马那个时代，人们相信特洛伊是一个真实的故事，阿伽

古希腊雕刻《木马屠城》

门农是一位伟大的国王，英勇的盟军统帅。但是，之后的漫长年代，历史变成了传奇，传奇变成了神话，人们都相信这只是一个优美的神话，荷马史诗是一部关于神的故事。所有的一切，都被时间的尘埃湮没。

然而，到了18世纪，有一个德国人坚持认为这是历史上真实发生的事件，他要去寻找，寻找那些英雄的踪迹，寻找特洛伊真实存在的地方。

这位德国人，就是伟大的考古学家施里曼。

施里曼出生在德国北方的一座叫安克斯哈根的小村庄。他的父亲是一位牧师，正是他点燃了施里曼对荷马史诗的激情。他向往铁马金戈的特洛伊疆场，陶醉于铿锵悦耳的荷马诗篇。1829年的圣诞节，父亲送给他一本《世界史图解》，小施里曼翻开书籍，就陷入了如痴如醉的奇幻世界中。书中有这样一幅插图：特洛伊火光冲天，伊尼亚斯背着老父，抱着儿子从大火中逃出来。小施里曼激动地朝父亲喊起来：“一定有人见过特洛伊，不然他画不出这样的画！”父亲告诉儿子那不过是一张想象的画罢了。小施里曼信誓旦旦地告诉父亲，待他长大后，就要去寻找特洛伊城，还有国王留下的珍宝。

寻找特洛伊，是施里曼自幼年就根植在心灵中的一个梦想。

施里曼家境贫寒，14岁时就被迫辍学，在镇上的一个食品杂货店当学徒。每天的劳累，使他的“特洛伊之梦”慢慢地蒙上了岁月的灰尘，遥不可及。有一天，一位磨坊主来到店里，倚在柜台旁用洪亮的声音朗诵了一首诗。施里曼一个字也听不懂，但觉得非常好听，他请那人重复朗诵了3遍，用自己的几文钱买了3杯酒酬谢他。随后，施里曼才知道，那个磨坊主是在用希腊语念《荷马史诗》中的《伊利亚特》部分。霎时，那些英雄的故事，那些奇幻的城堡，都纷纷从谢里曼尘封的记忆中涌现出来。他在日记中写道：“这个闪着油灯和蜡烛的昏暗灯光的小铺子，宛如升起了一轮古代文明的太阳……我毕生都

吉罗拉姆·巴托尼绘《埃涅阿斯逃离特洛伊》

不会忘记这个夜晚。”

这一年他19岁。他离开家乡，只身前往汉堡，开始了他的冒险旅程。

此后，施里曼当过海员，经过商。1850年，28岁的施里曼跟随当时的“淘金热”来到了美国，办了一家经营黄金的银行。没过多久，施里曼就取得了美国国籍，还受到了美国总统的接见。不到10年，他就成了百万富翁。施里曼是经商的天才，商业给他带来了巨大的财富和成就感。他还具有极高的语言天赋，经过勤奋自学，掌握了英语、法语、荷兰语，阿拉伯语、希腊语、波斯语等18种语言。

然而，施里曼一直没有忘记童年的梦想。多年来，那个“特洛伊之梦”一直在呼唤他。42岁那年，谢里曼宣称退出商界，把全部精力、财力用于研究《荷马史诗》，寻找特洛伊之城。

此后，他对自己进行了考古学方面的训练，进行了为期两年的环球旅行，游历了希腊、意大利、法国等许多地方。他娶了一位叫索菲亚的希腊女孩，索菲亚也爱上了这项艰巨的事业。

这样，施里曼迈出了寻找特洛伊的第一步。在他梦想开始的地方，一个伟大的发现就在眼前。

1868年，施里曼开始寻找荷马所描述的特洛伊遗址，几经波折，他把目光投向了达达尼尔海峡附近土耳其境内的希沙里克山丘。1870年4月，他爬上山冈，望着眼前的荒原，有几分恍惚。隐约之间，他仿佛看见了那坚固的古城墙、守卫的特洛伊士兵、雄伟高耸的城门和宫殿……

谢里曼凭直觉确定，这就是他要寻找的特洛伊城。

不久后，他在山丘的北部挖掘到一面很厚的墙，他断定那是宫殿的墙壁，更加坚定了自己的判断。1871年9月，施里曼雇了80名工人开始大规模挖掘。随着挖掘的深入，陆续有文物出土，巨大的城墙和城门，一座遗迹下，又有更古老的遗迹。每一层，都属于一段历史。

三易寒暑，他们发现了多层城墙遗址，并终于在一座地下古建筑物的围墙附近掘出了大量珍贵的金银制作器皿，仅一顶金冕就由16353个金片和金箔组成。

施里曼兴奋地宣布，他发现了特洛伊国王普里阿姆的宝藏。

后来，人们的研究证实，这批财宝的主人属于另一位国王，他比特洛伊王普里阿姆要早1000年。

"普里阿姆宝藏"的发现使施里曼一举成名，证实了他对荷马史诗的信念。但这些珍宝在第二次世界大战后期的德国无影无踪了，可是后来却在莫斯科重新露面。

当年，施里曼发掘到"普里阿姆宝藏"后，立即把这些珍宝偷运出土耳其，令土耳其政府十分愤怒。这样，他在特洛伊的考古发掘就不能再继续下去了。于是，他把注意力转移到希腊。在荷马史诗中，围攻特洛伊到希腊联军统帅阿伽门农是迈锡尼的国王，迈锡尼被描写成"富有黄金"到地方。

1876年，施里曼在伯罗奔尼撒半岛迈锡尼遗址的狮子门内侧展开发掘工作，迅即发现了共计6座竖井墓的墓葬圈，墓内有无数精美的器物，例如，镶嵌黄金、凹刻猎狮图的青铜匕首，有两个手把，上面有鸽子相对的高脚金杯等。特别是男尸脸罩金面具，胸覆金片，女尸佩戴金冠和其他金制首饰，童尸裹于金叶片内。珠光宝气，遍地黄

迈锡尼卫城遗址

金——史诗不正是称迈锡尼为“富有黄金的迈锡尼”吗？

面对在黄金面具下保存完好的一具男性尸体，施里曼电告希腊国王：“我凝视着阿伽门农的脸庞。”他认定，这具男尸就是阿伽门农，这副面具也被称为“阿伽门农面具”。

发掘迈锡尼的同时，谢里曼还发掘了另一个与古希腊神话密切相关的城市——梯林斯古城，就是史诗所说的“大城墙的梯林斯”遗址。这一次，他没有发现宝藏，但挖出了一座古堡。施里曼发现了位于坚固雄伟的城堡内的宫殿残迹，它的正厅、门廊、庭院和整个轮廓与荷马诗中描述的奥德修斯等人的王宫非常相似。施里曼认为，这就是迈锡尼的王宫，就是阿伽门农的王宫。

施里曼对自己的成就十分得意。他说："我为考古界发现了一个完全新的、无人料到的世界。把世界上所有博物馆的宝藏加起来，还不到我们的五分之一。"

施里曼在人生的最后二十多年，他找回了童年的梦想。他长久地凝视着《荷马史诗》，从那些神圣的诗行中，发现特洛伊的秘密、迈锡尼的秘密。他挖掘一座座古城，发现一件件宝物，完成一部部学术著作，以考古学的力量，把希腊神话又变回了历史，从而揭开了希腊远古历史的秘密。

而当他把神话变成现实的那一刻，他也就成了传奇，成了神话。

施里曼像

但是，施里曼也留下了遗憾，他没有把荷马讲的故事的现场都找到，没有把荷马史诗的源头都接续上。荷马在《奥德赛》中说："有一个地方名叫克里特，在葡萄紫的海水中央，有90个城镇。在众城中最大的城是克诺索斯，有一位米诺王从9岁开始便治理那个地方。"希罗多德和修昔底德也都报道了米诺王在爱琴海上的霸权，相传米诺王在克诺索斯修建了一座庞大复杂的迷宫。施里曼晚年在一封信中写道："我想以一件伟大的工作来结束我一生的劳动，即找出克里特的克诺索斯诸王的史前宫殿。"他没有来得及实现这个愿望。

施里曼的事业有人继承，他的愿望有人去实现。1900年，英国学者伊文思在克诺索斯进行考古发掘，很快就发现了一座围绕中心庭院修筑的、占地约6英亩的宫殿，房间众多，走廊萦绕，上下数层，楼梯曲折，墙上壁画精致，四处柱子林立。宫内不仅有无数宝贵文物，而且发现了数以千计的书写着不同文字的泥版。除克诺索斯外，克里特岛在法埃斯特、马里亚和札克罗斯等地先后都有王宫遗址发现。一个迥然不同于古典希腊文化的、自成一体地独立发展达两千年之久的文化，在长埋地下约三千年之后重见天日了。伊文思用米诺王的名字称克里特文化为米诺文明。

希腊文明是整个西方文明的起源，而发生在克里特岛的米诺文明，如今，则被认为是希腊文明的源头。

我曾在雅典卫城的神庙脚下，读荷马史诗的特洛伊的英雄故事；曾去过伯罗奔尼撒，游览迈锡尼的古城遗址，领略阿伽门农大王的故地风情；也曾去过克里特岛，漫步在克诺索斯迷宫，倾听远古的呼唤。一路走来，呼吸着爱琴海飘来的海风，享受着古希腊文明的阳光，突然觉得，我更愿意相信荷马史诗的故事是神话，更愿意与神话在一起，享受众神的文明。

这是多么令人激动万分、多么壮阔和迷人的文明之旅！

德尔斐神庙遗址

还记得
德尔斐神庙的箴言吗

在雅典城以北145公里的帕纳索斯山麓中，有一座叫作德尔斐的小城。从雅典出发，驱车两个多小时的行程，经过蜿蜒的山路，走进山谷，才会看到那座被群山环抱的小镇，以及若隐若现的古代神庙废墟的石柱。掩映在灌木荒草丛中的断壁残垣，碎石瓦砾，高大神庙的侧影，悄无声息，默默地回首着当年的繁盛与光荣。

就是在这里，在德尔斐，在古希腊的时候，曾经是“泛希腊圣地”。古代希腊有许多城邦，每个城邦都有自己供奉的神灵。唯有德尔斐神庙，是所有城邦共同的圣地。在古希腊人看来，德尔斐是已知世界的中心，天堂和地球相会的地方，是地球人离上帝最近的地方。希腊神话说，宙斯曾经于相反方向放出两只苍鹰来测量大地，而它们相遇的地点正是德尔斐。所以，在神庙前曾经竖立着一个锥形石柱，称为“翁法洛斯”（“大地肚脐”），由两个金质的老鹰支撑。

古罗马赤陶彩绘《维伊的阿波罗像》

德尔斐神庙供奉的主神是阿波罗。古希腊神话中，“阿波罗”是“光明”之意，即“太阳神”。他出世之际，金光灿烂，光亮耀人，黑暗隐退，大地、人世顿时明净，因此阿波罗也被称为“真理之神”。阿波罗是古希腊男性美的典范：乐观、进取、光明、诚勇、奋发蓬勃，笃实明智，真理常驻。他的雕塑造型为雄健的挺立姿态、登高凝视远方的目光和身上散发出的辉光。他环视世相，君临天下，象征光的来源的伟岸。

阿波罗是掌管音乐、诗歌和预言的神，他代表艺术、音乐、诗、美、政治品德，是希腊精神的象征。阿波罗是宙斯之子，是月亮女神阿耳忒弥斯（Artemis）的孪生弟弟。希腊众神中，只有他能使人们获知有关宙斯的思想，因而通过预言而传达的阿波罗的信息，就为人类的事务提供了神圣的指引。

据说，德尔斐的这座神庙是阿波罗亲手创建的。当阿波罗来到德尔斐的时候，这里由一条巨蟒“皮同”（Python）守护着一个属于忒弥斯的神谕。阿波罗射杀了皮同，将圣地取而代之，希望用自己的神谕来指导人们。“德尔斐”这个名字据说来自海豚（delphis），也与阿波罗有关。在荷马的诗歌中，阿波罗为了在这个地方创建教派，曾经以这种动物的形象吸引克里特的航海者前来作为最早的祭司。之后不久，阿波罗的弟弟狄奥尼索斯（Dionysus）也来到德尔菲。狄奥尼索斯是狂喜与醉酒之神，传说，狄奥尼索斯就是在阿波罗神庙前发现被抛弃的来自克里特的米诺安公主阿里阿德涅。

阿波罗神庙最著名的是它的神谕。据说，神庙建造在一个火山断层上，这个断层直通地底深处。正是通过它，阿波罗才能和凡人沟通。德尔斐的神谕，通过神庙的女祭司皮提娅的中介而将神的语言昭示给世人。当年，这里十分繁华，香火旺盛，曾经聚集了来自希腊各城邦的人，有那么多来自各地献祭的珍贵祭品，都是因为人们希望在这里得到神的启示。

在古希腊人的生活中，德尔斐神庙发布的神谕是人们生活信条的指归。得到一通神谕，理解神谕的启示，就获得了生命的光明。

阿波罗神庙坐落于帕纳索斯山陡峭山坡上一片狭窄的台地上。实际上，这座神庙是公元前7世纪开始修建的。这是迄今为止世界上唯一一座全部用大理石修建的神庙。大理石取自爱琴海海边石场，在神庙的门廊前有一整块重达60吨的大理石。早期希腊建筑风格和明朗的陶立克风格结合在一起，把神庙修建得十分宏伟。

岁月销蚀着一切。任何坚固的大理石，任何伟大的建筑，任何神圣的力量，都经不住岁月的冲刷，都会消解在无情的时间胶囊之中。火灾和地震，几次损毁了神庙，又曾有几度的重修。最后，在公元390年，信奉基督教的罗马帝国皇帝狄奥多西一世（Flavius Theodosius Augustus）下令封闭属于多神庙的德尔斐神庙。此后，这里的庙宇等建筑逐渐坍毁。居住在这里的人们也都四散而去，德尔斐成为荒无人烟的地方。

直到18世纪末，人们把目光重新投向这片废墟。1765年，一位法国建筑师无意中发现了这片湮没已久的废墟。又过了五六十年，1812年，一个由来自英国及其他欧洲国家的古文物爱好者组成的团体"业余艺术爱好者协会"拜访了这一遗址。从此，阿波罗神庙又重新回到人们的视线中。1856年，英国考古学家查理斯·梯·牛顿（Charles T.Newton）首次发现了这里的"神路"，他将"神路"两侧的许多古老的雕像运回了英国。1892年开始，考古学家们对德尔斐遗址进行了系统的考古发掘和清理。这才有了我们今天看到的神庙和圣地的遗迹。

在从安德里策纳到巴赛攀援而上的公路拐弯处，阿波罗神庙的圆柱便开始映入眼帘。沿着一条被称为"神路"的"之"字形小道，观光者们沿山而上，走近神庙的遗址。"神路"两边排列着二十几座城

费雷德里克·莱顿勋爵《阿波罗的祭祀》

邦供奉的纪念建筑，有祭坛、纪念碑、柱廊，包括从前6世纪到前2世纪的希腊各时代建筑代表作。其中大部分是被称为“宝库”的建筑，里面陈列着献给阿波罗神的供奉祭品。这些纪念建筑，如今都已是断壁残垣，只有雅典、锡夫诺斯、尼多斯等城邦的“宝库”得到了部分修复。

阿波罗神庙的遗迹就在这片圣地的中央。神庙长约60米，宽约25米，东西端各有6柱，南北面各15柱，全部用石料精制。如今，在一个圆形的台基上，耸立着高大的石柱，展示着当年的壮观与宏大。外层的多立斯圆柱有许多已经歪斜，在饱受时间、风雪和地震摧残的内殿地面上，是爱奥尼亚式附墙圆柱。最后那两根柱子簇拥着唯一的一根科林斯圆柱，神像先前就被安放在这根圆柱边。

圣地里还有一处露天剧场，是在4世纪建造的，它是一个进行双轮战车赛跑和角斗的大运动场，是全希腊保存最好的运动场。这也是4年一度的皮同运动会（Jeux Pythiques）的举办地。当年，这个运动会同奥林匹克运动会旗鼓相当，也是全希腊具有影响力的重要活动，根据非常严格的宗教历法进行。然而在今天，这个运动会的丰采完全被奥运会遮蔽了，几乎没有人还记得这里曾经的喧嚣和繁华。

站在这神庙的高台上，放眼望去，远处的泰耶图斯主峰及其后面的伊索穆斯山巨大的卵形山体，掩映在若隐若现浮云浓雾之中，更远处是伊奥尼亚海荡漾的碧波，以及似隐似现的阿卡迪亚群峰。这一片景致，静谧、神秘而庄重，的确是一个适合得到神谕的地方啊！

然而，倾听神谕的时代早已过去，令人们至今仍然还记得德尔斐神庙的，是它入口门楣上刻的箴言。在古希腊，似乎所有庄重的建筑都在门楣上镌刻上一句箴言。这些古老的箴言，是古人智慧的结晶。大智慧都是极简的，一两句话就说透人生的真谛。

德尔斐神庙的箴言有两句，一句是“认识你自己”；另一句是“凡事勿过度”。

“认识你自己”是古希腊哲学的核心。有人问古希腊第一位哲学家泰勒斯“何事最难为？”他回答：“认识你自己。”而让德尔斐神庙的箴言传遍世界的是哲学家苏格拉底。

之前的希腊哲学是“宇宙论”的时代，哲学家们的眼光专注于物质世界，想求得一个变化多端、形态无定的物体，以为万物的本源，而把宇宙间的一切生死起灭的现象归之于本源的变化。苏格拉底则认为，人主要关心的是人，而不是宇宙；人只有理解了自己才能理解宇宙。因此，哲学的最高目标是“认识你自己”。他认为，未经审视的生活是不值得过的。他觉得，他的使命就是启发人们对自己的认识。

古罗马哲学家西塞罗说，苏格拉底“把哲学从天上召回来，置于城邦之中，并且把它引入家庭，使之成为探求生活、道德、善恶所必需的东西。”

苏格拉底也实践着这一箴言的启示。他对自己的认识是“自知其无知”。这也大概是“认识自己”最终的真谛。因此，苏格拉底获得了德尔斐神庙神谕最高的赞赏，称他是全希腊最有智慧的人。

这位最有智慧的人把德尔斐神庙的箴言传遍世界。从此，“认识自己”就成了哲学的使命。所有的哲学，最后都归结到这样一句话上来。以后的千年，世界的哲学家都成了他的学生。然而，人们还记得这句箴言，却始终难说已经找到了信心，难说真正地认识了自己。正如尼采说的那样：“我们无可避免跟自己保持陌生，我们不明白自己，我们搞不清楚自己，我们的永恒判词是：‘离每个人最远的，就是他自己。’对于我们自己，我们不是‘知者’……”

沿着来时的“神路”走下这片圣地，徐徐的晚风轻柔地拂面而过。夕阳西下，最后的余晖铺洒在山壑之中。身后，千年的神谕还在传唱，苏格拉底传达的德尔斐神庙的箴言，又激荡在我的心中。

德国画家安瑟尔姆·费尔巴哈绘《柏拉图的宴会》

柏拉图的夜宴

柏拉图的著作都是用对话写成的。其中有一篇叫《会饮篇》，是最著名的。这个《会饮篇》讲的是一次雅典的宴会。当时，诗人阿伽通写的第一部悲剧作品得了奖，他邀请许多朋友前来庆祝。在这次宴会上，希腊最优秀的人物大都在场，其中有诗人、戏剧家、智者、政治家、哲学家、医生等。比如修辞学家斐德罗、喜剧作家阿里斯托芬、哲学家苏格拉底等人都来了，都是一时之选的精英人物，可以说是当时雅典一次高层次的文人聚会。

大家对参加这场宴会都很重视，比如苏格拉底，据柏拉图记载，

“洗得干干净净的，还穿了鞋，这是很少见的事。”苏格拉底自己说，到阿伽通家赴宴，“我打扮得干净点，是为了漂漂亮亮地去看一个漂亮的人。”所以，参加宴会的人虽不能说都是锦衣绣袍，却也是衣冠楚楚，倜傥风流。

在古希腊的时候，宴会是很隆重、很重要的活动。对古希腊人来说，欢宴是代表文明的一块重要基石。早在荷马那个时代，宴会就已经成了人们显富扬名的地方。荷马史诗中英雄奥德修斯说：“最大的快乐莫过于让众人沉浸在欢乐之中。让宾客在各个大厅依次就座，听吟游诗人的演唱，他们身旁的桌子上摆好了面包和肉，斟酒人从碗中舀起酒，绕桌倒进客人们的杯子里。在我看来，这是人间最惬意的事了。”

古希腊人的宴会有很讲究的礼仪。《会饮篇》说，仆人为客人们洗了脚，让客人舒舒服服地躺下。参加宴会的客人都斜躺在各自的躺椅上，伸手可及处放着一个小桌。这次宴会上都有哪些食物供客人们分享，柏拉图没有记载。只是说，主人阿伽通唤仆人们上菜，并且

古希腊壁画《宴饮》

说，你们爱摆出什么就摆出什么。“今天你们应该设想我和这些客人都是你们邀请来的。要好好伺候，争取我们的称赞。”对于阿伽通的这些话，我们也可以理解那时候有标准的菜谱，或者是有统一的套餐。仆人们根据不同的客人上不同标准的菜。阿伽通说要“好好伺候”“争取我们的赞赏”，就是说客人的等级很高，都是贵客，一定要上最好的菜。别马虎啊！

柏拉图没记载这次宴会上的菜单，但我们可以从相关的材料中了解一下。一位希腊诗人写过一首《宴会》的诗，描述了公元前5世纪晚期到公元前4世纪早期雅典的一场宴会。这和柏拉图的时代差不多。在这首《宴会》诗的描写中，宴会以洗手和分发花环开始，随后“装在篮子里的雪白的大麦卷”就上了桌，接着是一系列悦目的鱼盘，有海鳗、鳐鱼、墨鱼、鱿鱼和闪着蜂蜜光彩的大虾，以及“裹着一层薄薄的油酥面的幼鸟”。下一道菜是肉，有猪肉、小山羊肉、小绵羊肉（炖烤两吃）、香肠、小公鸡、鸽子和鹌鹑。他写道：“外酥内软的半圆形小面包同奶油块儿一起端到客人的面前。”吃完这些菜后，仆人们又一次给客人洗手，并向他们献上紫罗兰花环。之后，把这些东西撤走，又搬上“第二桌”，有甜油酥卷、烤饼、奶酪糕、芝麻奶酪、蜜饯、杏仁和胡桃。希腊的水域中鱼的种类繁多，希腊人菜肴以海产品为主，肉吃得比较少，但在上述菜单中肉的品种也很多，可见这是一次极为奢华的盛宴。

柏拉图说，用餐之后，阿伽通和客人们“向神奠了酒，唱了庄严的颂神歌，举行了例行仪式，大家开始饮酒”。根据柏拉图说的，筵席和饮酒是两个阶段，筵席结束之后才开始饮酒。古希腊有一个词叫

“会饮”(Symposium)。“会饮”那一部分要比进餐部分重要得多，要遵守许多严格的规则和复杂的礼仪。“会饮”是酒会，但绝不是放荡狂饮。酒在古希腊社会中占有重要位置，酒被认为是神的恩赐，有消除悲痛、帮助睡眠、摆脱现实、缓解忧愁的功效。因此，酒神狄奥尼索斯被赋予巨大的权力。他们喝的都是葡萄酒。早在6000年前就发明了酿酒工艺，到荷马时代葡萄酒就已经是常用的饮品。希腊人认为葡萄酒是“人类智慧的源泉”。但是，酒一定是要兑水喝的。希腊人认为，兑不兑水是区分文明人和野蛮人的一个标志。据说，哲学家德谟克利特临终前，喝了一杯不兑水的葡萄酒，才安详地去世。

所以，在阿伽通的“会饮”上，他们喝的也是兑了水的葡萄酒。在大家喝着兑了水的葡萄酒的过程中，应该有吟唱诗篇、舞女演出、竖琴演奏，总之变成了一场歌舞晚会。更重要的是席间的谈话，充满智慧，妙语连珠，引人入胜。可以想象，在一群文人学士之间，大家习惯用热烈的谈话来为酒会增添趣味，并使之愈发显得高尚文雅。

阿伽通的会饮好像没有安排演出活动，直接进入到谈话阶段。谈话的主题，是“每个人都竭尽所能做一篇颂扬爱神的谈话”。

这是柏拉图《会饮篇》中最精彩的部分，整篇对话主要由6篇对爱神厄洛斯的颂辞组成，他们共同的主题就是颂扬真、美、善的统一。也正是因为这些优美的颂词，使《会饮篇》成为西方文明史上不朽的篇章。

哲学家菲德罗说：“爱神是最古老的神，也是最有力量的神之一，正是由于爱，使得平凡的青年成为英雄，因为爱人会为在自己热爱的情侣面前表现出怯懦而羞愧。给我一支由情侣们组成的军队，我就能征服整个世界。”接着发言的包散尼说：“不过你必须区分开尘世的爱和天国的爱——尘世的爱是两个肉体的互相吸引，天国的爱则是两个灵魂的息息相通。当青春之花凋谢的时候，鄙俗的肉体之爱就会振翅远去，而高尚的灵魂之爱是永恒不渝的。”

接着，喜剧诗人阿里斯托芬提出了一个崭新的爱的理论。他说：“很久以前，两种性别结合在一个身体里，这个身体圆得像一个球，有4只手、4只脚和2张脸。它行动非常迅速，用8只像轮辐似的爪子翻滚。这种男女合体的可怕力量惹恼了神明。宙斯想出了一个巧妙的计划，他说：‘让我们把它们劈成两半，那么它们的力量就只剩下一半，而我们将得到双倍的祭品。’于是，他把它们劈开，分成了男人和女人。从那以后，曾是一个整体的这两个部分极力渴望着重新合为一体，这种两性重聚的渴望就是我们所说的爱。”也许，人类只有一条幸福的路，就是实现自己的爱，找到恰好与自己配合的、唯一的爱人。

在这个对爱的富于幽默的解释之后，接着发言的是医生厄里什马克，他谈到身体的和谐和作为求爱模式的科学典范。之后，阿伽通以绮丽华美的词藻颂扬爱情的力量、魅力和作用。阿伽通说：“爱神在本质上原来就有高尚的美和高尚的善，后来一切人神之间有同样的优美品德，都由爱神种下善因。现在我想到两行诗，正可以表现我的意思。”

人世间的和平，
海洋上的风平浪静；
狂风的安息，

以及一切痛苦后的甜睡，

这都是爱神的成就。

最后，大家请最尊贵的客人苏格拉底谈谈他对这个问题的看法。

苏格拉底说："听了大家的滔滔雄辩之后，我实在是没什么好说的了。我的无知怎么能与这样的智慧相抗衡呢？"这种带有讽刺意味的谦虚，是典型的苏格拉底式的开场白。接下来，他便以自己的"无知"对他们的"智慧"提出了反驳。他提出了一连串无法解答的问题，一一驳斥了他们的论点，之后，他提出了自己的意见。他说："爱是人类灵魂对神圣的美的追求，爱的人不仅渴望找到美，而且渴望创造美，使美永世长存，在有限的身体中播下不朽的种子。这就是为什么异性彼此相爱——就是为了复制他们自己，从而使他们永恒。这也是为什么父母爱他们的孩子。对相爱的父母的灵魂来说，他们不仅仅是创造了孩子，而且创造了在对美的永恒追求中的探索者、合作者、同伴

苏格拉底像

和继承人。”

那么，我们试图通过爱使其永恒的美究竟是什么呢？它是智慧、美德、荣誉、正义、勇敢和忠诚。一句话，美就是真理。“真理直接引导我们走向神的道路。”

苏格拉底最后说：“我认为人人都应该尊敬爱神，并且自己也身体力行，尊敬一切与爱有关的事情，充满热情地这样做，而且激起别人这样做的热情，我现在和将来都尽可能地歌颂爱神的权力和威灵。”

客人们对老哲学家的演说报以热烈的掌声。然后他们继续喝酒，持续到深夜。虽然是兑了水的葡萄酒，喝多了同样醉人。天亮时，他们都酩酊大醉，一个接一个倒地大睡。只有苏格拉底一个人干了最后一杯，走出房间，迎着朝霞，到雅典市民中去传播他从德尔斐神庙获得的神谕的启示，去激励人们尊敬爱神的热情。

拉斐尔绘《雅典学园》

柏拉图的
图书馆

写了《柏拉图的夜宴》，又想写写柏拉图的图书馆。这个念头的起因，是之前在一个学术会议上，听说希腊图书馆学家斯塔伊克斯写了一本书，名叫《书籍与理念——柏拉图的图书馆与学院》，已经翻译成中文出版了。会后，我找来这本书读，从图书馆和阅读方面来说

柏拉图塑像

柏拉图的学园，确实是一个不错的角度。这位作者还写了一本《亚里士多德的图书馆》，也已经有了中文译本。

公元前387年，也就是柏拉图40岁的时候，他在雅典郊外赛菲萨斯河畔一座风景宜人的花园，建立了一座学园。这是人类历史上第一所哲学学校，号称是“全希腊世界的智慧之园”。我去雅典游历的时候，曾专程去寻访柏拉图学园的遗迹。在我看来，柏拉图学园是我们这些以哲学为业的人的圣地，拜谒这一哲学圣地，是萦绕在我心头的一个久远的梦想。我曾在一篇文章中说，柏拉图学园是全世界一切哲学学者的“母校”。

20世纪30年代，希腊考古学者曾经对柏拉图学园的遗址进行过考古发掘。据考古学家们说，学园是一个长方形的综合体，测量下来大约30米×60米，还有两个比邻的小长方形建筑。第一个是有屋顶的列柱廊，内部测量约为22.4米×44.4米，南端延伸到边墙之外，其中心可能是进入学园的唯一入口。许多文献都说，入口上镌刻着“不通几何者不得入内”。中庭的中央是一个水池，空地北边有一个基座，上面可能是安放缪斯的雕像。在这座柱廊的北面，还有两个正方形的房间。

学园的主楼有一个宽阔的大厅，四周敞开，书架内嵌于墙壁之上，也许在门道的中轴线上还有一个基座，安放雅典娜的雕像。图书馆可能还配备了门字形的木制讲台，学园的日常讲课和讨论都在这里进行。围绕图书馆的外侧，也有外廊。围绕着主要图书馆大厅还有教室和抄写工作室。

这座图书馆的建筑设计成为那个时代图书馆的经典样式，直到罗马时代的图书馆，都是这样的建筑。公元前1世纪的著名建筑家维特鲁维厄斯在《论建筑》中曾提到图书馆的设计，要求图书馆采光充足，便于读者阅览；防止潮湿，以利于纸莎草文献的保存。古希腊罗马时期的图书馆建筑，都是以石料为主要建筑材料，内部空间一般是由石柱支撑起的大厅，顶部采光，四周有柱廊，大厅内墙、壁龛和柱廊装饰有雕塑、壁画、人物肖像等，高大的书橱、书架贴墙而立。

此外，图书馆还有一间“审读者之屋”，在这里举行座谈形式的聚会。在学园里，大声朗读是学习过程的一个组成部分。实际上，不仅在柏拉图的学园，当时的雅典都是把朗读作为一种阅读的形式。据说，苏格拉底曾经要一名奴隶为他和他的朋友大声朗读。他还曾从书铺里购买了阿纳克萨格拉的《论心灵》，为他的朋友和学生朗读。

柏拉图把很大精力用在学园的组织和建设上面，他亲自给学生授课，把数学、天文学和其他科学引进学园，同时也不断丰富图书馆的收藏。柏拉图出身贵族家庭，在他的高祖德洛庇达时，就有家族图书馆。柏拉图有搜集各种书籍的爱好，从早年开始，他就熟悉以往时代流传下来的丰富知识，以及在雅典流通的那些书籍。

所以，建立学园以后，柏拉图也把搜集图书作为一项很重要的事业。学园的图书馆是从柏拉图的家族图书馆开始形成的。柏拉图还陆续购买了许多书籍。这些书籍中有毕达哥拉斯的著作，还有索弗隆的《滑稽剧》，以及阿尔基塔的著作等。柏拉图自己也写了许多书，他的著作当然也是这间图书馆的藏品。柏拉图去世后，他的侄子斯彪西波继承了他的事业，主持学园。据说，斯彪西波的著作很多，有70个纸莎草卷，共有43475行。在斯彪西波时代，学园图书馆已经积累了大量藏书，成为当时希腊世界最丰富的收藏。

此后，历代学园的主持者都把自己的著作和藏书赠送给学园的图书馆。这样，学园图书馆的藏书就越来越丰富了。

在苏格拉底时代，文明的传承、知识的传递，主要还是靠口耳相传，靠人的记忆力。书籍已经出现了，但使用得还不广泛，识字的人还不多。所以，苏格拉底只是与人们谈话和教导学生。人们都说他“述而不作”，和中国的孔子差不多，因为那个时候，无论是希腊还是中国，写作还不是主要的文化活动。但书籍已经出现了，并且逐渐成为文明传承的载体。虽然苏格拉底本人没有著书，但他很重视书籍的作用。他讲过一个故事，说当时埃及还在受诸神统治的时候，索斯发明了写作的技艺并献给阿蒙神。按照索斯的说法，他的发明将会极大地改进埃及人的集体记忆。苏格拉底还说过：“贤明的古人也有宝贵的财产，写在他们所著的书中，传给我们，我和我的朋友一道探讨研究。”

还有一个苏格拉底的故事更为引人入胜。青年费德鲁斯想给苏格拉底展示他具有把一个人“变成”一部文学作品的本领。于是，他背诵了雷西亚斯写的一部关于情侣责任的作品，希望自己的背诵能给苏格拉底留下一些印象。然而，苏格拉底误以为费德鲁斯是把书藏在长袍下面才背诵下来的，就要求这个年轻人诵读原文。

看来，那个时候书籍已经流行了。

但这个情况出现得并不是太早。苏格拉底、柏拉图那个时候，书籍的流行也没有多久。希腊人开始学会写字，有什么材料就用什么材料，陶片、蜡版、兽皮等，都是他们用过的书写材料。但这些材料很不方便，也说不上是真正的书籍。直到埃及人发明的纸莎草传到了希腊，希腊人才有了可以制作书籍的材料。这大概是在公元前7世纪前后，希腊商人到埃及通商，他们把纸莎草带到了希腊人的日常生活。据说，当时的纸莎草贸易规模非常大，埃及为希腊市场提供了大量的纸莎草。这种需求使尼罗河流域形成了一个完备的造纸行业，有数千家造纸作坊。从埃及进口纸莎草的每个中间商都要加价，所以到了希腊，书籍就会很贵，贵就贵在纸莎草上。

虽然书很贵，但是人们还有需要。书籍是希腊人最为珍视的财富，他们对于书籍的钟爱不亚于对家庭和情侣的感情。对于许多人来说，书籍甚至更为亲切，更为可爱。许多政治人物和学者都有自己的藏书。公元前560年，皮西斯特拉妥在雅典兴建了第一座公共图书馆。书籍是文明传承和发展的最重要的载体。古希腊文明在那个时代达到了非常光辉的时刻，与这个时期出现了书籍，出现了书籍的流通，更有人们对于书籍如痴如狂的热爱，肯定是分不开的。

大概在公元前5世纪，雅典已经有了专门的出版商，出现了最早的书市或书铺，书籍作为商品流通起来。那时候没有印刷术，所有的书籍都是抄写的。在苏美尔时代，就有专门的抄写人员，叫“书吏”，可能在希腊抄书也是一项专门的职业，抄写员有专门的工作坊。

一张张纸莎草连装起来，就是一部书卷，阅读时需逐张打开。在古典文明中，书籍只是狭义地指卷轴。纸莎草书卷的储存有两种方式：一种是把书卷放在单独的圆盒子里，每部书卷都插有一个单独的标签，每个盒子都按作者和相关主题分门别类；另一种是将书卷放置在开放的书架上，每一卷的末端都有识别标签。柏拉图的图书馆就是这种贮存方式，一部部书卷排列在书架上。

柏拉图的学园和图书馆代表了古希腊文化的繁荣昌盛。自从柏拉图创办了阿卡德米学园，雅典接二连三地出现了许多哲学家的学园，聚集了来自各地的爱好智慧的人们，或讲演、或辩论、或沉思、或著述，以探索自然、社会和人生。我们可以想见，在那个时候，许多年轻的学生跟在老师的身后，边走边聊，把飘逸的身影留在了雅典的花园和回廊里，这是多么美的风景啊！那时的雅典，具有多么浓郁的学术气氛！

柏拉图的学生亚里士多德也在雅典创办了一所学园。亚里士多德的学园坐落在伯里克利为训练新兵而建造的游乐场里，其中有许多林荫路，有树木、喷泉和柱廊，还有一座为吕克欧的阿波罗而建的神庙，所以学园被称为“吕克昂”。这个地方是散步的好场所，亚里士多德和学生们因此获得了“逍遥学派”的名声。亚里士多德主持学园共13个年头。每天上午，他给少数优秀学生讲授专门课程，下午则对民众作通俗讲演。

亚里士多德酷爱读书，他出身于贵族家庭，家中藏书丰富，柏拉图称其为“读书之家”。亚里士多德曾当过亚历山大大帝的老师，在他离开马其顿去雅典时，亚历山大曾送他800塔拉作研究之资。这是

亚里士多德像

一笔很大数目的钱。这样说来，亚里士多德是很有钱的人。后来，亚历山大又派了许多人员供他支配，分布在希腊和亚洲的各个地区。他命令部队、凡发现了任何有关新的动物和植物的材料，必须把原物或该物的绘图或详细的描述寄给亚里士多德。在亚历山大的帮助下，亚士里多德建立起一座规模可观的生物实验室，进行广泛的博物学研究。据说，亚历山大还下令为亚里士多德搜集各城邦的法律资料，为亚里士多德的政治学研究提供了直接的帮助。

有了这些资源，亚里士多德在学园里建立了一个规模很大的图书馆。亚里士多德本人的著作就数以百计，有人认为他的著作多达上千卷。他的作品很多都是以讲课的笔记为基础，有些甚至是他学生的课堂笔记。因此有人将亚里士多德看作是西方第一个教科书的作者。

亚里士多德是那个年代最博学的人，他是古希腊哲学的集大成者，他的研究几乎囊括所有的领域，也几乎对每一个学科都做出极大贡献，其中包括逻辑学、政治学、伦理学、经济学、形而上学、医学和诗学等。如果把古希腊哲学比作古希腊文明的王冠，那么，亚里士

罗马帝国时期马赛克镶嵌画《雅典学园》（局部）

多德哲学则是这座王冠上的一颗最璀璨夺目的宝石。作为一位百科全书式的思想家，他的著作可以说就是一部古希腊文明的百科全书。黑格尔曾说：“如果真有所谓人类导师的话，就应该认为亚里士多德是这样一个人。”所以，可以想见，亚里士多德学园的图书馆藏书规模也一定很大。为此，他专门发明了管理图书的分类法。这是最早的图书分类法。

可以说，亚里士多德是古典时期最伟大的书籍收藏家。亚里士多德的图书馆代表了那个时代藏书的最高水平，在整个希腊世界，都具有开创性的意义。

后来，亚里士多德离开了雅典，学园和学园的图书馆交给了他的学生们管理。在很长的时间里，这座学园和柏拉图的学园一样，都是雅典重要的文明坐标。再后来，据说，亚里士多德的大批藏书数易其地，几经沧桑，后来被L.C.苏拉作为战利品带回罗马，西塞罗有机会享用了这批图书。

庞贝古城遗址

那一眼
望不到边的苍茫

当我站在庞贝古城遗址大门口的时候，瞬间在心中产生了前所未有的震撼。它不像雅典的神庙是一座建筑的残迹，也不像罗马广场那样是一大片废墟，它是一座城，一整座城市的废墟。废墟的面积广大，一眼望不到边的苍茫，令人战栗和惊叹。

在这座古城的废墟里，一条条铺着石子或大理石路面的街道整洁宽敞，静静地走在石子路上，仿佛听到了远古的回声，就好像从哪个胡同里会跑出来嬉闹的孩子；路两旁的房子一排排完好如初，只是没有了房顶，或许哪一个打开的大门，会走出美艳的家庭主妇。宽阔的广场，神庙的残柱，半圆形的剧场，马赛克装饰的浴池，还有许多精美的壁画，都使这座古城仍然充满生活的气息。虽然，这是2000多年前的气息、古罗马人的气息。

庞贝古城早已离开了人们的视线，也已经不在人们的记忆中。公元79年，意大利南部的维苏威火山爆发，一股浓烟柱从维苏威火山垂直上升，后来向四面分散，状似蘑菇。在这股乌云里，偶尔有闪电般的火焰穿插，火焰闪过后，显得比夜晚还黑暗。火山喷出的碎石和火山灰遮天蔽日，加上岩浆和碎屑流埋没了附近的数个大小城镇村庄，把它们从地面上彻底抹去消失。

黑暗中，城市和村庄消失了，生活在这里的人们消失了，文明消失了。庞贝（Pompeii）和斯塔比伊（Stabiae）两城被火山灰和火山砾埋没，赫库兰尼姆（Herculaneum）城也被泥流掩埋。

庞贝古城市政广场遗迹

作家小普林尼（Pliny the Younger）当时停留在那不勒斯西边不远的地方。他在致历史学家塔西陀（Tacitus）的两封信中对这场大灾难有极好的描述，是现存的有关维苏威火山爆发情况的史料中唯一的第一手文字材料。他写道："那块云是从哪座山升起来的，远处观看的人分辨不清楚——它是从维苏威山升起的，那是后来才知道的——论形状，与松树的树冠最相像。它像是被一株无比高大的树干举向天空，无数的枝条向四方伸展，我想那是因为它被新聚集的气流托起，在空气力乏之后无所依赖，或者甚至是因为被自身的重量所制服，因而向四面消散，有时呈白色，有时乌黑混浊，好像是把泥土和尘埃一起裹挟而上……维苏威火山到处大火熊熊，光照天际，在漆黑的夜空显得格外明亮。……浓雾终于减退，消散，像烟，又像云。真正的白天出现了，还有太阳照射，不过光线是那样的昏黄，像日食时常见的那样。人们用惊恐的眼神扫视着面前的一切，一切都变了，全都覆盖着一层灰，厚厚的、灰白如雪。"

而那位小普林尼的养父，著名的博物学家老普林尼，则迎着漫天的火山灰，迎着黑暗，乘船赶往火山活动地区，去救援这一地区的灾民，同时考察火山爆发的情况。但是，他因吸入火山喷出的含硫气体而中毒死亡。

在当地居民纷纷逃离的时候，老普林尼却主动奔向火山迎接死亡。

我们抬头望去，在庞贝古城遗址不远处，海拔1277米高的维苏威火山恰似雄狮，匍匐在意大利半岛西侧的第勒尼安海滨，俯视着历史名城那不勒斯和被它摧毁的庞贝古城。

维苏威火山是世界著名的火山之一，被誉为"欧洲最危险的火山”。公元初前，著名的地理学家斯特拉波根据维苏威火山的地形地貌特征断定它是一座死火山，当时的人们完全相信他的这一论证，对火山满不在乎。火山的两侧种上了绿油油的庄稼，平原上到处遍布着柠檬林和橘子林，还有葡萄园等其他果园。然而他们万万没料到这座“死火山”正在酝酿着一场毁灭性的大灾难。

在那次惨烈的爆发之后，每隔几十年火山就从梦中醒来发威，从那以后已经爆发过50多次，仅1631年的大爆发就造成了3000人死亡。1944年维苏威火山再次喷发，从火山顶部的中心部位流出岩浆，喷出的火山砾和火山渣高出山顶约200米—500米。当时，同盟国军队与德国士兵正在山下激战。火山突然爆发的奇妙景观使得双方停止了战斗，成千上万的士兵跑去观看这一大自然奇观，仿佛是战场上的间歇，大家一起狂欢。

庞贝是古罗马时代一个十分繁荣的港口城市，但人们早就把它遗忘了。1594年，人们在萨尔诺河畔修建饮水渠时发现了一块上面刻有“庞贝”字样的石头；1707年，人们在维苏威火山脚下的一座花园里打井时，挖掘出3尊衣饰华丽的女性雕像。人们以为这些是那不勒斯海湾沿岸古代遗址中的文物，没有人意识到，一座古代城市此刻正完整地密封在他们脚下的火山岩屑中。直到1748年，人们挖掘出了被火山灰包裹着的人体遗骸，这才意识到，公元79年维苏威火山的爆发掩埋了一座城市。1860年，当地政府把古城保护起来，有组织地进行大规模挖掘行动。去除约60万平方米的火山灰和砾石后，在地下沉睡了千年的庞贝古城终于重见天日。

我们走进了这座重见天日的古城。庞贝城位于维苏威火山的南坡，周围是一片平原，平原上遍布柠檬林和葡萄园。庞贝城坐落在一个面积约63公顷的椭圆形台地上，略呈长方形，东、西长1200米，南北宽700米，周长3.8公里。城墙用石头砌成，有7座城门和14座城塔。城内大街纵横交错，街坊布局有如棋盘，有4条交叉成“井”字形的主要街道，将全城分成9个区。街道用石板铺筑，主街宽约7米，两旁建有人行道。人行道上，每隔一步就埋着一块高出路面的石头，这是为了方便雨天时行人走路。在每个较大街道的十字路口，都安装着一个半人高、带有雕像的石制水池，它们连接着一条长长的用砖石砌成的渡槽，把城外山顶上的泉水引进城来，供居民饮用。

城市中最宽阔的大街叫丰裕街，石板路面上有被当年车辆碾出的条条车辙，街的两边是酒馆、商店和住宅。丰裕街直通大广场。我们来到大广场，只见这座旷阔的长方形大广场，三面有围墙，广场四周建有许多宏伟的建筑。这里是庞贝政治、经济和宗教的中心。广场的东南是一座大会堂，那是庞贝的最高建筑，里面设有法院和市政厅。还有一座两层楼商业大厦。广场的东北是商场，店铺林立，有人在墙上涂写着：“赚钱即欢乐”。在一间酒吧里设有L形的大理石柜台，在小酒店的墙壁上，还可以看到书写的价目表、客人们的欠账数字等。在一家面包房的烤炉里，还发现了一块烤熟的面包，面包外形完好，上面印着面包商的名字。广场上装点着名人或神的塑像，广场的两侧是朱庇特神庙和阿波罗神庙，分别供奉主神朱庇特和太阳神阿波罗。

在庞贝城的东南角，有两座露天剧场。一座用来演出戏剧，另一座是小演奏厅，专门用于喜剧和音乐演出。这里还有一座宏伟的竞技

庞贝古城壁画

场，可以容纳2万人。它是角斗士浴血搏斗的场所，比著名的罗马竞技场还要早建51年。在这里发现了精美的剑和头盔，墙上还刻着有关角斗士明星的文字，如“加拉德斯，大英雄，令人心碎”“弗里克斯将与熊格斗”等。圆剧场外围的围墙高达2米，墙上绘有许多狩猎、竞技的壁画，反映出当年人们的生活状态。

庞贝城内有不少富豪的住宅。这些豪宅的大门，大都有大理石圆柱和雕花的门楼。整个建筑围绕一个正厅，正厅高度可达10米。屋顶上有一个开口，雨水从这里流下，流进室内一个大理石盆里。在围绕正厅的屋子当中，有一间房特别宽敞，既是办公室，又是起居室，主人在这里接待来客和起居休息。很多房间的墙上绘有栩栩如生的壁画，地板上也装饰镶嵌画。

位于市中心东侧的欧玛齐娅楼，是一座很大的综合性市场。外厢高处有两个相对着的大壁间是拍卖市场，为拍卖主持人和唱价人而设，里厢则是大型洗衣场。此外，这里还是羊毛交易市场。走在空旷的公共市场里，可以想见当年这里熙熙攘攘的商品交易场景。

庞贝城内有3座公共浴场，斯塔比亚浴场为其中最古老的浴场。这个浴场相当古雅，建于公元前2世纪，内有更衣室、微温浴室、游泳池等，是庞贝城内现存已出土的3座浴场中保留最好的一座。浴室长廊中圆柱成列，室内墙上的雕塑非常细致，连浴室内一个大理石浴盆也是价值连城。双层设计结构的地板，使下方冒出的蒸汽保持浴场内的温度。

庞贝古物馆收藏着一类特殊的藏品，那就是考古学家依据出土的人体硬壳制作的人体塑像。在火山喷发的一刹那，无数受害者在火山浮石、毒气、火山灰的夹击中丧生。火山灰包裹了他们的躯体，凝固

维苏威火山

下他们最后的姿势，将庞贝人临终前的所有细节记录了下来。估计火山爆发前的居住人口超过一万人，他们都在忙碌、奔波或享受生活，一瞬间，这些鲜活的生命都烟消灰灭，永远地埋在了火山灰之下。虽然这些人已经逝去近2000年，仍能给每一个来到这里的人以极大的震撼。

我在古城遗址盘桓了大半天，穿梭在古城废墟的大街小巷，进出于半毁的民宅、别墅、市场、商铺、面包房、温泉澡堂、仓库，站在大广场、圆形剧场里，心情一刻也无法平静。

庞贝古城已经创建了相当发达的文明。然而，高大的城墙，石砌的建筑，精美的壁画，以及在这里纵情生活的人们，在火山爆发的那一瞬间，都消失了，都被掩埋在无情的厚厚的火山灰之下。人们以为自己主宰了世界，以为可以改造自然，喝令三山五岳，然而，在大自

庞贝古城街巷遗迹

然的威力面前，文明的力量显得多么脆弱，多么不堪一击！

然而，幸运的是，在湮灭了2000年之后，庞贝古城重见天日。公元1世纪的罗马城市风貌，又如此完整地呈现在我们面前。重见天日的庞贝古城，展现了罗马帝国时代的辉煌文明。庞贝古城是罗马文明的一个样本，它令我们真切地感受到罗马文明的丰富多彩、盛世浮华。

还有的是，这一重见天日的罗马文明，启发了18世纪欧洲的艺术灵感，开始了欧洲文化的新古典主义潮流。

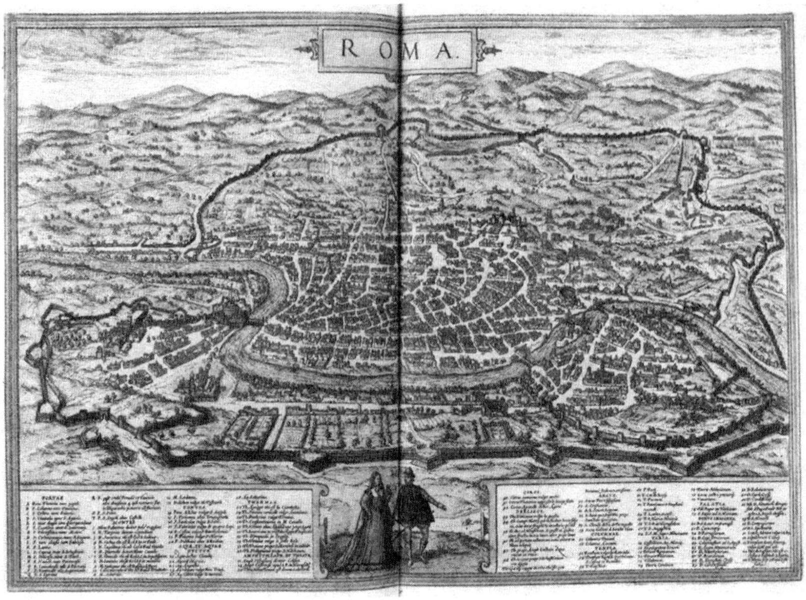

古罗马城市鸟瞰图

罗马自由的最后辩护人

在著名的罗马广场，所见大部分都是残破的墙垣、孤独的廊柱和横躺竖卧的石块，但在广场的中间位置，有一个方形建筑，保存得还算比较完好。这个建筑是古罗马时期元老院的议事堂（Curia）。这座议事堂也是几经毁建，饱经沧桑，见证着罗马广场的诡谲风云，潮起潮落。

古代罗马时，元老院（Senatus）是兼有立法权和管理权的国家机关。西塞罗曾说，元老院是公众事务的引导者、辩护者和捍卫者。在罗马共和时期，元老院有300名成员，执政官轮流每月轮流作为元老院主席，或者第一元老作为议场的领导人。这里是罗马的权力中枢，也是整个地中海世界的心脏。

然而，就是在这里，在元老院的议事堂，公元前44年，在那个以“3月15日”著称的日子，罗马执政官恺撒刚走进元老院就座，阴谋者全都向他围拢过来，掏出藏在宽袍里的匕首，一起向他刺了23刀。这位叱咤风云的罗马英雄当场毙命。

这场谋杀发生的时候，西塞罗没有在场。他曾经很长时间都是元老院的成员，但早就被恺撒撤职了。他与恺撒政见多有不同，所以也有人怀疑他是这场凶杀案阴谋的参与者。不过，据说他开始还挺兴奋，但后来却对恺撒之死的后果大为惊恐，他说，早知这样，何必要杀死恺撒？

西塞罗是罗马第一大文人，茨威格说他是“他那个时代的最吸引人也是最令人激动的人物”，是“罗马帝国的第一个人文主义者”。他一直以维护罗马的共和国为己任。但是，当时的罗马共和国已是末日临头，战乱频繁，国家实权已经落到手握重兵的军事将帅的手中。站在罗马政治舞台中心的举足轻重的人物是庞培和恺撒。西塞罗为了保持元老院的权威，拉拢庞培以打击恺撒的力量，使庞培与元老院结成联盟，但不久恺撒便击败庞培。没有办法，西塞罗和许多贵族不得不投向恺撒。恺撒在扫除了政敌的军事力量以后，集政府权力于一身，成了罗马唯一的主人，开始了个人独裁的统治，使共和国只剩下“一个既无内容又无光辉的空名”。西塞罗此时顾影自怜，感叹成了“恺撒的奴隶”的命运。罗马已经没有需要西塞罗的地方。恺撒把他排出国家事务，赶出了罗马。

西塞罗只好回到自己的故乡，过上了虽然短暂却是十分有益的平静的生活。对于西塞罗的这个命运，茨威格却很开心地说："每一种流亡的形式对于一个有才智的人都是集聚内心力量的一种鞭策。"他还说："对于一个有才智的人来说，没有什么比被排斥出公众生活和政治生活更为幸运的事了。它把思想家、艺术家从他们没有尊严的，只有暴力或者阴谋诡计大行其道的领域里逼了出来，驱回到他们内心没有被触动和没有被毁坏的属地。"

西塞罗就是这样一个才智之士，他的被撤职正好使他回到自己内心的属地。虽然他总是积极地参与政治生活，但在本质上还是一个文人。根据普鲁塔克的记载，西塞罗出生时，他母亲梦见了一个预言，说西塞罗将会为罗马带来极大的福祉。西塞罗从小就受到了良好的教育。他父亲为他请了一位希腊诗人，教他文学和希腊文，后来又送他去学习法律。待他长大以后，他又到雅典度过了3年愉快的生活，学习希腊的哲学和演说术。他16岁时穿上成年袍到罗马求学，研读法律和哲学。他对法律和辩论术怀有特别浓厚的兴趣，经常到法庭旁听各种审判和辩论，参加行政官们争取那些最终有权投票通过各种法律的民众所召开的公众集会，很快学会了辩论的艺术和技巧。他说："要学好法律必须放弃一切乐趣，避免任何娱乐、游戏、款宴，甚至要自我隔离，少与朋友来往。"

西塞罗对政治抱有极大的热情，他的座右铭是：追求最好的，超越他人。西塞罗正是由从事法律辩护开始了他的政治生涯。他接受的第一个辩护案是罗斯塞乌斯（Roscius）案件。罗斯塞乌斯是一位很富

西塞罗《论老年》中世纪版本插图，表现学者之间的一场辩论

有的骑士，公元前80年，他的父亲被暗杀。一位叫克赖塞乌斯（Chrysogonus）的人想吞并他的财产，便诬告他犯有杀父之罪，欲置他于死地。克赖塞乌斯是独裁者苏拉的亲信。当时所有的律师都因害怕触怒苏拉本人而不敢接手这个案子，但西塞罗没有畏惧原告的后台，充当了罗斯塞乌斯的辩护人，在法庭上以丰富的法律知识和雄辩的口才，用大量事实揭露了克赖塞乌斯的丑恶行径，使罗斯塞乌斯洗清了不白之冤，从而为他赢得了极大的名声。

但据说因为害怕苏拉的迫害，也更可能是出于个人健康原因，西塞罗随后离开了罗马，前往希腊。在那里，他受到了柏拉图学园的哲学家斐洛和科里托马库斯怀疑论的极大影响，以至于他开始考虑，如果自己回不到罗马，便在雅典安顿下来过平静的生活，研究哲学。

接着他前往小亚细亚的罗德岛学习演讲。据说，传授西塞罗演讲学的老师阿波罗尼乌斯不会拉丁语，于是他要求西塞罗用希腊语演讲。尽管希腊语不是他的母语，西塞罗还是用希腊语发表了他的演说。在演说过程中，听众纷纷开始窃窃私语，流露出赞许和惊异，但阿波罗尼乌斯一言不发，西塞罗演讲结束后，他陷入了长时间的沉默之中。直到西塞罗开始感到不安时，他才开口道："你，西塞罗，我由衷地赞赏和钦佩；但为希腊不幸的命运，我感到可惜，因为我见证了我们唯一还留下的荣耀，我们的文化和我们的雄辩，也因为你，将会被罗马人所有。"

不久之后，苏拉的死讯传来，西塞罗决心回到罗马的公共生活中去。公元前70年，西塞罗发表了《反对维列斯》演说，更使他一举成名。维列斯是西西里的总督，他在当地横行霸道，残酷掠夺居民财产，贪赃枉法，深为人民所痛恨。西塞罗对维列斯的罪行提出起诉，要求法庭公正判决。当时一位叫霍坦塞乌斯的雄辩家为维列斯辩护，这位雄辩家久负盛名，并且被选为下届执政官，这使西塞罗面临严峻的考验。但是，西塞罗并没有因为对手是大名鼎鼎的权威而畏惧。他在法庭上慷慨陈词，声音洪亮、言辞尖锐，无情地揭露了维列斯的种种恶劣行径，尽管霍坦塞乌斯施展他的全部才能，极力狡辩，但也无济于事。在西塞罗的痛斥下，维列斯狼狈不堪，只得低头认罪，霍坦塞乌斯也理屈词穷，一败涂地。

维列斯案之后，西塞罗名声大振。第二年便被选为高级市政官。几年后又被选为罗马执政官，达到了统治阶级的最上层。这一年他43岁。

在他执政期间，一位叫卡提林纳的政客因两次竞选执政官失败而不死心，密谋以武装政变夺取权力，在意大利各地进行煽动，秘密聚集力量。西塞罗粉碎了卡提林纳的政变阴谋，挽救了罗马共和国，因而被授予“祖国之父”的崇高称号，获得了戴公民花冠等荣誉。

西塞罗一直活动在罗马的政治舞台上，为罗马的共和国呼吁，捍卫罗马的自由。他在法庭上、元老院和公共场所演讲时，常常获得听众一次又一次喝彩。在西塞罗死后100年，普鲁塔克称颂他是罗马共和国最后一位值得信赖的朋友。

但是，此时，恺撒当权以后，他不得不黯然离开，躲到了乡下的田园里。就是这几年，他沉下心来研究哲学，写下了他一生中最重要的著作，而且因此获得了身后的巨大荣誉。

西塞罗是罗马最著名的演说家和散文作家，他的卓越才华有着永久的魅力。他遗留书信900封，反映了共和国末期的社会政治生活，描绘了形形色色的政治人物。他留下的58篇演说词，篇篇结构匀称，词汇丰富，句法讲究，音韵和谐，轻快流畅。读来抑扬顿挫，铿锵有力，被称为“西塞罗式句法”。西塞罗的雄辩才能举世无双，他的拉丁文的流利亦是前无古人。恺撒虽然把他视为政敌，但却极为尊重他的才华。他把他的《论推理》题献给西塞罗：

> 您发现了演说术的宝藏，也是使用这些宝藏的第一人。您施惠给罗马人，罗马因您而荣耀。您的功绩比那些最伟大的将军们合起来的功绩更伟大、更辉煌。因为增长人类的见识要比开拓罗马的疆域更崇高和更有益。

恺撒死后，执政官安东尼成了新的独裁者。西塞罗再次回到罗马。他重新站在罗马广场上，站到了元老院的讲坛上，再一次向罗马

西塞罗像

民众大声疾呼，尖锐地反对独裁者安东尼。他接连发表了14篇著名演说，对安东尼进行猛烈的攻击，鼓动人们起来反对安东尼。一时间，西塞罗成为声誉卓著的民众领导，按照历史学家阿庇安的说法，他站在他名誉的峰巅。

但在之后不久，安东尼和屋大维、雷必达结成了“后三头同盟”，完全控制了局势，得到了处理国家事务的无限全权。他们实行“公敌宣告”，据记载，共杀死元老约300人，骑士约2000人。在“公敌”名单上名列第一的就是西塞罗。

西塞罗是一个勇敢的人，但此时他已经无力回天，只能离开罗马，再次逃亡。在逃亡的途中，他被安东尼派出的追捕军队杀死了。他视死如归，好像在等待这一刻。据说，西塞罗面对刽子手时说：“士兵，你所做的事情是不合适的，但请选择一种合适的方式来结束我的生命。”

茨威格说道：“这位罗马自由的最后的辩护人，在这个最后时刻，他表现得比此前生活的千百万个小时更为英勇、更为刚强、更为坚定。”

德国画家林格（Ludger tum Ring）的《维吉尔》

在那不勒斯
倾听维吉尔的诗

古罗马诗人维吉尔死在了那不勒斯，他的墓地就在那里。

我到那不勒斯，在一个午后，在当地的青年朋友谢宗旭先生的陪同下，去寻找维吉尔（Virgil）的墓地，希望在那里找到诗人的踪迹，获得诗魂的灵感。

我们从那不勒斯城里出发，驱车半个多小时来到郊外，在一个小山坡脚下，谢宗旭告诉我，维吉尔的墓地应该就在这山坡上。我怀着几分激动的心情，一步一步爬上小山坡，却什么也没有发现，连一个标志牌都没有。小谢也有些着急。我们在山坡上找来找去，终于发现了一个不起眼的小山洞，洞口有铁栏杆挡着，栏杆上挂着一个小小的铜牌。谢宗旭指着洞口说：这就是维吉尔的墓地了。

我探着头向山洞里望去，光线极暗，几乎什么也看不到。适应了一会，渐渐在洞穴的深处，看到了一座小小的土堆。洞穴不深，土堆也不大，外面的山坡上，除了一些灌木丛，也没有别的什么与之为邻。维吉尔大概就静静地在那里安睡了2000年。据我读到过的一份文献说，维吉尔的墓碑上刻着两行铭文："曼图亚生我，卡拉布利亚夺去我的生命，如今，帕耳忒诺珀保有我；我歌唱过放牧、农田和领袖。"我没有在这个洞穴里发现墓碑，可能久远的岁月早就把它掩埋在黄土之中。

我颇有些失望，那位以诗歌响彻罗马帝国的大诗人，身后竟然是如此的寂落！可是，古今的文人们，又有多少不是这样寂落呢？那些高大的纪念碑，那些富丽巍峨的陵墓，却属于帝王，属于统治者。而文人们，有他们的那些著作和诗歌，便足以令人们永远缅怀。

我又有些兴奋，我终于在这里找到了他，在他的安息地倾听他的歌。

维吉尔生活在罗马历史上一个非常重要的时代，是从共和走向帝国的时代，是奥古斯都的时代。这也是罗马文学蓬勃发展、大放异彩的时代。贺拉斯、抒情诗人普罗佩提乌斯（Sextus Propertius）、悲剧和史诗作者瓦里乌斯（Lucius Rufus Varius）都属于这个时代。在世界文明史上，但凡国家的盛世，都会出现一个文学艺术大发展的局面，作家、剧作家、诗人都会一大批一大批地同时出现，他们如群星灿烂，相互映照，蔚为壮观。比如伊丽莎白一世时代、维多利亚时代的英国，比如中国的盛唐时代；再比如意大利的文艺复兴时代、法国的启蒙时代。在这样的时代里，人们创作的激情喷涌而出，胸怀博大，气象万千，诗情盎然。

维吉尔生活的时代，即奥古斯都时代，就是这样一个时代。关于维吉尔的诞生，有这样一个传说：他母亲怀他的时候，梦见生了一株月桂树，落地生根，立即长成一株大树，结了许多花朵和果实。罗马人用月桂树的枝叶编成环状冠，戴在优胜者的头上，代表荣誉。次日，她和丈夫去附近一处农庄时，半路上不得不离开大道，在路边一条沟里把婴儿生下来。据说，婴儿出生时不哭，性格温和，父母当时就肯定这孩子将来会很幸福。此外还发生了一个征兆，按当时风俗，小儿出生处要种一株小白杨树，这树一种下去就长得像有一年树龄的树，因此这棵树就被人叫作“维吉尔树”。人们认为它是圣树，凡是怀孕的妇女和年轻的母亲，都来这里祈祷。

维吉尔的家乡在意大利北部。他的父亲是一个并不富裕的农夫，但他仍然帮助维吉尔完成了相当于现在大学程度的教育，先后送他到米兰和罗马学习。他学修辞学，向亚历山大派哀歌诗人帕尔通纽斯（Parthonius）学希腊文，从希罗（Syro）学伊壁鸠鲁哲学。卢克莱修（Lucretius）新问世的《物性论》引起他很大兴趣。在罗马，他结识了诗人和政治家迦鲁斯（Gaius Cornelius Gallus）、波利奥（Gaius Asinius Pollio）和瓦鲁斯（Alfenus Varus）。他通过波利欧结识了屋大维

让·约瑟夫·塔拉逊（Jean-Joseph Taillsson）绘，表现维吉尔向屋大维和屋大维娅朗诵《埃涅阿斯纪》

（即后来的罗马帝国第一位皇帝奥古斯都），并成为屋大维亲信梅塞纳斯（Gaius Maecenas）幕中成员。

公元前44年，罗马发生了一件惊天动地的大事件，一群元老院的成员刺杀了恺撒，罗马陷入战乱之中。第二年，维吉尔离开了混乱的罗马，回到他的曼图亚田庄。在此期间，创作他的重要作品《牧歌》。

《牧歌》是在希腊诗人忒俄克里托斯的田园诗影响下写成的。包括10首短歌，采用牧羊人对歌或独歌的形式，内容有爱情诗、哀歌、哲理诗、酬友诗等，还有一些诗是描写农村凋敝景象的。这些短歌中有些诗行就是希腊诗的改写或集句。但同忒俄克里托斯单纯描写田园景色和牧人爱情不同，维吉尔在歌唱牧人的生活和爱情的同时，还抒发了对当时政治和社会情况的真实感受。在第九歌中，诗人借牧羊人的口说道：

> 我们今生居然经历到了未曾梦想过的事，
> 一个陌生人变成了我们的土地的占有者，
> 他居然说：“这是我的地，你们老农户，搬走。”
> 在这样颠三倒四的世界，我们认输，我们悲痛。
> 我们现在正在把这群羔羊给他送去，愿他倒霉。

这样的诗句，显现出战争期间人民被迫离乡的痛苦和对统治者的消极抗议。

公元前37—前30年间，他创作了《农事诗》。《农事诗》全4卷，共2188行，是一篇关于古罗马农民工作与生活的诗歌，4卷分别写农业、园艺（葡萄与橄榄）、畜牧、养蜂。维吉尔自幼生活在农村，熟悉农村的情况，他知道只有农村的繁荣，才能使整个国家强大。他歌颂农村的快乐生活，把有关农业的一些专门知识同对祖国山河、自然景色、历史事件甚至神话传说的描写结合起来，把枯燥的农事写得生动有趣。

据记载，当时屋大维对《农事诗》十分关注，他在阿可提翁的决战中击败安东尼后，把维吉尔招到军营，让他连续4天朗诵《农事诗》。维吉尔累得筋疲力尽，又换了一位诗人替他继续朗诵。但是，尽管念的是相同的诗，别人永远也传达不出维吉尔声音的表现力和戏剧性。

维吉尔的最后10年都花费在他的最重要的著作12卷史诗《埃涅

维吉尔在创作《埃涅阿斯纪》

阿斯纪》上。罗马神话传说，罗马人最早的祖先是来自特洛伊的英雄埃涅阿斯；在伊利昂城被阿凯亚人攻陷后，埃涅阿斯在天神护卫下逃出来，同他父亲安基塞斯和他的小儿子尤利乌斯一起，辗转到了意大利，娶当地的公主为妻，建立了王都，开始了尤莉娅家族的统治。这个传说就成为史诗内容的依据。维吉尔的史诗借用罗马传说来歌颂罗马祖先建国创业的丰功伟绩，而且把罗马历史与神话连接起来，证明罗马王族是神的后裔，非同凡俗。他通过主人公的遭遇，颂扬了罗马帝国的神圣传统和先王建国的艰辛。诗中塑造的埃涅阿斯的形象体现了罗马人理想的道德品质，即敬神、忠诚、勇敢、克制、大度和仁爱。

史诗虽然写了罗马的光荣，但作者也不时流露出哀伤情绪。当埃涅阿斯在迦太基看见尤诺神庙上刻着特洛伊的故事时，叹息道：“人间的一切都引我伤心落泪。”

《埃涅阿斯纪》在情节安排上和形象比喻上模仿荷马，但他又有自己独特的艺术风格，代表了罗马帝国文学的最高成就。因此，他也被罗马人奉为国民诗人、被当代及后世广泛认为是古罗马最伟大的诗人，乃至世界文学史上最伟大的文学家之一。

在《埃涅阿斯纪》的创作过程中，奥古斯都对维吉尔的进度非常关心，甚至写信给维吉尔要求让他先睹为快。但维吉尔直到他完全完成了几卷之后，才亲自朗诵给奥古斯都和皇妹屋大维娅。据说屋大维娅被诗歌的情节感染得难以自拔，以至于当维吉尔念到“你将会变成真正的马可鲁斯”（“tu Marcellus eris”）时，她终于抑制不住情感而昏倒在地。

《埃涅阿斯纪》初稿基本完成后，维吉尔准备用3年时间为诗歌做最后的润色修改。为此，维吉尔专程前往希腊，熟悉他书中的场景。不料，在回国的途中，死神却在等着他。他在遗嘱中要求朋友们把他的史诗稿焚毁。但他们在处理他的遗稿时，并没按照他的遗嘱做。奥古斯都命令他们整理编辑这部史诗，公之于世。这才有了《埃涅阿斯纪》这部传世之作。

维吉尔开创了一种新型的史诗。他给诗歌注入了新的内容，赋予它新的风格，产生了深远的影响。他的作品具有历史感和思想的成熟性。他是一个自觉的艺术家。他歌颂坚韧不拔的精神、责任感、虔敬、信神；他歌颂和平与和平带来的幸福，歌颂给他带来幸福的屋大维；他歌颂田园生活，陶醉在大自然中；他歌颂普遍的仁爱。

维吉尔生前就已被公认为是最重要的罗马诗人，在他死后，他的声名始终不衰。罗马基督教会从公元4世纪起就认为他是未来世界的预言家和圣人，他在中古时代一直享有特殊的尊荣地位。但丁在《神曲》中，以维吉尔为他的老师和带路人，认为他最有智慧，最了解人类。

在古代希腊罗马文学作家中，维吉尔是荷马以后最重要的史诗诗人。

此刻，我站在维吉尔并不张扬的墓庐前，想起维吉尔过往的故事和诗篇。我漫步在那不勒斯海湾，眺望广阔的大海，感受到诗人宽广的胸怀，以及他那悲天悯人的人道主义情怀。他生活在罗马帝国蓬勃发展的时代，他的内心也像这个时代一样充满激情，但是，除了对帝国伟业的赞美，在他的心里，还有对人世间艰辛和苦难的同情。正如他的诗所说："人间的一切都引我伤心落泪。"

那不勒斯海湾

罗马广场遗址

最后的罗马人

公元410年，日耳曼西哥特人领袖阿拉里克率30万大军踏进了罗马城的大门。3天之内，他的士兵们疯狂地洗劫了这座“永恒之城”。金银细软被抢掳一空，琼楼玉宇变成了瓦砾废墟，成千上万的罗马人惨遭杀戮。曾经不可一世的西罗马帝国彻底崩溃了。

阿拉里克洗劫了罗马城之后，继续率军南进，在罗马城中留下一个由蛮族首领和罗马贵族们组成的混合政权。这种混合政权既维持着哥特人古老的习惯法，也保留着罗马法律和元老院等政治机构。正是这种混合形态的社会制度为这块昔日的罗马世界带来了大战过后的短暂稳定，使那些“最后的罗马人”得以休养生息，并能有机会在异族统治者治下继续发挥他们的作用和才能。

鲍埃蒂雕像

在“最后的罗马人”中，也出了一位哲学家。他的名字叫鲍埃蒂，是虔诚的基督徒，但他并没有追随教会主张的蒙昧主义，而是以哲学的智慧之光去照亮基督教的世界，致力于从古代希腊罗马的哲学中寻求理性的精神，使基督教思想现实化和理性化，从而使那些成为亡国奴的基督徒从单纯的信仰走向理性的王国。

但鲍埃蒂首先是一生享有盛名的政治家。他出身于罗马贵族，父亲曾两度出任罗马城长官，还担任过罗马执政官。鲍埃蒂自小受到良好的教育，且聪慧超群，思想早熟，弱冠之年便投入社会政治生活之中。他的才华深得当时的统治者东哥特王狄奥多里克（Theodoricus）的赏识，与他结为挚友，并让他单独负责监制铸币的重任。510年，鲍埃蒂出任罗马执政官，而在以后的许多年中，他一直是狄奥多里克的近臣。鲍埃蒂像柏拉图提倡的那样以智慧和良心治国为自己的理想，在辅佐异族统治者的同时，力图恢复昔日罗马元老院的权威，以限制国王的政治权力，并在罗马恢复罗马人的自由。

但是，君恩如水，不一定什么时候就流走了，而异族统治者对被征服者的信任更是有限的。就在鲍埃蒂悉心朝政，勤勉国事之时，却遭谗言诬陷，以图谋不轨的罪名锒铛入狱，财产全部被没收充公。刚才还在朝堂之上，这会儿就成了阶下之囚。

鲍埃蒂蒙受不白之冤，身陷囹圄又不得申辩。他愤然命笔，把他的哀怨和反省，写进了其遗训般的《哲学的慰藉》这部哲学名篇。鲍埃蒂在书中倾吐了自己的哀怨和申辩，探讨了人生的命运和哲理。字里行间，可以看出他身处逆境之中的心情与反思，用哲学理性来安心立命、靠天国信仰来超越自我，充满了基督教的哲理和美感。

据说，鲍埃蒂是模仿同时代人卡培拉的《美辞与信徒的联姻》之风格撰写了《哲学的慰藉》，即采用诗歌与散文交错对比的形式来描述其所恩所怨、所思所叹。开篇诗中说：

往昔我沉醉写出欢娱的歌诵，
而今我被迫流泪作悲伤的吟咏；
残破而苍劲的众艺神引导着我那怆苦的歌声，
使我满面泪如泉涌。

鲍埃蒂从这一充满哀情的悲歌开始其对人生命运的认真思索，又凭借哲学的安慰而解答了对人类信仰和智慧的种种疑问。

《哲学的慰藉》由5卷组成，各卷诗文并茂，相得益彰。第一卷叙述他的不幸遭遇及其愤慨和叹息，引入他与哲学的寓意性对话。第二卷用哲学理性来剖析世人名利之恋的是与非，探求对幸福的理解及其意义。第三卷论及作者靠哲学的慰藉从命运的打击下站立起来，开始审视真正的最高福善，倾慕那作为宇宙最高主宰的神圣上帝。第四卷讨论人世的罪恶及上帝的公义等问题。第五卷则阐释了天命与自由意志、必然与偶然、人之理性与上帝智慧的关系，得出弃恶从善、超脱尘世的结论。

鲍埃蒂采用散文和诗歌交错的形式，描述了作者同拟人化的“哲学”共同探讨生活哲理和基督教思想的过程。他运用理性的钥匙打开了由于单纯信仰、缺乏知识所造成的种种疑惑，结合个人经历和对哲学的认识，探讨了自奥古斯丁以来对基督教信仰所做的解释，同时也描述了自己的境遇和愤懑不平的委屈心情。他声称自己遵从毕达哥拉斯的命令去“追随上帝”，上帝是宇宙间作为至善精神的统一性存在的。他认为，命运的幸福和真正的幸福都是“善”，但命运的幸福乃是一种以人的生命为限的、“被身体的死亡约束”的、有限的、易被外物夺去的幸福，是一种能够平心静气地忍受其损失的“渺小的善”。而真正的幸福则是一种不可能为外物夺去的、有着无限生命的、永恒的幸福，它体现出驾驭着宇宙事物的爱的意志。所谓至善便是指“一切美好事物的最高点，包括一切美好的事物”，上帝的本质即存在于绝对的至善之中，它是一切尊严、快乐和名誉的源泉。

他写了礼赞上帝的颂歌，但却没有丝毫的迷信和狂热，饱含着理性的深沉和逻辑的力量。

在《哲学的慰藉》中，通篇丝毫没有那个时代的迷信与病态的迹象，没有罪孽的萦绕，以及过分强求那不可及的事物的倾向。书中呈现一片纯哲学的宁静。鲍埃蒂最后以下述警句结束全书：

> 所以要离弃邪恶，追从道德，将你的精神振作起来，把它寄托在正直的希望里，把你的祈祷从尘世奉献于上苍。认真地说，你行善的责任重大，因为你所行的一切，都是行在无所不见的神圣法官之前。

这部不朽之作以深邃的究诘、升华的意境及优美的文笔，成为千古绝唱，成为欧洲中世纪早期基督教世界哲学、伦理、美学及文学的

罗马阿比亚古道

典范。英国历史学家吉本曾把它赞誉为一部“黄金宝典”，并认为，它不是柏拉图或西塞罗所擅长撰写的那种很有华彩但无价值的作品，它含有一种发自时代的野蛮状态和作者亲身经历所提炼出来的无可比拟的智慧。

但是，这本书却是作者在被判死刑后在狱中写成的。人们常惊讶这位罗马人在临刑前所表现的冷静和极富逻辑性的思考。罗素甚至说：“这和柏拉图笔下的苏格拉底的最后时刻是同样令人赞叹不已的。”

鲍埃蒂在哲学中寻找到最后的慰藉，在孤寂寒冷的牢狱中平静地沉思着宇宙、世界和人生。524年，狄奥多里克王下令处死了鲍埃蒂。鲍埃蒂却在死后名望日增。在他殉难的巴维亚，他被当作一位虔诚的基督徒受到人们的崇敬，至今保存在巴维亚的那座曾经幽禁过他的砖塔仍为当地居民视为圣物。而下令处死他的狄奥多里克王不久便自觉误斩良臣，追悔莫及，郁郁而终。

几百年后，即996年，教皇奥托三世下诏，将鲍埃蒂的遗骨由原地移至圣彼得大教堂豪华的陵墓安放。后来，教皇西尔维斯特二世为他的墓冢撰写了铭文，这些铭文之后被移置在这一大教堂的祭坛下面。

亚历山大古城遗址

亚历山大图书馆与希帕蒂娅

亚历山大大帝东征西讨，到处建立以他自己名字命名的城市，所以，在欧亚大陆上有多处亚历山大城。第一座亚历山大城建在埃及。他死后，亚历山大城成为古埃及托勒密王国的首都。

托勒密王朝的统治者决意把亚历山大城建成像雅典一样的城市，使自己的国家不但成为军事大国，也成为文化大国。为此，他们仿效希腊，开始修建博学园和图书馆。

亚历山大图书馆是人类文明世界的太阳。亚历山大图书馆始建于托勒密一世（约公元前367—前283年），盛于托勒密二世、托勒密三世，是世界上最古老的图书馆之一。

据说当初建立亚历山大图书馆唯一的目的就是“收集全世界的书”，实现“世界知识总汇”的梦想。图书馆的拥护者公开宣布：要拥有“世界上所有的书”“所有国家的著述”。历代国王甚至为此采取过一切手段：下令搜查每一艘进入亚历山大港口的船只，只要发现图书，不论国籍，马上归入亚历山大图书馆。

有一则传说讲到，当时古希腊三大悲剧作家欧里庇得斯、埃斯库罗斯和索福克勒斯的手稿原本收藏在雅典档案馆内。托勒密三世得知此事后便设了一计，以制造副本为由，先用一笔押金说服雅典破例出借，据说最后归还给希腊的实际上是复制件，而真迹原件却被送往亚历山大图书馆了。

通过各种手段，亚历山大图书馆迅速成为人类早期历史上最伟大的图书馆：拥有公元前9世纪古希腊著名诗人荷马的全部诗稿，并首次在图书馆复制和译成拉丁文字；藏有包括《几何原本》在内的古希腊数学家欧几里得的许多真迹；公元前270年古希腊天文学家阿里斯塔克的关于日心说的理论著作；古希腊三大悲剧作家的手稿真迹；古希腊医师、西方医学奠基人希波克拉底的著述手稿；第一本希腊文《圣经》旧约摩西五经的译稿；古希腊哲学家亚里士多德和学者阿基米德等均有著作手迹。此外，当时古埃及人及托勒密时期许多的哲学、诗歌、文学、医学、宗教、伦理和其他科学均有大批著述收藏于此。极盛时，据说馆藏各类手稿逾50万卷（纸莎草卷）。这些藏书几乎涵盖了埃及帝国及周边一些国家几乎所有科学家、哲学家和文学家的主要著作，有希腊文、古埃及文、腓尼基文、希伯来文等多个文种。可以说，地中海沿岸地区当时所有重要文献几乎都汇聚到亚历山大图书馆，成为古代世界第一座最大的综合性图书馆。

然而，亚历山大图书馆随着托勒密王朝的兴起建立，随着这个王朝的衰微，图书馆的辉煌时期也渐趋结束。几经沧桑，昔日的人类文明宝库早已在战火中灰飞烟灭，荡然无存。直到1995年，在托勒密王朝时期图书馆的旧址上，亚历山大图书馆得以重建，俯瞰着地中海的海斯尔赛湾。

当年的亚历山大城是整个地中海世界的文化中心，是地中海沿岸科技创新的圣殿与文化繁荣的灯塔，吸引着各地众多的著名哲学家、文学家、科学家和研究者云集此地。古希腊地理学家和诗人的埃拉托色尼，古希腊文献学家阿里斯塔克等人都曾出任过亚历山大图书馆的馆长。哲学家埃奈西德穆，数学家阿基米德等也曾在此或讲学，或求学，使图书馆享有“世界上最好的学校”的美名，并在整个地中海世界传播文明长达数百年。

到4世纪的时候，亚历山大城虽然已经置于罗马帝国的统治之下，但其繁荣不减，仍然是地中海的中心城市之一。就是在这个时期，涌现了世界历史上第一位女科学家和哲学家。她的名字叫希帕蒂娅（Hypatia）。她以自己的才华和贡献，跻身于古代世界最优秀的学者之列。

希帕蒂娅的父亲赛翁（Theon）是有名的数学家和天文学家，在著名的亚历山大博学院教学和研究，那是一个专门传授和研讨高深学问的场所。一些有名的学者和数学家常到她家做客，在他们的影响下，希帕蒂娅对数学充满了兴趣和热情。她开始从父辈那里学习数学知识。赛翁也不遗余力地培养这个极有天赋的女儿。10岁左右，她已

希帕蒂娅像

掌握了相当丰富的数学和几何知识。利用这些知识，她懂得了如何利用金字塔的影长去测量其高度。这一举动，备受父亲及其好友的赞赏，也进一步增加了希帕蒂娅学习数学的兴趣，她开始阅读数学大家的专著。

17岁时，她参加了全城芝诺悖论的辩论，尖锐地指出芝诺的错误所在：芝诺的推理包含了一个不切实际的假定，他限制了赛跑的时间。这次辩论，使希帕蒂娅名声大震，几乎所有的亚历山大城人都知道她是一个非凡的女子，不仅容貌美丽，而且聪明好学。20岁以前她几乎读完了当时所有数学家的名著，包括欧几里得的《几何原本》、阿波罗尼斯的《圆锥曲线论》、阿基米德的《论球和圆柱》、丢番图的《算术》等。

390年，希帕蒂娅来到雅典，在小普鲁塔克当院长的学园里进一步学习数学、历史和哲学。她的才华令雅典的学者钦佩不已，求婚者络绎不绝。但希帕蒂娅拒绝了所有的求爱者。她说："我只嫁给一个人，他的名字叫真理。"此后，她又到意大利访问，结识了当地的一些学者。

在希腊和罗马游学5年之后，希帕蒂娅回到家乡。这时她已经是一位著名的数学家和哲学家了。

希帕蒂娅成为亚历山大博学院的教师，主讲数学和哲学，有时也讲授天文学和力学。她不仅学识渊博而且循循善诱，讲话如行云流水，引人入胜，被人们称为“圣人”。来自世界各地的许多青年学生聚到亚历山大城，拜她为师。几年后，希帕蒂娅便成为亚历山大最引人注目的学者。2009年上映的一部电影叫《城市广场》，讲的就是希帕蒂娅的故事。电影开头，是她给学生上课的场面，给人留下的印象特别深刻。

在传道授业之余，她还进行了广泛的科学研究。希帕蒂娅时代《几何原本》成书已经600多年了，这本著作抄来抄去，出现了不少错误。希帕蒂娅同父亲一起，搜集了能够找到的各种版本，通过认真修订、润色、加工及其大量评注，一个新的《几何原本》问世了。它更加适合读者阅读，因而立即受到广泛欢迎，以至成为当今各种文字的《几何原本》的始祖。

希帕蒂娅曾独立写了一本《丢番图〈算术〉评注》，书中有她自己的不少新见解，并补充了一些新问题。希帕蒂娅还评注了阿波罗尼斯的《圆锥曲线论》，并在此基础上写出适于教学的普及读本。希帕蒂娅对圆锥曲线很入迷，写过好几篇研究圆锥曲线的论文。此外，希帕蒂娅还研究过托勒密的著作，与父亲合写了《天文学大成评注》，独立写了《天文准则》。

在当时，这都是非常了不起的贡献。

但是，希帕蒂娅生活在一个文明开始衰退、黑暗即将降临的时代。基督教在罗马帝国兴起，成为占据统治地位的宗教势力，逐渐把数学、哲学、教育等都置于宗教的控制之下。基督教的领袖们排斥异教的学问，摧毁埃及和希腊文化，有人甚至说："数学家应该被野兽撕碎或者活埋。"

希帕蒂娅被视为"异教徒"，处于十分危险的境地。

公元412年，来自耶路撒冷的西瑞尔当上了亚历山大的大主教。他在全城系统地推行所谓反对"异教"和"邪说"的计划，希帕蒂娅主张的新柏拉图主义也在"邪说"之例。对那些找麻烦的基督徒，希帕蒂娅毫不退让，拒绝放弃她的哲学主张。希帕蒂娅被质问信仰的时候，她回答："我只信仰哲学。我是一个科学家，我必须怀疑。"

415年3月的一天，希帕蒂娅像往常一样，乘着马车到博学院讲学。行至凯撒瑞姆教堂旁边，一伙暴徒奉西瑞尔的命令立刻冲过去，拦住马车。他们把她从马车上拉下来，迅速拖进教堂。暴徒剥得她一丝不挂，用锐利的蚌壳割她的皮肉，直割得她全身血肉模糊，奄奄一息。又砍去她的手脚，将她那颤抖的四肢投入熊熊烈火之中焚毁。

野蛮战胜了文明。希帕蒂娅的惨死，结束了传承近千年的来自古希腊罗马的科学文明，进入同样近千年的"黑暗时代"——基督教统治一切的时代。

蒙田像

走进蒙田的书房

波尔多是法国南方一个很有名的城市，也是一个很有历史的地方。早在公元前300年，凯尔特人就定居在这里，称之为“Burdigala”，意思就是“居住在低洼的地方”。这个名字后来逐渐变成了“Bordeaux”（波尔多）。罗马帝国统治时期，这里就是与不列颠和西班牙等地通航的繁华港口。

波尔多以盛产葡萄酒闻名，是世界上最大的美酒之乡。现在，波尔多地区的酒园和酒堡超过9000多座，年产葡萄酒7亿瓶。每一个葡萄酒庄园都有着不同的故事。

走出波尔多城，一片片漫无边际的葡萄园、向日葵、麦田、山坡或草场，是典型的法国乡村的景象。蒙田当年就住在这样的乡村里。他在这里出生，在这里生活，最终安眠在这块土地上。走过一条两边立着古老雪杉的林荫道，有一处宽广的葡萄园，蒙田的故居就在这葡萄园的尽头。原野中，有一座古堡孤零零地站立在那里。古堡的门廊面对圆形花圃，侧面是“狮爪花坛”。

这座城堡建于14世纪，是一座文艺复兴风格的建筑，当年是由蒙田的曾祖父购入的。蒙田30多岁时继承了城堡，在这里居住一直

蒙田古堡

到去世。19世纪时，这座城堡卖给了拿破仑三世的财政部部长皮埃尔·马格纳（Pierre Magne）。可惜原城堡于1885年被一场大火烧毁，仅剩圆形塔楼。1886年，皮埃尔·马格纳的女儿重建了城堡，具有中世纪风格、文艺复兴和哥特式几种建筑风格的重叠。2009年，蒙田城堡被列为法国历史遗迹。

蒙田出生在一个贵族家庭，他的父亲叫比尔·埃康。但他对自己的贵族出身并不感到自豪，他把“埃康”这个姓氏抹去，以自己所继承的领地的名称“蒙田”作为名字。其实他家的贵族资历并不太久，他的上几代人曾有人从事贩酒生意，他的父亲也当过商人，据说做的是鲭鱼的买卖。不过，无论怎样，蒙田的确是出生于殷富之家，从小就受到良好的教育。1557年，在他24岁的时候便当上了波尔多市地方法院的顾问。

不过，蒙田对当官和从事法律并没有多大兴趣。虽然他在任职期间勤勉政事，并担任法院顾问有13年之久，但最后还是把这个职位卖掉了——这类买卖官职的事在当时是很常见的——直到两年前父亲死后他继承下来的那块乡下领地去隐居，以求得心灵的独处和宁静。他只想在这个乱世中寻找自己内心的安宁，寻找属于自己的世界。于是，蒙田退隐到城堡塔楼的书房里，安心地读书和思索，并且把自己的思考记录下来。蒙田曾与夫人一起策划将领地的范围扩大，开辟道路，在水上架桥，在古老的建筑物旁建起一些防卫性的房子，将未完成的古老围墙砌好。

走进古堡和塔楼，走进蒙田的书房，就走进了蒙田的内心，走进了一代文豪的精神世界。

蒙田古堡的塔楼

塔楼底层是小礼拜堂，壁龛供着圣人圣米歇尔。二楼是蒙田的睡房和相连的套间，“为独处的清静，我经常在那里歇息”。地板是原石，他的床和旅行使用过的箱子还完好地保存着。当年存放《旅行手记》原稿的箱子则放在墙角。这部作品他不打算发表，一直放在箱子里，他逝世后将近两个世纪，即1774年，后人才把它整理付印。这部游记使蒙田成为欧洲最早的游记作家，也是最先写意大利的文人。

塔楼第三层就是著名的蒙田书房。据说，之前，塔楼一无用处，里面堆满杂物，但高踞古堡内院入口，视野开阔，站在窗前，可以远望到他的领地的边缘。于是，他把它改为书房和卧室，在这里消磨了他的大部分光阴。他把书房说成是“我的隐庐，远离战争而享吾天年”。

蒙田的书房是很著名的。就像讲柏拉图不能不讲他的“学园”，讲康德不能不提“哲学家小道”一样，讲到蒙田就使人想到他那藏书宏富的书房。这里面收藏着1000多种文学、哲学、宗教等方面的希腊文、拉丁文和古法文著作。在那个时代，这是一个很大的数目。蒙田称这些书为“我的喜悦”。在这些书中，他找到了他的同伴，和他们一起交谈。后来他说道：“我熟悉这些书，在我年老时它们给我很大的帮助。这些书几乎成了我的战利品，使我与它们的荣誉共存。”他还这样描绘自己的书斋：“圆形样式的藏书室没有平面，除了我的书桌和椅子……一眼望去我的藏书尽收眼底……我的座位就是我的宝座。我竭力遵守我的原则，并且使这一角落与妻子、孩子及朋友们的社会分离开。”

他特别喜爱古希腊罗马的作家，并经常引征他们的话。他心目中的英雄豪杰也都是古人，特别是苏格拉底，他推崇之至，把苏格拉底看作是“独步一世的人物”，是“仅见的一个最智慧的人”，是“我所知道的最完美的人”。

蒙田在书房的每个柱梁上都写着摘自希腊文和拉丁文的格言，这些格言是他当年亲自主持写到屋梁上的，采用碑铭体和活版印刷体，很富有装饰性。这些格言来自早期基督教主教圣伊拉斯谟，或从贺拉斯的拉丁文诗歌中摘录的，也有荷马、柏拉图、苏格拉底的名言。这些格言的字迹现在还清晰可见，虽然已经经过了数百年的岁月。在这些格言中，有一句引自罗马作家泰伦修的话，这句话高屋建瓴，可以作为一切人文主义者的一条箴言：“我是人，我认为人类的一切都与我血肉相关”。

蒙田远避尘嚣，离群索居，在书斋里挑灯夜读，过着充满浪漫情调的乡村绅士的优游闲暇的生活。但是他并没有与世隔绝，相反，他时刻关心着社会的变动和人类的命运，并认为世界才是我们最好的教科书。除了书本上的知识外，最好的教育就是旅行。他说，倘若我们打开心胸和眼界，世界将是我们最佳的教科书，因为“有许多奇异的幽默，各色各样的宗教，互异的见解，不同的法律，奇异怪诞的习俗，教我们正确地判断我们自己”。

他静静地在书房里读了10年书，写了10年文章。1580年，在隐居了10年之后，他又走出了领地和书斋，到德国、瑞士、意大利等地游历，参观名胜古迹，结交学者名流，从大自然中汲取广博的知识。旅行结束后，他被选为波尔多市市长。他在这个职位上任职4年。在此期间，他并没有把自己的精力全部投入公共事务之中，而是在精神上给自己保留一间“后屋”，如他自己所说，这“后屋”是“完全属于我自己的，完全自由的，旨在实现我们真正的自由，就像是无妻、无子、无物、无仆那种情景”。

法国波尔多市中心广场的蒙田塑像

蒙田的书房就是

他的“后屋”。他认为人可以生活在属于自己的“后屋”里自由地思考。所以“一个人在任何时代都能够是自由的”。他在自己的“后屋”里“容纳自己的东西，表现我们的自我”，在自己的“后屋”里，他是自由的。他说：“佝偻的身材背不起重担，心灵也是如此。必须让心灵开朗飞扬才能顶住这个死敌的压力。因为心灵害怕时就永远不会安宁。一旦心灵安宁了，它就可以自豪地说，焦虑、恐惧、甚至微不足道的烦恼不足以干扰它。”

之后，蒙田再回到书房里继续读书和写作。他读了很多书，大部分是古典拉丁文献，他引用古典作家，如塔西陀、西塞罗、贺拉斯乃至亚里士多德，讲述古希腊罗马的逸闻趣事，都是信手拈来。这样，经过前后20年，有了现在我们看到的三大卷的《随笔集》。

《随笔集》不是一本构造体系的著作。蒙田只是“漫无计划、不讲方法”地翻书，信马由缰，把一时触发的想法记录下来。他自己说，写这本书的目的是给他的亲朋好友以私下便利之用，“以便当他们失去我时，仍可以从这儿发掘到我境遇和脾性的一些特色，由此来保存他们对我的较为完整、较为生动的认识”。因此，“我自己就是我这部书的内容”。蒙田多次说过，他首先研究的是自己，“我研究自己甚于研究任何其他课题，这就是我的形而上学，这就是我的物理学”。他冷静地剖析自己的缺点，无情地拷问自己的灵魂，执着地探索生活的意义和价值。

他从自己说开去，所论题目五花八门，举凡人与人、人与世界、人与自身、人与超自然诸方面无一未有涉及。所以，《随笔集》既是一部描述自我的书，又是通过自我透视人类的人文百科全书。这本随意写下的文字，更似“闲话家常，抒写情怀”，却以语言机智、见解通达、寓意隽永打动着无数文人学子的心。以至在今天，我们仍会觉得作者是在与我们直接对话。蒙田的《随笔集》已经有几百年了，但是现代有许多学者都把他当作我们同时代人的著作。19世纪的美国作家爱默生在读了蒙田的《随笔集》后惊呼："这本书宛如出自我自己的手笔，它灌注了往昔的生活，把我的思想、经历讲述得那么真切。"因为蒙田孜孜以求的、他讨论的问题，还有他对问题的分析和回答，也是我们今天仍然在关心、在讨论且孜孜以求的问题。在蒙田的《随笔集》中，没有给出治国安邦的济世药方，没有面对现实生活的处世之道，也没有描绘他对于美好世界、美好时代的乌托邦理想。他在把自己关在书房里，眼睛向内，不去看窗外面纷乱的、令人心烦的世界。他所关心的就是一个问题——认识自己。

蒙田说自己的这部作品，是"世上这种体裁中绝无仅有的"。

蒙田死于1592年秋。根据他的遗嘱，他的遗体埋葬在乡下。其实，他并不喜欢料理花园，也不爱好打猎和经营庄园。但在他心中，始终保持着对自由、静谧与闲暇的田园生活的向往。

蒙田的《随笔集》问世以来，曾激发出数以千计的模仿之作，其中最著名的如培根的《论说集》，显然直接受到蒙田的影响。

蒙田的古堡，他那著名的书房，引来许多的才智之士前来致敬。伏尔泰、卢梭、歌德，都曾在这里凭吊蒙田，从这位前辈身上寻找智慧的灵感。

本书作者在日内瓦

加尔文的大教堂

在日内瓦的老城区，有一座很显眼的建筑，就是圣皮埃尔大教堂(Cathédrale St-Pierre)。这是老城区给人印象最深刻的标志性建筑，坐落在日内瓦市政厅街的尽头，是全城的制高点。当年，这里是宗教改革的中心，是加尔文发布新教的教义、实行新教统治的地方。

那天下午，在当地朋友的陪同下，我去参观这座老教堂。我们从日内瓦湖边的酒店出发，沿着蜿蜒的老街巷，穿过铺陈在缓坡上错落的老建筑，大约走了一公里的路程，就站到了教堂的大门前。

这是一片有着深厚历史遗存的地方。教堂的周围原本是凯尔特族的居留地。这个地方属于欧洲最大的凯尔特族文物发掘地之一。朋友们先带我去教堂的一处地下入口，在幽暗的灯光的引导下，走过曲折的小路，两边竟然是欧洲最大的考古学发掘展示处，一片片废墟，一块块古建筑遗址，都属于罗马帝国那个时代。

从8世纪到10世纪，这一地点同时存在3个教堂，现存建筑原为主教座堂和早期基督徒葬礼崇拜；另外两座建筑在12世纪并入圣皮埃尔教堂。皮埃尔教堂建于1160年到1232年间，是一座很有特色的建筑，兼容了不同的建筑风格。原建筑是罗马式风格，拱门是哥特式的，18世纪加建的正门则有希腊—罗马式的圆柱和类似罗马万神殿的穹顶。各时代的元素和谐地融合，形成繁杂而统一的风貌。站在北边的塔上，可以眺望整个日内瓦湖和市区。

从地下考古遗址走出来，我们就进入教堂的大厅。教堂的礼拜堂很宽敞，和在其他地方见过的教堂差不多，也是长方形的，最里面是祭坛和唱诗班的风琴台。所不同的，在这里没有其他教堂的那些抢眼的彩色玻璃和其他色彩鲜艳的装饰，墙面也没有雕塑和油画。据说，原来教堂里的这些装饰都在加尔文到来之后被拆除了。加尔文的新教主张一种朴素自然的风格。

整个教堂最吸引人之处，是在祭坛边上陈列的加尔文用过的一把椅子。这把椅子很大，就是普通的靠背椅，并没有什么奇异之处，但它已经斑驳、历经沧桑，在这里安放了将近500年。

日内瓦宗教改革纪念碑（局部）

当年，加尔文就坐在这里，传经布道，发号施令，整整20多年。在日内瓦的历史上，这是一段轰轰烈烈并且在西欧乃至世界的历史上产生了重大影响的时期。由路德发起，并由加尔文在日内瓦发扬光大的宗教改革运动，深刻地改变了欧洲文化和欧洲的历史。

紧挨着大教堂的，是2005年开放的宗教改革国际博物馆。博物馆收藏有大量的档案文献、肖像，还收藏有世界上最古老的法语圣经和加尔文的圣经评注。博物馆以大量历史文献和丰富多彩的图像，生动再现了由马丁·路德和加尔文等发起的宗教改革运动的历史。博物馆的原址是圣彼得修道院，1536年日内瓦宗教改革的表决就是在这里进行的。当年这座建筑还曾经是受到迫害的法国胡格诺派教徒的避难所。

约翰·加尔文是法国著名的宗教改革家、神学家、基督教新教的重要派别加尔文教派的创始人。

加尔文1509年7月10日生于法国北部的努瓦荣。年轻时曾到巴黎求学，深受路德宗教改革思想的影响。1533年11月1日，他的朋友柯布（Nicolas Cop）当选为巴黎大学校长，发表就职演说时借用伊拉斯谟和马丁·路德的话，要求改革教会，因而触怒了当局，加尔文则被人怀疑为是这篇讲稿的撰写人，他们两人都被迫逃亡。

几经辗转，加尔文最后来到瑞士的巴塞尔。巴塞尔位于法、德、瑞士的交界，是一个带有浓厚日耳曼民风的巴塞尔古城，也是一座著名的文化艺术之城，年轻的尼采曾在巴塞尔大学任教，与尼采同时任教的还有文化史家布克哈特，德国哲学家亚斯贝尔斯晚年也生活在巴塞尔，精神分析学家荣格则在这里度过了他的学生时代。

我曾两次来到巴塞尔，寻找先哲们的遗踪。建于11世纪的圣马丁

日内瓦圣皮埃尔教堂

教堂、建于14世纪的哥特式大教堂、已有500多年历史的巴塞尔大学，还有古老的市政广场和石子路，使这座城市依然散发着古朴的气息。

1536年，25岁的加尔文来到他形容为“隐蔽角落”的巴塞尔，踌躇满志，同时在内心带着浓浓的忧患。在短短9个月内，他奋笔疾书，完成了《基督教要义》这部巨著，对新教教义做了系统的阐述。此书初版时仅6章，到1559年最后修订版时达到80章。这是宗教改革时期一部影响最大的新教百科全书，被认为是“决定历史进程并改变欧洲面目的世界十大名著之一”。也就是在加尔文写作《基督教要义》的这一年，被誉为欧洲之子的伊拉斯谟（Erasmus）在巴塞尔逝世。现在，我不知道伊拉斯谟和加尔文是否曾经会过面。但这两位划时代的人物同时出现在这座小城里，却是巴塞尔历史上最具色彩的一笔。

加尔文是一位实践的宗教改革家，他一直带有浓厚的行动精神，正如他的文章上所标示的：“殷勤与诚恳”（prompt and sincere，全句为“我献我心，殷勤诚恳”）。他一生追求的不是中世纪默想式的灵修，而是努力地以行动见证上帝的存在。

1537年8月，在《基督教要义》出版的第二年，加尔文来到日内瓦。他和当地的牧师法雷尔一起，发起了宗教改革运动。起初这场改革进展得并不顺利，法雷尔和加尔文也被日内瓦当局驱逐出境。然而，多年漂泊不定的生活，更坚定了加尔文进行宗教改革的信心。

1541年9月，日内瓦议会邀请加尔文回去。加尔文再一次在日内瓦掀起了宗教改革的风暴，这一次赢得了巨大的成功。

原先，日内瓦处于萨伏依公爵及其代理人日内瓦主教的封建管辖下。加尔文到日内瓦后一个月，日内瓦在伯尔尼的支持下打击了教会的权威，取得了反对萨伏依公爵的胜利，成为独立的共和国。加尔文在日内瓦建立了一个政教合一的神权政府，以宗教信仰凌驾公共事务之上。日内瓦有大小两个议会，行政权属于行政官，但行政官由议会任命。加尔文只是个牧师，并没有任何行政权，但他所领导的教会，对城市公民的道德有监督和约束权，因而他获得了至高无上的权威。

在加尔文的引导下，日内瓦变成了一个神权共和国，变成了一个完全基督化的城市，并深深地影响和改变着世俗生活。日内瓦议会同意让加尔文建立教会制度以及规范基督徒信仰的法规，强制人民接受宗教教育。加尔文拟定的法规还规定：星期天，除非遇到有人需要留在家里照料孩子或家畜，全家人都应当去听讲道。对念玫瑰经、崇拜偶像、朝圣、望弥撒、举行天主教斋戒、遵行宗教节日以及对所谓攻击上帝的语言或渎神的人，根据不同情节进行劝告、监禁、以口吻地、罚款或送交法庭惩处。凡唱下流放荡的歌曲、跳维罗拉舞或其他任何舞蹈者监禁3天，然后送交议会。对

加尔文塑像

喝醉酒、赌博、吵架的人，也照此办理。

在加尔文的治理下，城内的污秽得以清除，赌场、妓院之类的场所彻底绝迹，贫苦人民的福利也得到改善。日内瓦成为宗教改革人士的避难所。

有一位当时到过日内瓦的意大利贵族写信给他的朋友，说到他在日内瓦看到的情景："我参见改革的教会很多，从没有见过像日内瓦这样好的……平时这城里很有趣味的景况，就是每天下午有人讲道。当摇铃的时候，家里铺户都关上门，街上的朋友或行人，都停止谈论他们的事业，分途到邻近的礼拜堂；由衣袋里拿出一本小书，里面写着大卫的诗篇和诗篇的唱谱。大小礼拜堂内，将一切的异端和崇拜偶像的记号除去，只剩讲台、座椅，专以洁净为要。昔日的修道士的住宅改作学校。学生所学的，除读书、习字外，也学拉丁文、希腊文和希伯来文；尤以虔敬的行为，是学生特别学的。"

美国作家房龙则如此描写加尔文时代的日内瓦："渐渐地，新天国里充满了法律、法令、规则、命令和政令，生活变得无比复杂，失去了昔日的风采。不许跳舞、不许唱歌、不许玩扑克牌，当然也不许赌博。不许举办生日宴会，不许举办乡间市场，不允许有丝绸和所有外表华丽的装饰品。允许的只是去教堂，去学校，因为加尔文是个思想主张鲜明的人。"

加尔文也被人称为"日内瓦的教皇"。他以上帝的人间代表自居，成了上帝在凡世的代言人。根据他的建议，日内瓦成立了由教会长老、议员和官员组成的宗教法庭，密切监视人们的思想和行动。宗教法庭每星期四举行一次例会，称"星期四晨会"，任务是检查有无违法乱纪现象，共同商量应当采取的补救措施。长老发现干“坏事”的人，马上提醒教区长进行规劝，邻居和亲属也有相劝的责任；规劝无效，就发出警告并向全体教徒公布；如果仍然无效，则开除出教。开除出教的人被认为是受魔鬼支配的人，不能与信徒随便交谈。每个居民必须“表白和说明他们的信仰”，以便长老知晓“谁赞成福音，谁不赞成福音并喜爱教皇的王国甚于耶稣基督的王国”。

加尔文虽非宗教法庭正式成员，但经常出席法庭例会，是法庭的实际负责人。宗教法庭对群众严格控制，稍有不从，便施加劝告、罚款、监禁，甚至驱逐出境或活活烧死。许多优秀的人物，包括著名的学者、医生和大批再洗礼派信徒，因批评加尔文的主张而横遭迫害。被罗马教廷判为“异端”而饱受迫害的新教徒们，在迫害他们认为的“异端”上，比前者毫不逊色。茨威格的名著《异端的权利》，讲述的就是加尔文在日内瓦建立新教国家、迫害异端的历史。在那个岁月里，日内瓦的火刑柱和绞刑架上处死了大量无辜的人们。著名的人文主义者、教师卡斯特里奥批评加尔文后，长期受到迫害，只好离开日内瓦。一个特别著名的例子是，1553年，加尔文以“异端”罪名下令烧死了人体血液循环的发现者、西班牙医生塞尔维特（M.Servetus）。

为了广泛宣传和推行新教，加尔文创办了日内瓦学院（即今天的日内瓦大学的前身），并亲自在学院任教。

严格的训练、对神学独到而深入的研究，使日内瓦学院在短短几年内就名声大振，吸引了许多来自欧洲各国的学生，不少国家的教会也纷纷邀请日内瓦派遣牧师去传教。

我置身在日内瓦大学的校园里，漫步在花间小路，似乎还能感受到当年校园里的静谧气氛，恍惚看到加尔文当年在校园里飘忽的身影。

加尔文教迅速传播，影响远及瑞士、法国、荷兰、苏格兰、匈牙利等国，使日内瓦在国际上第一次成为令人瞩目的地方，被称为“新教的罗马”。

在日内瓦大学校园中的巴斯蒂翁公园里，有一座宗教改革者墙（Reformers’Wall），又称“宗教改革国际纪念碑”（Mur des Reformations）。宗教改革者墙规模宏大，巍峨壮观，我站在它的面前，感受到一种巨大的震撼。它犹如一部内容丰富的历史教科书，生动地再现了16世纪欧洲宗教改革运动的波澜壮阔的历史场面，展现了加尔文教在历史上的巨大影响。

加尔文自己的生活极为简朴，他一天只吃一顿饭，从不加餐。他的工作也极为勤奋，有时一个月要讲道20次左右，举办神学讲座12次之多，还要抽时间探望病人，勉励信徒，料理教会事务。

在日内瓦，我沿着加尔文当年的生活轨迹，寻找他的踪影。大教堂、宗教改革博物馆、日内瓦大学，以及宗教改革纪念墙，到处都有加尔文的痕迹。虽然，日内瓦已经是一座很现代化的城市；虽然，日内瓦的居民都匆匆地生活在当下的日常中，但加尔文仍然像一个幽灵，游荡在城市的街头巷尾。就像在巴黎，会无数次感受到拿破仑的存在。他们已经和城市融为一体，他们铸就了城市的灵魂。

最后，我和朋友们去寻找加尔文灵骨安葬之处。1564年5月27日，积劳成疾的加尔文病逝，葬在日内瓦城区的墓地里。和在欧洲其他地方看到的墓园不一样，这里没有各种各样的巨大的墓碑，也没有纪念性的雕塑。整个墓园规模不大，周围是一片小树林，呈现出肃穆安静的气氛。我在墓园里寻找，看过一块块墓碑，最后，在一个并不起眼的地方看到一个低矮的墓碑，上面镌刻着加尔文的名字和生卒年。他的坟茔也只是高出地面10厘米的一小块长方形土堆，长不到2米，宽不过1米。

这就是那位曾经叱咤风云的加尔文埋骨的地方。

我在这极为简朴的墓地默默地伫立了许久。因为没想到加尔文的最后遗迹竟然是这样一个地方，所以，即便在这里默默地伫立，心里也没有涌现什么特别的思绪。也许，加尔文不希望人们的凭吊和致敬，也不希望人们怀念他。他的事业已经做完了。

伦敦莎士比亚环球剧院

莎士比亚的剧院

在伦敦泰晤士河南岸，圣保罗教堂的对面有一座“莎士比亚环球剧院”，是集中演出莎士比亚戏剧的地方。这座多边形木结构的建筑，是伦敦少有的都铎式建筑。这里集演出、教育和研究于一体，不仅是一个剧场，还是一个艺术教育和学习的地方，专门设立了一个莎士比亚及其同时代剧作家的展览。

这个剧院是1996年落成的。但它的历史却可以追溯到400多年前。这里就是当年莎士比亚环球剧院的原址，那些传颂古今的莎士比亚名剧都是在这里演出的。

伦敦西敏寺“诗人角”，雕塑的中间站立者为莎士比亚

当年这里最初的建筑简称为The Theatre（剧院），是由一家剧团老板詹姆斯·布巴吉于1576年建造的。这个剧院能容纳观众约1000人，剧院的建立获得了巨大的成功，第二年在附近又开了一家“大幕剧院”。不过，对于所有权和过期租约的争议给布巴吉的剧团带来了麻烦。他们想出了一个办法。1598年12月28日，布巴吉家族和一队木匠在夜深人静时拆除了剧院，并将木材运到了泰晤士河上。

这个被“盗走”的剧院很快就在泰晤士河的对面得以重建，并更名为The Globe（环球）。重建的剧院呈环形，中心场地没有顶棚，因此被称为“木圈圈”（Wooden O）。

为了给新剧院筹集资金，布巴吉出售了该建筑的股份，莎士比亚与其他4个演员一起投资。这些投资者负担建筑的一半费用，所得的回报是可以参与新剧院的分红。莎士比亚拥有新剧院十分之一的分红比例。

1613年，剧院的舞台特效引发了火灾，用于表演亨利八世的大炮射到了茅草屋顶，火势迅速蔓延开来。据说，这座建筑完全烧毁只用了不到两个小时！但是，后来剧团一如既往地勤奋坚韧，迅速重建了The Globe。

然而，剧院的演出受到了清教徒的抵制。在他们看来，戏剧会使人道德沦丧而误入歧途，剧院是恶魔之地。他们下令关闭英格兰所有的剧院。1644年，环球剧院被迫关闭。从此，莎士比亚在伦敦的主要演出场地环球剧院逐渐湮灭在历史的尘埃之中。

1949年，美国导演兼演员萨姆·华纳麦克（Sam Wannamaker）来伦敦拍电影。他是一位莎士比亚迷，对莎士比亚极为崇敬。他去寻访莎士比亚的踪迹，寻访英国戏剧的摇篮。但他只在一家老啤酒厂里找到了莎士比亚环球剧院的一块匾牌，这家啤酒厂就在环球剧院的遗址附近。此情此景令他难以忘怀，决心以一己之力重现当年环球剧场的荣光。

1987年，华纳麦克再次来到伦敦，成立了莎士比亚环球信托基金会，发起了一个庞大的筹款和研究项目，开始重建莎士比亚剧院，以表达对莎士比亚的致敬和怀念。人们在离剧院原址约200米处重新奠基，严格按照伊丽莎白时代的设计，并从15世纪遗留下来的为数不多的文献中拼凑出剧场的结构原貌。这也是自1666年伦敦大火发生以来，首座获得批准修建的草屋顶结构建筑。

重建工作持续了10年之久，人们用昂贵的橡树木和大理石精心装饰剧院的每一个角落，内外结构设计力求再现莎士比亚时代环形剧场的原貌，剧院的舞台位于正厅中央，周围为倾斜式3层座椅。每场演出能容纳约1300人。剧院的外形追寻莎士比亚时代的草屋顶和木结构，甚至剧院的后墙都被精心雕刻上早期的古典图案。

1997年6月12日，重建的剧场在女王的主持下正式开放。首演季节从当年的6月29日持续到9月21日。此后，剧院每年夏季都上演莎士比亚及其同时代剧作家的作品。

不幸的是，萨姆·华纳麦克没有看到剧院建成就去世了。

在莎士比亚生活的时代，也就是伊丽莎白一世的时代，英国文化出现了空前繁荣的局面，群星璀璨，文学艺术得到了很大的发展，被称为“英国文艺复兴”。在这个时代里，达官贵人都对古典文化有着浓厚的兴趣，伊丽莎白女王也学过拉丁文和希腊语。此时文学、诗歌、绘画和音乐都很繁荣，戏剧演出尤为活跃，在伦敦就有多处剧场。据说在16世纪末17世纪初，共有11家剧院开门营业。

当时的剧院分为“公共剧场”和“私人剧场”。大的“公共剧场”可坐2000—3000人，是市民观看戏剧演出的地方。“私人剧场”通常是“公共剧场”的四分之一或五分之一大小，是王室或贵族家庭娱乐的处所。剧场大体的构造是：中央为一个无顶的空间，周围是3层有屋顶的楼廊，从外观看，有圆形的，有方形的，有五边形的，也有八边形的；剧场内部有一个高出地面一米左右的平台，突出地伸向中心地带，这就是表演平台；观众可围绕站在舞台的三边，或坐在楼廊里观看演出；作为表演区的平台的后部，一般有两个门，这是演员进出场的通道；舞台上下藏有机械装置，舞台的地板是活的，可供鬼神出入，也可以用来设置烟火和特效。伊丽莎白时代是民主戏剧的黄金时代，所有人，无论贫贱富贵，都能去看戏。舞台下面院子

当年环球剧院里的演出

里的空地，是给“站票观众”准备的，花一个便士就可以站着看戏。

“环球”剧院在当时被认为是伦敦最豪华的剧院，“环球”这个名字其实暗指它是一座着眼于世界的剧院。有人推测，在设计环球剧院时，参考了古罗马建筑师维特鲁威的著作。还有人认为，环球剧院的设计模仿了古罗马的圆形剧场。环球剧院是一个约有14个面的多边形，舞台和露天庭院的周围有3排楼座。建造剧院的木材经过粉刷，颜色如同大理石或碧玉。剧院的直径是100英尺，据说能容纳3300人左右，两排底层的楼座每排可容纳约1000人。剧院内挂着各种各样的幔帐和织锦，有很多镀金装饰物，精致华丽，气息华贵，使得剧院本身就展现了一个丰富多彩的艺术世界。在剧院的舞台或主入口上方挂有一个当时伦敦常见的“标志”，是大力神赫拉克勒斯肩扛地球的形象。环球剧院的入口处还有一句格言：“演员能把整个世界搬上舞台”。

莎士比亚在这个文化繁荣的时代来到伦敦。他先在剧院当马夫、杂役，后入剧团，开始了他的舞台和创作生涯。他做过演员、导演、编剧，不久就蜚声剧坛。1598年，英国大学士F.米尔斯在其《智慧的宝库》中，列举莎士比亚35岁以前的剧作，称赞他的喜剧、悲剧都“无与伦比”，可以和古代一流戏剧诗人们并称。

莎士比亚的才华赢得了骚桑普顿勋爵的垂青，勋爵成了他的保护人。莎士比亚曾把他写的两首长诗《维纳斯与阿都尼》《鲁克丽丝受辱记》献给勋爵，也曾为勋爵写过一些十四行诗。借助勋爵的关系，莎士比亚走进了贵族的文化沙龙，跻身伦敦的上流社会。

1590年底，莎士比亚已经成为詹姆斯·布巴吉经营的剧团的演员和剧作家。这是伦敦的一家顶级剧团。莎士比亚的很多伟大作品，都是在环球剧院首演的。布巴吉的儿子理查德是剧团中的名角儿，也是第一位出演莎士比亚戏剧中著名人物的演员。从1594年起，他所属的剧团受到王公大臣的庇护，称为“宫内大臣剧团”。詹姆斯一世即位后也予以关爱，改称其为“国王的供奉剧团”，莎士比亚和团中演员被任命为御前侍从，常常在宫廷中演出。有一台经常上演的莎士比亚戏剧一年之内就为詹姆士一世演出了十几次。

莎士比亚创作的剧本进而蜚声社会各界。

当时伦敦的剧坛为牛津、剑桥背景的“大学才子”们所把持，一个有名的剧作家曾以轻蔑的语气写文章嘲笑莎士比亚这样一个“粗俗的平民”“暴发户式的乌鸦”，竟敢同“高尚的天才”一比高低。但莎士比亚后来却赢得了包括大学生团体在内的广大观众的拥护和爱戴，学生们曾在学校业余演出过莎士比亚的一些剧本，如《哈姆雷特》《错误的喜剧》。

莎士比亚的早期剧本主要是喜剧和历史剧，在16世纪末期达到了深度和艺术性的高峰。接下来1601到1608年他主要创作悲剧，莎士比亚崇尚高尚的情操，常常描写牺牲与复仇，包括《奥赛罗》《哈姆雷特》《李尔王》和《麦克白》，被认为属于英语最佳范例。在他人生最后阶段，他开始创作悲喜剧，又称为传奇剧。他在20余年间共写了37部戏剧，还写有两首长诗和154首十四行诗，塑造出众多栩栩如生的人物形象，描绘出广阔的、五光十色的社会生活图景。

歌德把莎士比亚誉为“最美丽山峰上的明星”，歌德说：“我初次读到他的著作的第一页后，就使我的一生都属于他了；当我读完他的第一个剧本时，我好像是个生来盲目的人，由于神手一指而突然获见天光。”黑格尔则赞扬莎士比亚戏剧体现了“生活本身的真率与心灵理想的伟大的不寻常的结合”，是“光照其他一切人的大师”。

我们现在无从知道当年莎士比亚在何处居住，只能大致了解到他基本上在伦敦东区和岸边区一带活动。起先他居住在主教门一带，后来搬到了圣保罗大教堂附近的银街。

莎士比亚从故乡埃文河畔斯特拉特福走出，他在写完那些不朽之作后又回归故土。1613年左右，莎士比亚退休回到斯特拉特福。他的一本传记这样写道：“他之所以最后决定告别剧院，唯一的原因就是倦乏了。他已工作得够久，应该歇息了。”斯特拉特福位于伦敦以西180公里的地方，坐落在美丽的埃文河畔，是一个只有2万人口的小镇。轻柔的埃文河蜿蜒流过，为小镇增添着自然的灵气和魅力。小镇大体上还保存着莎士比亚时代的风貌，古色古香，典雅而静谧。街道的两侧建筑大都是红砖褐瓦的二层小楼，也有一些装饰着白色条纹的房子，屋脊陡峭，上面还有更尖锐屋脊的阁楼。这是都铎式民居的典

斯特拉福德的圣三一教堂，莎士比亚安葬在这座教堂里

型风格。

除了莎士比亚的故居，斯特拉特福还有莎士比亚学会、莎士比亚画廊、莎士比亚剧院等，英国人称斯特拉特福为“莎士比亚的世界”。英国作家弗吉尼亚·伍尔夫在造访莎士比亚故居后写道：“这里的每一件东西似乎都在说：这里是莎士比亚的家！他在这里坐过，可你真要找的话，又找不到。他时隐时现，像幽灵一样出没，或许在花丛里，或许在门厅里，但究竟在哪里，又说不准。因为他的天才已使那里的一切，使整个斯特拉特福镇，都成了他的纪念物。”

我曾漫步在斯特拉特福街头，领略古镇的风貌，也仿佛走在莎士比亚当年走过的石板路上。这是他童年和少年时代经常徜徉的大街，这里留下了他年轻生命的足迹。他从这里走向伦敦，走向了世界。

巴黎圣日耳曼德佩教堂，笛卡尔的墓在这座教堂里

笛卡尔的哲学之梦

1619年11月10日，笛卡尔从法兰克福来到多瑙河畔的乌尔姆。他在客店里要了一个安静的房间，由于旅途劳累，很快就睡着了。这天晚上，他做了3个梦。在第一个梦里，他好像遭到暴风雨的袭击，惊恐万分，逃到教堂里躲避。在第二个梦里，震耳的雷声，使他惊吓

笛卡尔像

而醒，不过一会儿，他就平静下来，重新入睡，无忧无虑地开始了第三个梦。他仿佛看到桌上有一本书，并认出那是一本辞典，在它旁边有一本诗集。他翻开诗集，读到一行拉丁文的诗句，意思是“在生活中我要走什么路?”一个陌生人让他注意一首以“Est et non”开头的诗。笛卡尔回答说他也知道这首诗，但是当他想把它拿给陌生人看时，却没有找到诗集和辞典。突然，他又看见了辞典，但这时它已经破损不堪了。他还是没有找出这首诗，就告诉陌生人说他知道同一诗人写的另一首更优美的诗，开头是“……我要走什么路?”陌生人让笛卡尔拿给他看，但他也没找到，却见有一群小雕像在称赞这书制作得真好，但它们当中没有一个是他认识的。刹那间，陌生人和书都消逝不见了。

笛卡尔从睡梦中醒来。躺在床上仔细琢磨着这些梦的启示。他觉得这些梦证实了他的研究道路是正确的。辞典象征“全部科学的综合”，诗集象征“哲学和智慧的结合”，诗句“我要走什么路”是一位智者的忠告，而“Est et non”即毕达哥拉斯的“是与否”，表示了人类科学中的真理和谬误。他认为，是“真理的精神”通过梦向他开放通往所有科学宝库的道路。它使笛卡尔放心，他对科学的兴趣不是与神意相悖的，他的努力不会是徒劳的。

这一天是笛卡尔思想上的一个转折点，也有些学者把这一天定为解析几何的诞生日。这一年他23岁。

不过，这些梦并没有给笛卡尔什么新的见识，只是坚定了他献身科学事业的决心。对他来说，他的目标是早就清楚了的。

笛卡尔出生在法国安德尔-卢瓦尔省的一个贵族家庭。他没有苏格拉底那样健壮的体魄，却有着柏拉图那样智慧的大脑。他自幼体弱多病，但他学习很勤奋、又很聪明，喜欢沉思默想，究根问底，想知道天下每件事情的原因。他父亲常戏谑地称他为“我的小哲学家”。8岁时他进入拉弗莱什的耶稣会公学，这是欧洲最有名的贵族学校，吸引了四面八方的贵族子弟。后来这所学校成为笛卡尔主义活动的中心，18世纪时英国哲学家休谟也曾在这里进行过短期的研究工作。校方为照顾笛卡尔孱弱的身体，特许他不必受校规的约束，早晨不必到学校上课，可以在床上读书。因此，他从小养成了喜欢安静，善于思考的习惯。小笛卡尔勤奋好学，攻读了古典语文、历史、文学、修辞、神学、哲学、法学、医学等。但他对所学的东西颇感失望，因为在他看来，教科书中那些微妙的论证，其实不过是模棱两可甚至前后矛盾的理论，只能使他顿生怀疑而无从得到确凿的知识，唯一给他安慰的是数学。于是，他在课外阅读了大量稀奇古怪的书，其中包括一些宣传新思想的科学书籍，甚至禁书。他把这说成是“在思想的王国中旅行，与其他时代的巨人交谈”。

正是这种广泛的阅读开阔了他的眼界，照亮了他的心扉，他不再像传统所要求的那样把圣经贤传当作绝对的权威崇拜，开始采取批评的眼光看待一切了。他在很年轻的时候就大胆地认为，传统的学问实在无用。神学教人升天，一味强调天启，贬低智力，我们这些普通人当然学不进去。哲学在经过千百年最杰出的能人钻研之后，仍然没有一点不在争论中，只是煞有介事地无所不谈，打着真理的招牌骗取浅薄人的轻信而已。至于其他的学问，既然是从这样的哲学借来的原则，基础不牢，当然不能建立起什么结实可靠的东西来。只有数学，他认为推理确切明了，基础牢固，但是一向用于机械技术，并没有在上面建立起崇高的楼阁。

因此，在毕业之后，笛卡尔就抛弃了书本的研究，走向生活实际，在世界这本大书里寻求学问，同各种各样的人交往，收集各种经验，随时随地用自己的理性来加以思考，以便从中取得教益。

1616年，笛卡尔同几个青年来到巴黎，侧身于豪华放荡的贵族生活中。据说他对赌博十分有兴趣，并常常以他的机智和数学知识使庄家破产。但不久他就对巴黎的浮华绮丽感到厌倦，便离开了那帮纨绔子弟朋友，到荷兰去作为志愿兵加入了拿骚的毛利斯亲王统帅的新教军队，后来又参加了日耳曼的“三十年战争”。不过他并没有直接参加战斗，只是干些文职工作，随着军队转战荷兰、巴伐利亚、匈牙利等地。其实，他的主要兴趣并不在暴力与流血，而是在旅行游历。当兵，不过是一种最简便最经济的旅行方式。上面说的那3个梦就是在他回军营途中发生的事。

在这个“乌尔姆之夜”之后不到两年，笛卡尔结束了军旅生涯。

他变卖掉父亲留下的资产，用4年时间游历欧洲的许多国家，其中在意大利住了两年。他在游历中注意“收集各种知识”，“随处对遇见的种种事物注意思考”。他观察自然，认识世界，抓住任何零星的线索，努力寻找它们的源头，记下他的研究成果。同时，他还结识了许多科学家，与他们建立了广泛的联系和友谊。

在他当兵期间的一天，笛卡尔来到荷兰的布雷达，在路旁公告栏上，看到用弗莱芒语提出的数学问题征答。他请身旁一个人译成拉丁文或法文。那人不相信这个青年军官能解这样的难题，便带着讥讽的口吻翻译了。不料，两天之后，笛卡尔做出了正确的解答，令那人大吃一惊。原来他是著名的学者贝克曼（Isaac Beeckman）。贝克曼很欣赏笛卡尔的才华，并且两人都有志于科学，于是他们成了好朋友。贝克曼对笛卡尔有很大影响。笛卡尔曾说，是贝克曼唤醒了他的科学兴趣，“把一个业已离开科学的心灵，带回到最正当、最美好的大道上”。4个月后，他写信给贝克曼：“你是将我从冷漠中唤醒的人……”并且告诉他，自己在数学上有了4个重大发现。

笛卡尔不停地游历、思考和探索，在广大的世界中吸取知识的营养，但总觉得自己无知。有一次，一位朋友问他：“你学问那样广博，竟然感叹自己无知，岂不是大笑话吗?”笛卡尔回答说：“哲学家芝诺不是解释过吗？他曾画了一个圆圈，圆圈内是已掌握的知识，圆圈外是浩瀚无边的未知世界。知识越多，圆圈越大，圆周自然也越长。这样的边沿与外界空白的接触面也越大，因此未知部分当然显得更多了。”

经过多年从世界这本大书中的学习，笛卡尔觉得他可以建立一种新的科学的哲学了，他认为只有这样才能真正造福人类。1625年，他回到巴黎，先住在他父亲的朋友家里。那时，他在学术界已颇负盛名，来访者络绎不绝。生性喜欢安静和沉思的笛卡尔不胜烦恼，觉得这里不是适合思考问题和科学研究的地方，于是，他卖掉了祖传的采邑，避居荷兰，在那里住了20多年。他潜心从事科学研究，总结他多年游历所得到的收获。他一直保留着早年的习惯。每天早晨醒来，总是围着被子在床上待几个小时，静静地思考哲学问题。到了晚年，他越发担心肺部会出毛病，所以冬天几乎足不出户，过着安静的隐居生活。有人风趣地评论说，苏格拉底惯常在雪地里终日沉思，但是笛卡尔的头脑只有当他身暖时才起作用。

他研究了哲学和数学，还做了光学、化学、物理学、生理学、气象学以及天文学的研究，并都有独特的贡献。例如在数学方面，他分析了欧几里得几何学和代数学各自的缺点，提出了解析几何学的基本思想。解析几何学的诞生是数学发展的一个转折点，它标志着变量进入了数学，并导致了微积分的诞生。

笛卡尔在隐居生活中写下了他的绝大部分著作，成为传播新思想的一代宗师。1637年，他发表了最有名的著作《正确思维和发现科学真理的方法论》，通常简称为《方法论》。笛卡尔提出，研究问题的方法分4个步骤：

（1）永远不接受任何我自己不清楚的真理，就是说，要尽量避免鲁莽和偏见，只能是根据自己的判断非常清楚和确定、没有任何值得怀疑的地方的真理。

（2）可以将要研究的复杂问题，尽量分解为多个比较简单的小问题，一个一个地分开解决。

（3）将这些小问题从简单到复杂排列，先从容易解决的问题着手。

（4）将所有问题解决后，再综合起来检验，看是否完全，是否将问题彻底解决了。

笛卡尔提出的这4条方法论原则，奠定了现代科学研究的基础。黑格尔曾经说：笛卡尔“是现代哲学的倡导者”，是他“替哲学奠定了稳固的基础”。他的灵骨安放在巴黎圣日耳曼德佩教堂里，墓碑上刻下了这样一句话：“笛卡尔，欧洲文艺复兴以来，第一个为人类争取并保证理性权利的人。”

有一个流传广泛的传说，讲的是笛卡尔的爱情故事。这个故事说，欧洲大陆爆发黑死病时，笛卡尔流浪到瑞典，认识了瑞典18岁的小公主克里斯蒂娜（Kristina），后成为她的数学老师，日日相处使他们彼此产生爱慕之心。公主的国王父亲知道后勃然大怒，下令将笛卡尔处死，后因女儿求情将其流放回法国，克里斯蒂娜公主也被父亲软禁起来。笛卡尔回法国后不久便染上黑死病，他日日给公主写信，因被国王拦截，克里斯蒂娜一直没收到笛卡尔的信。笛卡尔在给克里斯蒂娜寄出第十三封信后就气绝身亡了，这第十三封信内容只有短短的一个公式：$r=a(1-\sin\theta)$。国王看不懂，觉得他们俩之间并不总是说情话的，便大发慈悲把这封信交给一直闷闷不乐的克里斯蒂娜，公主看到后，立即明白了恋人的意图，她马上着手把方程的图形画出来，看到图形，她开心极了，她知道恋人仍然爱着她，原来方程的图形是一颗心的形状。公主在纸上建立了极坐标系，用笔在上面描下方程的点，看到了方程所表示的心脏线，理解了笛卡尔对自己的深深爱意。这也就是著名的“心形线”。据说，这封享誉世界的另类情书还保存

笛卡尔雕像

在欧洲笛卡尔的纪念馆里。

其实，这个故事最不可信的地方是，笛卡尔并没有死于黑死病。但在历史上，笛卡尔和克里斯蒂娜的确有过交往。克里斯蒂娜继位为女王后，写信邀请笛卡尔到她的宫廷去，做她的哲学教师。克里斯蒂娜聪明过人，多才多艺，精通几国语言。她爱好科学和哲学，想把著名的文学家、科学家、思想家都请到她的宫中，以提高她的王朝在世界上的威望。

笛卡尔与克里斯蒂娜早有书信来往，并保持着友好的情谊。当笛卡尔收到女王的邀请信时，一时颇为激动，甚至幻想他能从女王那里得到帮助，来实现柏拉图未能完成的建立“理想国”的伟大事业。但是，一想到斯德哥尔摩的冰天雪地，想到寒冷的气候会对他造成种种不适，就气馁下来。他爱好的是他独立和舒适的生活，爱好的是温暖的火炉和清晨躺在床上的沉思，这些对他来说重于一切。于是他给女王写了一封谦卑恳切的回信，使她相信“殿下是上帝的影像中所创造出的最高贵的人”，而被女王召唤是他的莫大荣幸。但是他请求免除他“瞻仰她的优雅风度”的殊荣，因为“在过了20多年的隐居生活之后，我已并非年轻，恐怕受不了旅途的颠簸劳动之苦”。

但是，女王克里斯蒂娜的意志是不容违抗的。她见笛卡尔迟迟不动，就派了一艘由海军元帅指挥的军舰和一个特别使团专程赶到笛卡尔侨居的荷兰，来接这位踌躇不决的哲学家。笛卡尔似乎对此行的不幸后果有所预感，他在给一位朋友的信中说：“20多年来我作过多次旅行，结果都是如此不幸，以致我害怕将来会陷入强盗之手或遭到覆舟之祸，或者失去自己的财产，或者失去自己的生命。”

到达斯德哥尔摩后，他的担心得到了证实。这一年瑞典的冬天奇冷，连当地人都说从未见过这么寒冷的天气，用笛卡尔抱怨的话说，“就是人的血也会结成冰”。然而，克里斯蒂娜认为她的头脑在清晨是最清楚的，所以要求笛卡尔每周3次在天亮前赶到王宫给她上课。清晨不到4点，笛卡尔就得哆哆嗦嗦地起床，爬进冰冷的马车，冒着刺骨的寒风赶到王宫给女王上课。这大大违反了他晚起的习惯，简直是一种难以忍受的摧残。4个月后，北国的严寒终于使他得了肺炎，不久就离开了人世。

女王听到笛卡尔去世的消息时，十分悲痛，下令将他安葬在一座教堂的公墓里。女王说：“他对我们荣耀地改变信仰贡献良多，上天有意借他……使我们获得启蒙。”

伏尔泰像

在伏尔泰的城堡里

日内瓦是一座很迷人的城市。日内瓦湖烟波浩渺，水天一色，群山环抱，白雪皑皑，人工美景与自然美色相映生辉，无与伦比。在18世纪的时候，日内瓦还不是瑞士联邦的一州，而是一个分离的共和国市区和邻近僻远之处。达朗贝尔曾很羡慕地把他1756年所见的日内瓦描述为：一个居民不到2.4万人、领土区域不到30个村庄的城市居然能得以独立，而且成为欧洲最繁荣的社区之一。它因自由与商业带来财富，四周各地烽火四起，该市却不受波及。震荡欧洲的几次危机对于它来说只是一个奇观，该城只是隔岸观火，却不参与其事。

正因为如此的美景与宁静，伏尔泰选择了这里作为自己最后的定居地。

伏尔泰是法国启蒙思想家的阵营中居于核心位置的最有影响的领袖人物。他的一生，几乎经历了法国启蒙运动历史发展的全过程，在人类文化和思想的历史进程中留下了巨大的足迹。实际上，在伏尔泰已经50岁，作为许多文艺、哲学和科学杰作的作者已扬名于世的时候，当他的名字蜚声全欧的时候，启蒙运动才在18世纪中期广泛地开展起来。伏尔泰是法国启蒙思想家们的导师和鼓舞者。1878年5月30日，雨果在纪念伏尔泰逝世百年活动的演说中说道：

> 一百年前的今天，一颗巨星陨落了。但他是永生的。他……还挑起过最荣耀的、也是最艰巨的责任，即培育良知，教化人类。他受到诅咒、受到祝福地走了：受到过去的诅咒，受到未来的祝福……在他弥留之际，一边有同时代人和后代的欢呼和赞美，另一边有对他怀有深仇大恨的旧时代洋洋得意的嘘叫和仇恨。伏尔泰不仅是一个人，他是一个世纪。

但是，一生中，伏尔泰很少有时间住在巴黎，他始终处于流亡或隐居之中。1734年，伏尔泰发表了哲学著作《哲学通信》，受到法国当局的强烈抨击，该书立即被查禁，伏尔泰本人也遭到通缉。于是，他

伏尔泰雕像

逃往他的情人夏特莱侯爵夫人位于法国东部西雷（Cirey）的庄园，隐居达15年之久。

夏特莱夫人去世后第二年，伏尔泰也离开了西雷庄园。他接受了普鲁士国王腓特烈二世的邀请，来到柏林。那个时代的学者们都希望得到统治者君主的青睐，以实现柏拉图的哲学王的梦想。笛卡尔与瑞典克里斯蒂娜女王的交往，狄德罗与俄罗斯叶卡捷琳娜大帝的交往，都是心怀着这样的梦想。更早的时候，柏拉图、亚里士多德也这样做过。在中国其实也是一样。孔子和孟子周游列国，不也是希望君主们能听他们的意见，按照他们设计的理想模式建设国家吗？

伏尔泰也是这样。他怀着劝说和辅佐普王推行开明政治的幻想而来。他天真地相信可以建立一个开明的君主制王国，相信曾一度被他认为是哲学家的国王腓特烈定能为了全民族的幸福实行社会改革。伏尔泰非常真诚地认为，他自己将担任国王教师的角色，并且认为这是必要的使命。但是，腓特烈之所以需要伏尔泰，只是因为他作为欧洲大名鼎鼎的人物能够点缀他的宫廷。伏尔泰把腓特烈当成了学生，而腓特烈则把伏尔泰当作花瓶。

伏尔泰在腓特烈的“逍遥宫”里逗留了5年，最后对腓特烈完全失望了，便离开了柏林。

1754年，伏尔泰来到恬静怡人的日内瓦。他在日内瓦的乡下买了一幢别墅，将之称为“乐园”。这幢房子是一座漂亮的新古典主义别墅，白色和浅浅的米色外墙，带有一个小阳台和一个绿意盎然的花园。伏尔泰为这座别墅购买了许多家具和装饰品，并在里面设计了一座私人剧院。他平日里在家中写剧本，并时常自己参演到戏剧中。今天，这座伏尔泰故居已经成为伏尔泰研究所与博物馆（Institut et Musée Voltaire），藏有25000卷关于伏尔泰与启蒙时代的著作和许多伏尔泰与其熟人故友的画作和印本。

日内瓦曾经是加尔文教派统治的地方，它掌理教育、道德与婚姻，严格的教律把日内瓦人的生活管制得非常窒息。到了18世纪，加尔文教已经不再那么有控制力了，伏尔泰将这里描绘成自由的国度。他在一封信中说：“日内瓦已不复是加尔文在世时的日内瓦——相去甚远，如今该市已经是哲学家满街跑的都市。洛克主张的‘合理性的基督教’几乎是全部牧师的宗教；而附属在道德系统之下的那种对至高的圣灵’的崇拜则是几乎所有官员信奉的宗教。”1756年，达朗贝尔在造访日内瓦后，对日内瓦教会的自由主义颇为赞许，他说：“他们之中有好多都不相信耶稣基督的神性，他们的领袖加尔文却很热心地拥护这种说法，因此把塞尔维图斯烧死……地狱——我们信仰中的要点之一——对于今日日内瓦的许多牧师而言已不再如此了。根据他们的说法，如果把这个充满了善良与公正的上帝想象成会拿永恒的痛苦来折磨我们、来处罚我们的过失，那么这是对‘圣神’的一大侮辱。”

在日内瓦寄居的近三年时间里，伏尔泰鼓励狄德罗、达兰贝尔等人编纂《百科全书》，并为“百科全书派”人士提供咨询与支持。但是，《百科全书》第7卷中“日内瓦”条目的编纂激怒了法国和日内瓦当局。达朗贝尔将伏尔泰对日内瓦宽容风气和新教牧师理性主义的描述编入“日内瓦”条目。1757年，《百科全书》第7卷一出版，立即招来日内瓦、法国当局和宗教人士对这一条目的强烈反对。其中，对日内瓦不设剧院、禁演戏剧的善意批评，触动了日内瓦当局的敏感神经。而条目中对日内瓦的颂扬部分，又使法国当局怀疑是在批评、贬低巴黎。

当时的日内瓦加尔文新教的势力仍然很强大，他们认为戏剧有害于人们的道德，惧怕剧团使年轻人产生对华丽的衣着、放荡、佚乐喜爱的兴趣，因而禁止戏剧演出。这和当年莎士比亚剧院遇到的情况一样。宗教法庭呼吁大议会强制执行“1732年和1739年有关严禁公、私剧本演出的条款”，并命令各教堂牧师禁止各该教区内的居民“在所谓‘伏尔泰’家的悲剧中演出”。伏尔泰则以自己的名望号召日内瓦民众“走进剧院，欣赏歌剧”。

但是，面对日内瓦的这种的政治环境，伏尔泰不得不再次搬离，于1758年在法国小镇费尔内（Ferney）买下一座宅邸，过起他田园诗般的生活。这时他已经64岁，终于有了可以作为“家”的自己的房子。

费尔内小镇紧邻日内瓦的边界，但又属于法国领土。这里成了伏尔泰真正理想的自由港湾，成为伏尔泰得以安全、自由写作的天堂。

他游走于法国与瑞士之间，无需向其中任何一个国家俯首称臣。对此伏尔泰感叹道：“在王室身边蹉跎岁月后，我终于在自己家中称王。”伏尔泰在那里写剧本，请巴黎的头号当红演员亨利·列肯来演出开幕第一天的戏。日内瓦的各教堂牧师虽禁止前往观赏，但由于演出颇受欢迎，每当有列肯出场的当天，在节目开始前好几个小时早已座无虚席。

费尔内小镇距日内瓦只有半个小时的车程，离日内瓦机场很近。我是在离开日内瓦那天上午去费尔内的。现在这里已经改名为伏尔泰小镇。虽然伏尔泰已经离开200多年了，小镇居民仍然对这位伟大人物充满了敬仰与缅怀之情。小镇很小，也几乎没有多少行人。走进这座小镇，到处都可以看到伏尔泰的痕迹。有一条街，名为伏尔泰大街

伏尔泰的费尔内城堡

费尔内街头的伏尔泰雕像

(Avenue Voltaire)，其实就是一条小巷，巷中有一座伏尔泰青铜雕像。雕像连同底座高约5米，是1890年一位名叫埃米里·拉伯特（Emile Lambert）的人士捐赠给小镇的。雕像记录着当年伏尔泰在小镇上散步时的情景。有些年迈的伏尔泰左手拄着拐杖，右手将礼帽按捏在胸前，双唇紧合，面带微笑，微弓着背，长发披肩，身着大衣，眼睛凝视着前方，神情自然而安详。雕像下的石座上四面刻有碑文，碑文正面镌刻着“费尔内教长（Patriarche De Ferney）——1694—1758—1778”，3个时间点分别记载的是伏尔泰出生、迁到小镇和去世的时间。侧面碑文一边列举着《论各民族的风俗与精神》《哲学辞典》和《中国孤儿》等伏尔泰的著作。另一面铭刻着伏尔泰为当地民众修建住宅、学校和医院等造福百姓的功绩。底座背面是雕像捐赠人的名字。

在主街（Grand Rue）尽头的一个小喷泉上也有伏尔泰的头像。费尔内小镇的旅游信息中心所在的建筑物就是伏尔泰所建的最后一家剧院。学校、音乐厅和市集也都是当年伏尔泰出资修建的。伏尔泰在小镇上以乐善好施闻名，曾收留过许多贫困户与难民。在离伏尔泰广场不远的地方，有一个伏尔泰协会，那里陈列着伏尔泰著作的各种版本，还出售有关伏尔泰的纪念品，如他的小雕像、印有他头像的书签等。人们说，这里拥有欣赏勃朗峰美景的绝佳视角。每当晴空万里的午后，总能让人感受到一分悠闲自得。小镇还是当年的面貌和风情，漫步在小镇的街巷中，仿佛到处都能感受到这位哲学家的气息，就像在伏尔泰身边行走。

伏尔泰的宅邸位于费尔内的一座小山包上，人们将这座宅邸称作“伏尔泰的城堡”。伏尔泰从Budé家族手中购得费尔内庄园，当时这里完全是一片荒凉之地。伏尔泰在这里开启了他的梦想生活。伏尔泰买下这座宅邸后，亲自指导进行古堡的重建。他准备在此度过余生。古堡重建的第一个月，他就告诉狄德罗准备在这里当个乡村绅士，安度余年。为了将原先废弃的建于12世纪的城堡改造成简单、舒适的住宅，伏尔泰请来了日内瓦当时著名的建筑师Jean-Michel Billon进行翻修。房子内的家具、油画和其他装饰品，都是他本人根据自己的喜好和品位挑选的。在他的图书室里藏有6900多册著作和信件。这座城堡落成后不久便成为“朝拜圣地”，欧洲各国的社会名流趋之若鹜。

城堡落成后的第三年，由于慕名前来拜访并寄宿的客人众多，住房显得很紧张。于是，伏尔泰请来建筑师莱纳德·拉考（Léonard Racle）又对城堡进行扩建，增加了左右两翼，摧毁了原先的中世纪塔楼和城墙。

现在呈现在我们面前的“伏尔泰的城堡”是一座宏大的灰白色双层建筑，外表简洁朴实，位于一片巨大的庄园中，花园中碧草如茵，古木参天，有许多雕像，有一座礼拜堂和一座喷泉。

伏尔泰逝世后，整个建筑和部分家具被伏尔泰的侄女Denis女士卖给了Villette侯爵。侯爵为了纪念伏尔泰，对城堡重新进行布置，此后，费奈城堡成为伏尔泰迷的“朝圣”首选之地。随后，城堡几经易主，到了1847年，城堡的主人David-Missilier买下了一些额外土地，并重新购得原属于伏尔泰的家具和藏画，对城堡重新做了布置，才使我们得以在最大程度上欣赏到伏尔泰居住时期的装饰风貌。

走进城堡的大门，前厅靠窗一侧放置着一尊洁白的伏尔泰半身大理石雕像。墙壁上挂有庄园的设计图纸和当年故居建造情景的画作，真实记录着当年伏尔泰与家丁们开辟家园的辛劳。一幅伏尔泰宴请访客的油画挂在前厅的一个显要位置。挨着前厅，是伏尔泰的书房。书房足有五六十平方米的面积，壁柜中藏有伏尔泰作品的手稿，墙壁上布满伏尔泰著作里的名句和手稿影印件。书房最深处是伏尔泰的书桌。书桌仍保留着当年的基本摆设：一支蜡台，几本书籍，一支水笔，几张稿纸。就是在这张书桌上，伏尔泰俯首与提笔，凝望与沉思。

故居的客厅壁炉两侧摆着几把座椅和一个橱柜。墙壁四周挂满精美的油画。其中一幅名为《伏尔泰胜利的寓言》的作品最为珍贵。整幅画作气势恢宏，以浪漫主义笔调演绎了伏尔泰“光辉得意”的一生。卧室里陈设着一张床、几个储物柜，一个梳妆台和几张座椅，还有一件主人的睡袍。一幅伏尔泰年轻时的肖像画高挂在床头之上。

在费尔内小镇和他的城堡，伏尔泰几乎度过了人生最后20年时光。他在这里完成了许多重要著作，包括《彼得大帝统治下的俄罗斯》《议会史》等历史著作，以及著名的哲理小说《老实人》和《天真汉》。从古老的费尔内城堡，响起了法国启蒙思想家的首领——如同人们开始这样称呼他——“费尔内教长”的声音。在这里，他进一步密切了与年轻一代启蒙思想家的联系，他热情支持百科全书派的斗争，认为狄德罗和达朗贝主编的《百科全书》是为法国增光的空前巨著，是法兰西民族的纪念碑，并积极为它撰写条目。

他与法国知识界和欧洲各国著名人士保持通信联系，了解各方面的动态。邮局每天从四面八方给他送来信件。和他通信的有700人之多，来信的人各式各样，情况各有不同。他一生中留存下来的信件有2万多封，其中有6000多封是从这里发出的，在每封私人信件上，他喜欢用“铲除卑鄙”作为结语。他跟通信者讨论各种社会问题，宣传他反专制反教会的启蒙思想。

费尔内城堡成了全世界的文化中心，成为欧洲进步舆论的中心和反对封建专制、批判宗教狂热的圣地。每天都有来自各地的诗人、作家和学者到这里来，向这位好客的主人问候和请教。正如伏尔泰开玩笑所称呼的那样，费尔内成了朝圣的地方，成了“欧洲的旅店”。苏格兰作家詹姆斯·鲍斯威尔，意大利冒险家、享誉欧洲的风流才子贾科莫·卡萨诺瓦和英国历史学家爱德华·吉本等都是其追随者和座上宾。

在这期间，伏尔泰结识了由于当局迫害而从图卢兹逃跑出来避难的新教徒让·卡拉的亲属，了解到教会在人民中间煽动狂热的可怕罪行。1762年，让·卡拉的儿子马尔克·安图昂因为债务缠身自缢身死。有人诬告说，安图昂不是自杀，是他父亲以为儿子违反他的意志准备加入天主教而把儿子杀死的。于是，教会宣布安图昂为神圣的殉道者，他的尸体被搬进教堂。接着传开了天主教创造了让死者起死回生的奇迹的流言。卡拉及其家庭被宣布犯了反对天主教会的罪行，遭到逮捕和刑罚。在市政广场上众目睽睽之下，他们把卡拉车裂处死，而后又把尸体焚烧了。

教会的这一惨无人道的罪行使伏尔泰满怀激愤。他说："图卢兹法官车裂了最无辜的人。几乎整个朗格多克由于恐惧在呻吟。"伏尔泰怀着极大的义愤，揭露穿着法官外衣的杀人犯。他聘请优秀律师，发表反教权的论文和书信，坚持要求图卢兹议会和法国最高法院公布侦讯材料，重新审理此案。伏尔泰把全欧洲的舆论都争取到自己这方面来。几年之间，围绕着卡拉事件，伏尔泰和被伏尔泰鼓动起来的进步人士发表大量文章和谈话，掀起声势浩大的抗议浪潮。最后政府不得不撤销了图卢兹当局的判决，宣告让·卡拉无罪，沉冤得到昭雪，他的家属也被释放。

伏尔泰对宗教自由、审判公平的呼吁引领来一个新时代。

伏尔泰经历了路易十四、路易十五、路易十六这3个封建王朝的统治，目睹了封建专制主义由盛转衰，亲身感受到了封建专制主义统治的腐朽和反动。他预见到革命必然到来。他曾对朋友说："我周围发生的一切事情，正在撒下革命的种子，尽管我自己未必成为革命的见证人，但它是必然要到来的。"

"费尔内教长"成了全法国进步人士的鼓舞者。他被称为"法国的天才""民族的骄傲"。他很有名的一句话被广为传诵："我不同意你说的每一个字，但是我誓死保卫你说话的权利。"

1778年2月5日，伏尔泰离开了费尔内小镇，返回巴黎。临行前，家里的仆人、庄园和工厂的工人眼含热泪送别这位老人，他含泪答应6个星期后返回小镇。但他却再也没有回来。

伏尔泰回到了他曾在此度过年轻时代的巴黎。这次回归，如同一次盛大的凯旋。欢呼的人群向他致敬，当时的一位目击者曾描述这次盛况：“伏尔泰到达巴黎，在当地人民中发生了这样的影响，好像某个神仙降临大地一样。”

卢梭像

卢梭的隐居之地

在巴黎的时候，我曾专程去拜访卢梭的故居。经过一个多小时的车程，来到巴黎北郊的蒙莫朗西（Montmorency）小镇。这个小镇很偏远，人也很少，和巴黎那种大都市的景象完全不同。卢梭的故居就在马路边上，是一栋不大的二层小楼。当年卢梭就住在这里，故居门前的马路现在被命名为“卢梭路”。后来，当地政府把隔壁的另一座小楼也征集过来，一起辟为卢梭博物馆。

事先有朋友帮我联系，所以我一到蒙莫朗西小镇，卢梭博物馆的馆长已经在那里等候。她先陪我参观，走进博物馆大门，下一段石阶，左拐是栋二层建筑，右边和屋后是一个不大的花园。花园里有两排高大的老树，中间是草地铺成的甬道，远处则是低矮的围篱、教堂钟楼和广袤的乡野。走进了卢梭故居的小楼，一进楼门就是个不大的门厅，门对面墙边是一座不到2米高的卢梭手持一花、脚踏草地的石膏立像，右边依次是用玻璃框保护着的卢梭立像原作和1942年仿制的2米多高的立像。对着门厅的是客厅兼餐厅，餐桌后面有一个橱柜，里面摆着瓷盘、茶具等。顺着窗往右走进一道门就是女主人的卧室，走过狭小的旋转楼梯，楼上是卢梭的书房兼卧室，正对门是一个小书柜，上面摆了十几本米黄色小开本旧书，一张桌子摆在靠窗的位置上。

走出这座小楼，旁边还有一个小屋，小到里面只有一张桌子一把椅子，身后一个小书柜，就已经满满的了。这才是卢梭写作的地方。在这个小屋的前面，我心里涌起一阵阵激动。我曾认真读过的那些旷世名著，如《新爱洛绮丝》《致达朗贝尔的信》《社会契约论》以及《爱弥儿：论教育》等，就是他在这里写作完成的。而这些著作，曾经在法国乃至世界的思想史上，掀起了多大的波澜啊！特别是1761年《新爱洛绮丝》出版，立刻轰动巴黎。他将日内瓦湖的湖光山色写进《新爱洛绮丝》小说中，吸引了无数文人墨客到此寻找这段爱情，其中就包括浪漫主义诗人拜伦与雪莱。这本书成为浪漫主义文学创立的标志，被认为是世界第一部浪漫主义文学作品。

参观之后，博物馆长带我去了另外一栋叫作卢梭图书馆的小楼，那里收藏着许多与卢梭有关的文物，包括一些原始手稿、书信、标本册等相关历史资料。他们拿出珍藏的卢梭著作的最初的版本，想不到的是，二三百年过去了，依然保存得非常完好。手捧着这些珍贵的著作，顿时好像感受到了卢梭的温度，仿佛他就站在面前，侃侃而谈。

卢梭是1742年来到巴黎的，这年他30岁。他带着自以为能在音乐方面掀起一场革命的新记谱方案，要在这个世界之都大显身手，一举成名。但是，他的新记谱法由音乐家拉摩推荐到法兰西学院，并未获得认可。这样，他就以一次失望开始了他在巴黎的生活。他不得不去教音乐，为贵族家庭和音乐团体抄写乐谱。从此，抄写乐谱之于卢梭，就像磨光镜片之于斯宾诺莎一样，成了卢梭常年的谋生手段。

正是在这个时候，他结识了狄德罗。两位初出茅庐的青年一见如故，决心要在巴黎的文坛上大干一番。后来，他们又结识了孔狄亚克。3个人经常聚会，讨论高深的哲学问题，出现了18世纪40年代著名的文坛“三结义”。狄德罗在主编《百科全书》时，曾邀请卢梭撰写条目，并介绍他与霍尔巴赫、达朗贝、格里姆等人相识。卢梭和这些著名的启蒙活动家结下了深厚的友谊，尤其对其中的狄德罗抱有真挚热烈的感情。通过和他们的交往，他的知识得到充实，视野更为广阔，思想更为锐利了。

1749年一个温暖的夏日，卢梭去巴黎郊外万桑纳要塞探望因发表《供明眼人参考的谈盲人的信》而被囚禁的狄德罗。他边走边阅读一份《法兰西信使报》。他看到第戎学院为来年伦理学奖而设立的一个题目：“科学艺术发展是否有助于改善风俗？”顿时，感到一阵眩晕，心跳激烈，呼吸也急促起来。他躺在一棵树下，在那里失魂落魄足足半个小时。在这种不自觉的崇高灵感的启示下，他写出了假托古人法布里修斯的论述。他站起身，发现外衣湿了一片，刚才他为自己激动得流了许多眼泪。从此，他对世界有了新的认识，一种神秘的直觉使他明白，人类一切不幸均来自文明。

狄德罗看出了卢梭的激动，问他是何原因。卢梭向他念了上述论述，狄德罗大声叫道："没有什么可犹豫的，你一定会采取任何人都不采取的主张。"狄德罗鼓励他把他的想法好好发挥，参加征文竞赛。

卢梭的论文《论科学和艺术的复兴是否有助于淳化风俗》一举成名。但是，性情孤傲的卢梭并没有因此而混迹于上流社会，仍是靠抄乐谱度日。他说："我很可以完全走上牟利的道路，让我这支笔不去抄乐谱，而完全用来写作。以我当时已有的、并且自觉有力量维持下去的那种一飞冲天之势，只要稍微愿意把作家的手腕和出好书的努力结合起来，我的作品就可以使我生活得很富裕，甚至生活得很豪华。"他之所以放弃豪华的享受，宁愿去过抄乐谱的清贫生活，是因为"我感觉到，为面包而写作，不久就会窒息我的天才，毁灭我的才华。我的才华不在我的笔上，而在我的心里，完全是由一种超逸而豪迈的运思方式产生出来的，也只有这种运思方式才能使我的才华荣发滋长。任何刚强的东西，任何伟大的东西，都不会从一支唯利是图的笔下产生出来。需要和贪欲也许会使我写得快点，却不能使我写得好些。"

1752年，卢梭的喜歌剧《乡村卜师》在枫丹白露上演，获得巨大成功。为此，法国国王有意召见他，并准备赐给他一笔年金。但卢梭竟拒绝了圣上的赏赐。他说："诚然，那笔可以说是到手的年金，我是丢掉了；但是我也就免除了年金会加在我身上的那副枷锁。有了年金，真理完蛋了，自由完蛋了，勇气也完蛋了。从此以后怎么还能谈独立和淡泊呢？一接受这笔年金，我就只得阿谀逢迎，或者噤若寒蝉了。”

1755年，第戎学院再次征文，卢梭以《论人类不平等的起源和基础》应征，从此确立了卢梭在西方思想界的地位。他在巴黎生活了十几年，发表了大量的作品，成为启蒙运动的核心人物之一。

但是，卢梭性格孤僻古怪，敏感偏激，很难与人相处，甚至与多年的好友狄德罗都闹翻了。巴黎城市的喧嚣、嘈杂使从小生活在自然美景中的卢梭也不适应，于是卢梭开始萌生退隐的念头。他说他反感巴黎“一切真正富丽堂皇的情景”，他“不愿意在这个都市长久居住下去”。他之所以在巴黎居住了一个时期，“只不过是利用我的逗留来寻求怎样能够远离此地而生活下去的手段而已”。

1756年，卢梭最终离开了巴黎，搬到了蒙莫朗西，过上了与世隔绝的隐居生活。

他在《忏悔录》第十章里对他在蒙莫朗西的住所有着精彩的描绘，他写道：

> 蒙莫朗西园林不是和舍弗莱特园林那样修在平地上的，而是起伏不平，间有小丘和凹地，那巧妙的艺术家就利用这些陵谷来使丛林、水流、装饰和景色千变万化，把本身相当局限的一片空间，可以说凭艺术和天才的力量扩大了多少倍。这园林的高处是那片平台和府第，底部形成一个隘口，向一个山谷伸展和扩大，拐弯处是一片大水池。大水池的四

周都是山坡，被幽丛和大树点缀得非常美丽，隘口宽阔处是一个橙树园。在橙树园与大水池中间就是那个小府第。这座建筑物和周围那块地以前是属于那著名的勒·布伦的，这位大画师着意用他那修养有素的建筑与装饰的绝妙美感，建筑并装饰了这所房屋。这个府第后来又经重建，但始终还依照原主的图样。房子很小，很简单，但很雅致。因为它是在谷底，介乎橙园的小塘和那个大水池之间，很容易受潮，就在房子当中穿了一个明廊，上下两层排柱，使空气可以在全屋流通，所以虽然地点低湿，还可以保持干燥。当你从对面为房子作远景的那带高地望这所房子的时候，房子就像是被水环绕着一样，你简直以为看见了一个迷人的小岛，或者是看见了马约尔湖内3个波罗美岛当中最美丽的 Isola Bella。

远离城市的喧嚣，充分地接近大自然，呼吸自由的空气，他独自在森林的小径上漫步、沉浸在大自然的美和狂喜、伤感的想象中。可以说卢梭在这里的几年过得很快乐。他说：

每天早晨，在太阳上山的时候，我是多么急于到那条明廊上去呼吸馨香的空气啊！我在那里，和我的戴莱丝面对面，吃到了多么好的牛奶咖啡啊！我那只猫和那只狗都陪着我们。这样的陪伴够让我一辈子都满足的，绝不会感到一刻的厌烦。我在那里真像是住在人间天堂；我生活得跟在天堂一样纯真，品尝着天堂一样的幸福。

卢梭在乡间隐居的房子

卢梭在这个隐居之地生活了6年。1762年6月8日的夜里，卢梭被人从睡梦中叫醒。一位朋友派人前来通知他，巴黎最高法院即将于次日下令查禁他那部在10多天前开始发售的《爱弥儿》，并要逮捕作者。第二天，卢梭不得不于匆匆搬离蒙莫朗西，逃离法国，逃亡到日内瓦。

卢梭的故乡在日内瓦。虽然他16岁时就离开了日内瓦，长期颠沛流离，但对故乡一直怀着深厚的感情。这次他从巴黎逃亡出来，先在瑞士伯尔尼邦的依弗东住下。不料，在他来到之前，日内瓦的国民议会也紧随法国当局其后，宣布查禁《爱弥儿》和《社会契约论》，并将这两部著作当众焚毁，同时下令通缉卢梭。当时，日内瓦的一些正直的宗教人士以及很多市民认为这个通缉令违反教会法，出来保卫卢梭，而掌握行政权力的国民议会则坚持对他进行迫害。议会的检察长特龙香在1763年的九十月间发表《乡间来信》，为议会的迫害行为辩护。卢梭则针锋相对，于1764年12月发表《山中来信》作为答辩。然而，此书发表未到10天，日内瓦就出现了以《公民的感情》为题的匿名小册子，小册子揭露卢梭把几个亲生的孩子送进孤儿院，毫无亲子之情，以十分恶毒的语言对卢梭进行人身攻击，甚至要求对卢梭处以极刑。而据说，这本谤书竟然出自伏尔泰之手。

卢梭不敢再去日内瓦了。他在依弗东居住未及一个月，不得不从日内瓦逃到瑞士的乡村，穿过瑞士的山谷、湖泊，最后逃亡到伯尔尼。从此，卢梭开始了长达8年的流亡生涯，他再没有回到日内瓦。

然而，卢梭的光辉不可能长期被遮蔽。日内瓦不久就纠正了这个错误，认为它应该以自己伟大的儿子而自豪。在卢梭去世14年之后，1792年12月12日，日内瓦国民议会取消了一切谴责卢梭及其著作的政治裁决，恢复了他的“日内瓦公民权”。在卢梭去世57年后，1835年2月24日，由雕塑家普拉迪埃创作的卢梭塑像安放在卢梭岛上，雕像的基座上刻着醒目的大字：“日内瓦公民——让—雅克·卢梭”。今天的日内瓦以卢梭为骄傲，城内有多处以卢梭的名字命名的街道、楼房和博物馆，使卢梭的遗迹成为日内瓦的一个重要历史文化标识。

我在第一次去日内瓦的时候，就曾到过卢梭岛，瞻仰那座举世闻名的卢梭像。我还参观了位于日内瓦老城市政厅附近的格朗大街（Grand Rue）40号卢梭故居。与巴黎郊外的卢梭故居比起来，日内瓦的卢梭故居规模要小得多，不过是路边的一个普通民房。其实这里是卢梭祖父的房子，是一家钟表店，也是卢梭的出生地。这幢老房子就在圣彼得大教堂的近处，周遭的石灰岩老建筑带着斑驳的米色。老房子的窗户很低，阳光勉强可以照亮前面的钟表作坊，年幼的卢梭便时常在里面趴着观察在桌台上工作的父亲。卢梭5岁的时候，父亲将这幢位于老城中心的房子卖掉，搬到了位于圣葛文区（St. Gervais）的房子里。现在，钟表店已经改造成卢梭与文学博物馆。博物馆看起来很雅致，布置也很简单，收藏和展示卢梭早期发表的诗歌、小说、文稿手迹、笔记以及乐稿等文物资料。更多的是以一些图片和背板讲述卢梭的一生经历。这座博物馆自2002年建成以来，已经接待了来自世界各地的数万观众和卢梭研究者。几大本留言簿上记满了各种文字的留言。

日内瓦卢梭故居博物馆和卢梭岛，是许多高尚的人士曾经向卢梭表达敬意的地方，是许多浪漫主义者前来朝圣的地方。巴尔扎克、雨果等人，都曾在这里向卢梭献上他们的敬意。

歌德曾说："伏尔泰结束了一个旧时代，卢梭开创了一个新时代。"卢梭开创的"新时代"是从法国大革命开始的。当时有一句流行的话说："世无卢梭，即无法国大革命。"人们认为，是卢梭的著作撒播了自由、平等、天赋人权、主权在民等思想的种子，触发了当时的大革命。卢梭那句令人发聩的名言："人生而自由，却无处不在枷锁之中"，已成为一代又一代不同民族、不同国家的先进人士的思想"律令"，鼓舞他们去追求自由平等的理想。

据说，年轻时代的罗伯斯庇尔曾经拜访过卢梭，是卢梭的忠实信徒，被称为"行走中的卢梭"。后来罗伯斯庇尔无比崇敬地说："卢梭是唯一以其灵魂的高尚和人品的伟大表现出自己是人类当之无愧的师表的"。

卢梭没有看到大革命的发生，他于大革命的十多年前就在法国小镇埃默农维尔（Emernonville）与世长辞了。他被安葬在美丽的白杨岛上，洁白的墓石上刻着："自然之子、真理之子长眠于此。"大革命之后的1791年12月21日，国民公会投票通过决议，给大革命的象征卢梭树立雕像，并以金字题词："自由的奠基人"。这座雕像现在还竖立在巴黎先贤祠的一侧。1794年10月11日，卢梭的遗骸也被安放到先贤祠。在先贤祠地宫中最显眼的位置上，卢梭的棺木被设计成一栋神气的建筑，在侧面的墙壁上写着："这里安息着一位自由和真理之人"。棺木的正面有一扇微开的门，一只手臂从门缝里伸出，手中握紧燃着一团浓烈火焰的火把。

他把自由和平等的思想赠予人类，成为此后200多年人类的共同理念，开启了人类文明的一个新的旅程。

司各特像

司各特纪念塔与文学之都

我来到爱丁堡的时候，已经是黄昏了。车开进城里，首先看到的就是一座高大的黑黝黝的尖塔，这就是爱丁堡最有名的司各特纪念塔。它坐落在爱丁堡的主路王子街边上的美丽的王子街花园。王子街被称为“全球景色最美的大街”，是爱丁堡老城与新城的分界线，北

司各特纪念塔

面分为新城，南面为旧城，东端连接卡尔顿山。花园和纪念塔在路的南侧，靠近韦弗利车站。街道的对面是著名的詹纳斯百货公司。

这座引人瞩目的黑塔是为纪念苏格兰最著名的历史小说家、诗人沃尔特·司各特爵士而建。远远地望去，它就像爱丁堡里的一颗黑宝石，被称为“黑褐色的城市明珠”。纪念塔高60多米，是典型的维多利亚哥特式建筑风格，塔的下面四边是高大的拱门，上面是正方形的锥顶，4座小型尖塔拱卫着中央高塔。塔中央是白色大理石的司各特雕像，司各特身穿长袍，手持书卷随意地坐在那里，表情栩栩如生，神情凝重，身边卧着他的爱犬。他小说中的64位人物雕塑环绕塔身，他们都活跃在他们的创造者身边。此外，还有许多苏格兰著名诗人的雕像，仿佛是一个苏格兰的文学长廊。整个塔分4层，塔内拥有狭窄的287级台阶，人们可以爬过这些阶梯，到达尖顶上的观景台，俯瞰爱丁堡市中心的景色。

走在爱丁堡旧城和新城的每一个地方，只要一抬头，就能看见这座恢宏的黑塔。他让人仰望，令人震撼，同时也让人们对以这种宏大的方式纪念的作家司各特心生崇敬之情。在朦胧的夜色中，司各特纪念塔显得更加有韵味。我漫步在王子街上，走进小花园，绕着纪念塔慢慢地瞻仰，心中升起的就是这样的崇敬之情。

司各特被称为“历史小说之父”，是苏格兰人最敬重的伟大诗人。司各特出生于爱丁堡一个苏格兰古老家族，生活优裕，但不幸的是，他在一岁半的时候患上了小儿麻痹症，导致终身腿残，给他的生活带来了诸多不便。也许正是这个缘故，他把绝大部分精力都投入到了文学的阅读和创作之中。他从小就受到良好的教育，22岁进入爱丁堡大学攻读法律。之前，哲学家大卫·休谟也是从爱丁堡大学的法律专业走上创作道路的。

那时候，爱丁堡大学乃至整个城市的学术文化活动都十分活跃，有许多文学社团，举行各种文学沙龙，聚集了苏格兰的文化精英。苏格兰的启蒙运动给司各特很大的影响。在读大学期间，司各特同其他学生一样，参加了许多文学和哲学协会，讨论人们普遍关心的社会、历史、文学、政治、哲学等问题。同众多年轻人一样，司各特对大众文化和前卫文化十分感兴趣。他曾和朋友们一起研究德国“狂飙突进”文学运动，翻译过德国著名民谣《莱诺尔》。这个文学流派的追随者反对法国启蒙运动文学，更热衷于本国的民间传说。

在当时，欧洲贵族青年有游学的传统。司各特曾花费很多时间游遍苏格兰各地，特别是苏格兰与英格兰的交界处以及苏格兰高地，广泛了解苏格兰的过去、现今以及风土人情，采集了大量民谣。1802至1803年，他搜集整理的3卷本《苏格兰边区歌谣集》出版，引起了广泛的注意。

1805年，司各特第一部长篇叙事诗《最末一个行吟诗人之歌》问世，给他带来了很高的声誉。这部长诗通过两个苏格兰世家之争，表现了16世纪苏格兰封建贵族的生活。1808年，长诗《玛密恩》出版。它以1513年英格兰和苏格兰进行的弗洛登战役为背景，描写英国贵族玛密恩使用诬陷手段夺取贵族拉尔夫的未婚妻，最后阴谋暴露，玛密恩在弗洛登战死。这部作品被认为是司各特最优秀的长诗。1810年问世的脍炙人口的长诗《湖上夫人》，叙述中世纪苏格兰国王和骑士冒险的事迹，描绘了苏格兰的自然风光。以后他创作了《特里亚明的婚礼》《岛屿的领主》等一系列诗歌。他最后一部长诗是《无畏的哈罗尔德》。

司各特的长篇叙事诗采用历史事件或民间传说作为题材，有丰富的想象和较高的艺术技巧，充满浪漫的冒险故事。

正当司各特沉浸在诗歌创作的热情中的时候，在英伦文坛上出现了浪漫派诗歌巨匠拜伦。司各特深感自己在诗歌创作上无力超越拜伦，因而转向英国历史小说创作，为英国文学提供了30多部历史小说巨著。

1814年，司各特匿名发表一部历史小说《威弗利》，描写1745年詹姆斯党人起义的历史事件，赞扬热爱自由的苏格兰山地人民的斗争。这部小说深受读者的欢迎，此后，司各特便用“威弗利作者”的笔名，接连写了许多部历史小说，直到1827年才公开承认自己是这些小说的作者。

司各特有不少历史小说取材于苏格兰的历史，其中最优秀的除《威弗利》外，还有《清教徒》《罗布·罗伊》和《米德洛西恩的监狱》等。《清教徒》描写1679年苏格兰清教徒反抗英国当局的迫害而爆发起义的事件，作者歌颂起义群众的自我牺牲精神，揭露统治阶级残暴的镇压。《罗布·罗伊》描写1715年詹姆斯党人第一次起义前夕苏格兰山地人民反抗英国政权的斗争。罗布·罗伊是“苏格兰的罗宾汉”，本是正直的山地氏族领袖，在封建压迫下铤而走险，成了反抗统治阶级、杀富济贫的绿林好汉。《米德洛西恩的监狱》以1736年爱丁堡市民反对英国的压迫的一次暴乱为背景，描写苏格兰农村姑娘珍妮·丁斯长途跋涉前往伦敦求见王后，使无辜被判死刑的妹妹获救。

从1819年起，司各特创作了取材于英国和欧洲历史的小说，其中最为著名的是《艾凡赫》和《昆丁·达沃德》。《艾凡赫》生动地表现了12世纪英国“狮心王”理查在位时复杂的阶级矛盾和民族矛盾，揭露了诺曼贵族的骄横残暴和撒克逊劳动人民的苦难。作者把“狮心王”理查写成是缓和民族矛盾的英明的君主。《昆丁·达沃德》写15世纪法国国王反对封建割据、建立中央集权的斗争。路易十一是司各特笔下最为鲜明生动的形象之一。

司各特的历史小说像一幅幅巨大的历史画卷，气势磅礴，宏伟壮丽，出色地反映了英格兰、苏格兰和欧洲历史重大转折时刻的矛盾冲突。把从中世纪到资产阶级革命时期英格兰和苏格兰的社会生活包罗无遗。不同时代的风貌和社会习俗，各个历史时期宗教、民族、阶级的斗争，都被生动地描写出来。他笔下出现了许多令人难忘的劳动人民的形象。

饱含激情的诗歌和如浩瀚画卷的小说，使司各特在世时就获得了巨大的声誉。1813年，他被授予“桂冠诗人”称号，1820年国王乔治四世授予他“从男爵”勋位。

司各特的创作对欧洲历史小说起到了开创作用，俄国评论家别林斯基把司各特看作“历史小说之父”。英国的狄更斯、斯蒂文森，法国的雨果、巴尔扎克、大仲马，俄国的普希金，意大利的曼佐尼，美国的库柏等著名作家都曾受到司各特的深刻影响，库柏还有“美国司各特”之称。马克思在患病时曾说，可以停止工作，但不能停止阅读司各特的小说。

司各特被称为“苏格兰之魂”。1832年，司各特逝世的时候，英国举国悲哀，为了纪念这位伟大的文豪，修建了我们眼前的这座司各特纪念塔。司各特纪念塔建于1844年，1846年8月15日正式揭幕。纪念塔的设计是从全苏格兰征集的方案中挑选出来的，方案征集用了3年时间。而最后入选的设计师是名不见经传的苏格兰牧民之子坎普，他甚至没有敢在设计稿上使用真名。纪念塔的建筑材料是从爱丁堡附近开采的砂石，由于石质疏松，在短短不到200年时间中就变成黑褐色，愈添古韵。

行走在世界各地，我在许多城市都看到过纪念性的雕塑，这些雕塑也有献给文化人的，比如在巴黎，就有狄德罗、巴尔扎克、伏尔泰等人的塑像默默地伫立在街头；在雅典，有苏格拉底、柏拉图的塑像矗立在希腊科学院的大门前，亚里士多德则站立在一个不太著名的街角。这些都是人们在以此方式向影响世界的文化名人致敬。但更多的、更雄伟的则是帝王和英雄。在巴黎，你会感觉到拿破仑无处不

爱丁堡城

在，高大的凯旋门，旺多姆圆柱，还有金顶教堂以及教堂里硕大的红色大理石棺椁，它们都有一种压倒一切的气势。在中国也是一样，明十三陵，清东西陵，巍峨豪华的陵墓都属于帝王家。

但唯有在爱丁堡，却将一个巨大的纪念塔献给了在这座城市诞生的诗人。除此之外，哪里还有如此纪念文学的方式呢？当然，还有伦敦西敏寺的诗人角。但是，西敏寺的诗人是一个“角”，而司各特却是一座“塔”，一座高耸入云的“塔”。这对于诗人和作家来说是巨大的荣耀。苏格兰人、爱丁堡人，具有多么浑厚深沉的文学情怀！

不仅如此，爱丁堡人对于自己城市的杰出文人，都怀着深深的敬意。在皇家英里路，有哲学家大卫·休谟、经济学家亚当·斯密的塑像。作为启蒙运动的另一个中心，18世纪的苏格兰学派为人类社会科学贡献过伟大的思想。王子大街的另一侧还矗立著名的诗人罗伯特·彭斯的雕像。爱丁堡人对彭斯极为推崇，每年的1月25日是“彭斯之夜”，人们都会举行盛大的欢庆活动，纪念这位浪漫诗人。柯南·道尔的世界经典悬疑巨著《福尔摩斯探案集》被称为推理小说中的“圣经”。在新城的夏洛特广场，有福尔摩斯经典造型的雕像。

还有，在这里诞生的作家史蒂文森的成名作《金银岛》，是世界流传最广的一部海盗探险小说。风靡世界的《哈利·波特》，是年轻女作家J·K·罗琳带着襁褓中的孩子，在一家咖啡馆写出来的。不仅如此，根据苏格兰作家欧文·威尔士同名小说改编的电影《猜火车》，以及伊恩·兰金的一些罪案小说都是以爱丁堡为故事背景的。

“爱丁堡是一座建立在文学上的城市”。2004年，爱丁堡被联合国教科文组织（UNESCO）授予“文学之都”的美誉。这是第一个获得此项荣誉的城市。走进爱丁堡，就会感受到弥漫整个城市的浪漫的文学气息。爱丁堡成就了一批世界级巨匠，这些巨匠也富裕了这座城市，丰盈了这座古城，让这座古城充满更多的灵性与传奇，使爱丁堡更加具有人文魅力。

伦敦切尔西区切恩街的卡莱尔故居

切尔西的圣人

切尔西是伦敦西部的一个区，坐落在泰晤士河北岸，自伊丽莎白一世时期，切尔西就是一个时尚的地方，是伦敦最繁华的地区。特别是从19世纪30年代，这里也开始了与文学的渊源。在夏纳步道的房子上的蓝色纪念装饰板上，记录了曾经的多位名人住址。

那时候，伦敦出现了一个由许多著名人物组成的文人“小圈子”。其中包括哲学家约翰·斯图亚特·穆勒、桂冠诗人骚塞、传记作家洛克哈特、著名作家狄更斯和萨克雷，诗人勃朗宁、丁尼生，博物学家达尔文、政治风云人物卡芬雅克，以及意大利政治避难者马志尼等。他们个个才华横溢、大名鼎鼎，而又旨趣迥异。

这个文化人的小圈子，有一个核心人物，就是被称为“切尔西圣人”的托马斯·卡莱尔，他还被称为“英格兰的孔子”，他影响了整整一代英国文人。

卡莱尔住在切尔西的切恩街5号，现在改为24号，是18世纪初期建筑的一座排屋式住宅，离泰晤士河不远。现在，这个住宅已经修复成卡莱尔居住时的样子，作为卡莱尔纪念馆开放，是伦敦著名的文学圣地。故居分为5层，有客厅、后餐厅、大厅，一楼还有瓷器陈列柜。室内布置陈设体现出十足的维多利亚时期风格，大厅里摆放着卡莱尔夫人用过的钢琴，1848年音乐家肖邦曾经来访，弹奏过这架钢琴。顶层的阁楼是卡莱尔的书房，有20多平方英尺，透过头

卡莱尔像

顶的天窗采光。卡莱尔的许多作品都是在这里写成的。还有一个后花园，种植着五彩缤纷的花卉植物和灌木。卡莱尔经常坐在小花园里，身穿便袍，头戴草帽，叼着烟斗，默默沉思。

卡莱尔很喜欢他的这处居所。他写道："我们的住宅位于河流的小小转弯处的安全地段，远离所有的大路；从后窗仅能看到树木茂盛的区域，高高的老式屋顶不时零星地从树丛中显露出来。白天，我们只能看到伦敦的圣保罗大教堂和威斯敏斯特大教堂的尖顶；夜晚，我们看到的是冒犯着宁静夜空的巴比伦式大都市。"他将切恩步行街附近文人们喜欢的一段时髦的伦敦地段描述为"沿河岸延伸的美丽街区，商铺林立，绿树成荫。船只停泊在岸边，散发着货运和焦油的气味。"

卡莱尔的这座灰色的小楼，成了那些著名文人时常光顾的地方。这些来访者的主要目的是聆听他的教诲。而他既是个布道者，又是个表演者，他的听众与其说是来学习，不如说是来欣赏他怎样驳斥和训导他的对话者。勃朗宁夫人与丈夫去卡莱尔家做客，之后她写道："我们与卡莱尔一起度过了一个晚上。他是我能想象到的最有趣的人，是英格兰地区让我赏心悦目的一道美好风景。我是卡莱尔的崇拜者。"

一时间，这座建筑成为当时英国文学的中心。试想一下，一批伦敦最杰出的才智之士，济济一堂，在这里推杯换盏、品茶论道，高谈阔论，既有智慧的交锋，又有思想的分享，该是多么激动人的场面！联想到18世纪的巴黎沙龙，还有德国海德堡的"韦伯圈"，这种无拘无束的文人聚会，激荡出无数智慧的火花，诞生了多少伟大的作品！

卡莱尔是1834年搬进这栋房子里的，那时候，他已经快40岁了。之前，他一直住在苏格兰，也正是司各特活跃在文坛的时候。

1809年，13岁的卡莱尔考入爱丁堡大学。我们知道，20世纪爱丁堡大学曾是苏格兰启蒙运动的堡垒，产生了如休谟、亚当·斯密等一批意气风发的大思想家。到卡莱尔入学时，这些大人物已相继谢世，但仍可感触到那个时代留下的理智气氛。卡莱尔在这里选修了自然哲学、拉丁文、希腊文、逻辑学和数学等课程，并利用大学图书馆的丰富藏书，如饥似渴地阅读了大量的古今著作。到1814年他结束4年的学业时，已经奠定了一生事业的基础。

大学毕业后，卡莱尔去一所学校担任教师，以谋得糊口之资，同时在晚上继续自修神学课程。然而，多年来他的桀骜不驯有增无减，这使他既厌恶神学，也厌恶教书，所以不久他就辞去了学校的工作，他说“宁死也不愿继续在学校里当教师了”。

然而，辞职不仅断了他的生活来源，也使他内心陷入极度空虚的境地。贫困、焦急和消沉使他长期失眠和消化不良，使他终身受苦，并加重了他天生的急躁脾气。他把这一时期称为“最悲惨的3年”。他住在最便宜的寄宿房里，过着勉强糊口的生活。他偶尔也去做家庭教师以挣些零钱，可是他不喜欢这种工作。他更多的是靠为百科全书和报纸杂志撰写文章赚钱。与此同时，卡莱尔还继续大量地阅读各种书籍，这使他获得了大量丰富的文学知识和资料，这些在他以后成熟的作品中得到了巧妙的运用。

就是在这困顿的年代里，卡莱尔阅读了大量德国文学和哲学著作。德国文化向他展示出一种崭新的生活观，使他看到了把自己从理性怀疑主义和精神空虚的折磨下解脱出来的前景。特别是歌德的不朽诗才，成为他精神上追求的目标。在他看来，歌德是一个将理想世界和现实世界、神与人沟通起来的文学家的典范。卡莱尔把歌德所说的“严肃即是生活”作为自己的座右铭，认为人生最高的德行就是勤勤恳恳地工作，踏踏实实地做人。

也就是在这时，他结识了未来的生活伴侣珍妮·威尔士。他与她的结合是19世纪英国文学界最引人注目也是最引起争议的婚姻之一。珍妮是爱丁堡城郊哈丁顿镇上一个著名医生的女儿。她才华横溢、容貌美丽、口才流利、任性固执，是一个很迷人的姑娘。她切望出名，并且很快就发现卡莱尔是她所遇到的唯一能引导她达到理想目标的人。然而，她与卡莱尔一样患有神经过敏症，在言辞锋利和性格暴躁方面则与她的丈夫不相上下。两个有如此气质的人生活在一起，是根本不可能感到轻松的。不过，在他们的无情的刻薄之下隐藏着深厚和永久的挚爱。尽管她对于他那地狱式劳作的孤寂生活感到烦恼，她渴望有儿女，却没有生育，她经常被病魔纠缠，但她的内心还是充满着

卡莱尔和夫人珍妮

柔情、忠义和仰慕，从而使她永远留在卡莱尔身边，安慰和鼓励他。

1826年，当卡莱尔与珍妮结婚时，他在爱丁堡的文学界已有了一定的地位，他们简朴的住所成了爱丁堡一个极为活跃的文人聚会的中心。但是卡莱尔靠写作获得的收入既微薄又不稳定，他曾几次试图谋取在大学教书的职位，但都没有成功。1828年，贫困迫使他们不得不离开爱丁堡，搬到偏远的乡村，在摆脱了都市喧嚣的孤寂生活中度过了6年。他为《爱丁堡评论》撰稿，并写作《衣裳哲学》。此书文笔辛辣、幽默，把自传和哲学奇妙地混杂在一起。书完成了，但起初找出版商却非常困难。而此书出版后，却获得了巨大的成功。

在这期间，一个年轻的美国人爱默生曾来拜访他们。爱默生曾经读过并极力赞赏卡莱尔的评论文章，使他在美国引起了对卡莱尔著作的强烈而持久的赞誉。与此同时，卡莱尔开始着手在伦敦知识界与一些极有才华的朋友建立起稳定的联系，他们都极仰慕卡莱尔的才智和思想，其中最有名气的是年轻的哲学家穆勒。穆勒当时几乎不怎么了解卡莱尔的思想，但他很快就发现，在卡莱尔身上有一种他从未接触过的、令人惊异的道德和思想的力量。

1834年春，卡莱尔夫妇迁居伦敦，在切西尔区切恩街安了家，此后便一直生活在那里。与此同时，卡莱尔开始写作日后使他蜚声文坛的成名之作《法国革命》。他为写作这本书整整花了3年时间，进行了相当困难的工作。为了使家庭生活能得以维持，他不得不经常四处奔波；由于没有条件去一趟巴黎，这使他的研究工作受到了很大的限制。更糟糕的是，当这本书第一卷手稿完成后，他把它拿给穆勒看。没想到一天穆勒十分懊丧地跑来告诉他，手稿被一个粗心的女仆烧毁了。

这真是一个天大的灾难。所有作家最畏惧的就是这种可怕的打击：花费许多宝贵时间，尽心尽力写成的珍贵书稿毁于一旦。这时，卡莱尔早已将他的全部笔记扔掉了，他的创作热情也消失了。他的钱快花光了，一时找不到挣更多钱的办法。

但他再次振作起来，相信自己的构思力量，决心从头开始，并竭力安慰满心羞愧的穆勒，一点也没有流露出自己窘迫的处境。穆勒坚持借给他100英镑，使他的生活有了基本的保障。于是，他如疯似狂般地重新投入写作。1837年1月，当这部书最后写成时，卡莱尔对妻子说，他可以向世界宣称“100年来，你们从没有看到过任何一本由一个活人的心中所产生的、比这写得更率直、更激昂的书”。这本论述法国革命的书也许是他最伟大的成就。出版后，立即获得人们真诚的赞扬，获得极大成功。

这的确是一部写得非常激昂的书，是对英国上层阶级的一种激烈的警告，如果他们不关心劳动人民的疾苦，会发生怎样的情况。按照他视历史为“圣经”的理念来看，他把法国大革命看作是对王朝和贵族的愚蠢和自私的报应。

随着这部书的畅销，卡莱尔的名声也越来越大。对那些颇有才智的读者来说，这本书讲出了他们长期以来自觉或不自觉地盼望的那些东西，使他们之中的很多人终生难忘。因为，卡莱尔是一个预言家。

卡莱尔自觉地担当起预言家的角色。他在给穆勒的一封信中说：“不是在诗歌中，而只能是在预言中，在像古代希伯来人式的严厉的警告中，一个人才能指出当前社会中那些该被诅咒的现实，这个现实当前正在、而且祖祖辈辈以来一直沉重地压在我们头上！”卡莱尔的预言表达出同时代人的焦虑和渴望，说出了那种人们想说但又不能清晰地说出来的东西。他说：“我们没有能力去阻止已经发生的事情，但我们却有能力去改变已经发生的事情对我们现在生活的影响。接受已经发生的，改变可以改变的。”

卡莱尔发表了很多被赞誉的重要演讲，被看作是那个时代最重要的社会评论员。他有着非凡的想象力和惊人的独到见解，强烈地震撼着一代正直而敏感的知识分子的心灵。几乎没有一个人比他更被自己的同时代人视为伟人。

卡莱尔晚年获得了很高的荣誉。德国政府曾授予他普鲁士功勋章；在英国曾有人提出要授予他巴斯勋位，但被他拒绝了。他还被选为爱丁堡大学的校长，并做了一次极为成功的就职演说。

但是，随着地位和名望的提高，他不再是个预言家了，只能算是一个贤哲，因而人们也渐渐疏远了他。

1866年，卡莱尔的夫人在伦敦去世，这给他的精神上以沉重的打击。他在深切的悲痛中注视着她的遗容，发现她“像神一样端丽，像天使或稚子一样柔和”。卡莱尔再也未能从这次打击中恢复过来。他又活了15年，身心疲惫、无聊，几乎成了隐居者。他于1881年去世，这几乎是他期待已久的解脱。

临终时，有人提议把他安葬在威斯敏斯特大教堂，这是英国著名人物国葬的地方，但他却要求葬在故乡的埃克雷弗坎教堂的墓地，他的父母就长眠在这块墓地上。

柯尼斯堡景色，康德的住所在前景的左侧

留在柯尼斯堡的老哲学家身影

德国哲学家康德出生在柯尼斯堡，且一辈子都生活在这里。但是，现在去德国，已经找不到康德的故居或他的生活遗迹，因为这座城市已经不在德国了。

柯尼斯堡位于桑比亚半岛南部。早在1255年，条顿骑士团北方十字军在这里定居，先后被条顿骑士团国、普鲁士公国和东普鲁士定为首都或首府。柯尼斯堡曾是德国文化中心之一，是日耳曼人魂牵梦绕的“龙兴之地”。除了康德，还有霍夫曼和希尔伯特这样的大文化人都在此居住过。1544年由阿尔布雷希特建立的柯尼斯堡大学是当时传授新教的中心之一。所以，讲德国的文化史和哲学史，绕不开柯尼斯堡这座文化古城。

但是，二战之后，根据《波茨坦协定》，柯尼斯堡划归了苏联。苏联人先把这座城市更名为基奥尼斯堡（Kyonigsberg），1946年更名为加里宁格勒。苏联人对柯尼斯堡采取了人口置换政策，驱逐德意志人，一半以上的德国人逃离，有近10万人流放西伯利亚。现在，这里完全成了一座俄罗斯人的城市，一座属于俄罗斯文化的城市。命途多舛、承载德意志过去的柯尼斯堡，似乎慢慢淡出人们的记忆，湮没在历史的烟尘中。

虽然康德的遗骨还埋葬在那里，但作为德国哲学家，他的灵魂已经无处安放。

另一位德国哲学家叔本华也遇到了同样尴尬的情况。叔本华出生在但泽，这个地方已经改名为格但斯克，也是在二战后，成为波兰的一座城市。好在叔本华最后埋葬在法兰克福，比康德幸运一点，至少还有一处让后代哲学学者凭吊和致敬的地方。

但是，无论如何，康德永远是一位德国哲学家。德国哲学家康德的身影还留在那座已经改过名字的城市里。

康德于1724年4月22日出生在柯尼斯堡。按照旧普鲁士历法，这一天是圣伊曼努尔节，所以就给他取“伊曼努尔”这个《圣经》中的名字，意思是“上帝保佑我们”。

康德出生这年，巴黎股票交易所开张，资本怪物异形诞生。在东方，雍正皇帝颁旨禁止基督教在华传教，史称“雍正禁教”。

1740年秋，16岁的康德考入柯尼斯堡大学，在这所大学里学习

康德雕像

了将近7年。正是在大学里，他接触到牛顿的学术思想，并确立了自己一生的志向。他在大学期间撰写的一篇长文中写道："我相信，有时人对自己的能力怀着高尚的信任，并非无用。这种信心使我们的一切努力生气勃勃，推动我们对真理的探索迅速前进。如果人相信自己的研究工作有希望前进，并且，还可以抓住像莱布尼茨一流大师的错误，他就会使自己的思考尽可能真实可靠。在不断追求真理的过程中，冒一次险，尽管会千百次地走入歧途，可是比总是在平坦大路上走要好得多。我的立场就是如此。我已经给自己指明道路，我要坚持下去。我将开始我的进程，任何事情也不能阻止我前进。"

但是，他的大学生活十分困窘。1747年，康德没答辩硕士学位论文就离开了大学，到偏僻的农村给人家当家庭教师。在担任家庭教师的几年中，他不仅取得了教学经验，还取得了丰富的生活阅历，通过观察人们的生活，熟悉了社会各阶层的心理。有充裕的时间读书，为他后来的学术活动打下了基础。

康德不满足于当家庭教师，他把做一个大学教员当作自己的理想。1755年，31岁的康德辞去家庭教师的工作，向柯尼斯堡大学呈交了一篇题为《论火》的论文，于这年6月获得硕士学位。同年9月他又提出第二篇论文，通过公开答辩后，开始担任柯尼斯堡大学的编外教师，其薪俸由学生方面负担。由于学校的教室不够用，当时的许多教师都在家中授课。康德当时住在一位教授家里，教授有一所房子可供讲课用。这位新任讲师就是在这里讲授他的第一次课程的。听众很多，屋子容纳不下，学生们只好站在阶梯和走廊上。康德颇有点紧张，第一节课讲得简直听不清楚，直到第二节课，他才镇定下来。康德延续了41年之久的教学活动就这样开始了。

讲课占去了他的全部时间和全部精力，有时他每周上课达20小时，讲授过的学科有数学、自然观、人类学、自然地理学、逻辑学、形而上学、道德哲学、自然神学、教育学，另外还有哲学大全，据说还讲过要塞建筑术和烟火制造术。他曾抱怨说："我每天都被束缚在讲台上，而从一节课到另一节课，我简直是在受折磨。"但他讲课却是相当认真的，从不迟到、缺席，从不照本宣科。从未出过国的康德讲课趣闻逸事不断，间杂异国风土人情，经常把学生讲得当堂落泪。康德着重培养学生的独立思考能力，以资质平平的学生能听懂为标准。他常说："我不是教给你们哲学，而是教你们如何进行哲学思考。"他还说："哲学无法教授，哲学永远是思想者的事业。"

他最喜爱的课程是自然地理。他认为地理是历史的基础。实际上他是第一个把地理作为独立课程讲授的。康德虽然足未出户，但他凭借极强的记忆力、生动的想象力，对一切细节的留心和善于从这些细微末节出发塑造完整的形象的天赋，使他能够生动而准确地描绘出异邦的情景，好像他做过环球漫游，远涉重洋，跨越荒漠。虽然他从来没有看到过高山，然而却能对高山做出引人入胜的描写，好像他真的攀登过人迹罕至的顶峰。

德国启蒙哲学家赫尔德尔听过康德两年的课，后来他说："每次回忆起少时结识一位哲学家并聆听他的讲座，我就充满感恩的欣喜。他教会我真正的人道主义……他的哲学唤醒了独立思考。我几乎从未听过更加卓越和打动人心的讲座。"

康德讲课的名望逐渐传播开来，受到普遍的赞扬。国王专门下诏做出允诺，对"这位有才能并博得普遍赞许的讲师康德，遇有机会应尽先补用"。但是，直到他担任了14年讲师之后，才担任教授的职务。1770年3月31日，国王指令委任康德为逻辑和形而上学编内政教授。5月2日，学校当局晋升了他的职位，8月21日举行了就职论文答辩会。

在论文答辩会的听众中有一位青年，他是未来的"狂飙突进"运动的诗人连茨。他曾为康德的晋升写了一首颂诗。颂诗中说：真正的光荣又属于这样的人，他把智慧和德行结合于一身，他对他教授于人的一切都身体力行。这位哲学家从不追求任何虚荣，从不把愚蠢当智慧，即使愚蠢使他感到恐怖，他也敢于戳穿其假面具。他发现多少真理，他就用多少真理来教育人们在思想和行为方面保持纯洁。法兰西人对北方能否产生人才表示怀疑，但是，康德一下子就把这类怀疑一扫而光。

康德取得了教授的职位，但他首先是一位勤于思考的哲学家。虽然他讲课任务繁重，但他仍然在不懈地攀登哲学思想的高峰。1762年夏天，他得到卢梭的著作《爱弥儿》。这本书强烈地吸引了他，以至于把平时户外散步的惯例打破了，一连停止了好几天，阅读占去了全部时间。从此，在他的工作室里出现了唯一的一件装饰品——卢梭的肖像。康德把卢梭比作“第二个牛顿”。如果说康德是借助牛顿公理来洞察无垠的宇宙，那么卢梭的独特见解则帮助他去窥探人类心灵的奥秘。用康德的话来说，牛顿以前第一次被认为是在无规则可循的纷繁复杂的现象中发现了秩序和规则，而卢梭则在复杂万端的人类中发现了人所共有的天性。“我自以为我的求知欲极为强烈……有时我想，这一切将给人类带来荣耀，因此我鄙视那些知识极端贫乏的庸俗之辈。卢梭纠正了我这种看法。炫耀自己的特长这种心情消失了：我学会了尊敬人。”

他从卢梭那里学会了尊敬人，从休谟那里学会了研究人。在他看来，哲学所从事的事业可以归结为以下一些问题：(1) 我能够认识什么？(2) 我应该想什么？(3) 我能够期望什么？(4) 什么是人？

从本质上说，所有这些都可以归结为人类学，因为前3个问题都从属于最后一个问题。

康德开始构造自己的哲学体系，进行史无前例的伟大的理性批判。1778年夏天，地理学家兼天文学家伯努利访问柯尼斯堡，他说道：“我在伯爵家里和一位学者共进午餐，他是柯尼斯堡大学最伟大的成员之一，受人尊敬的康德教授。这位著名教授是社交中活泼有礼的人物，他拥有如此优雅的生活方式，以至让人很难想象他体内藏着这样一颗深深探求的心灵。但是，他的眼睛和面容流露出大智大慧，与达朗贝尔的相似之处确实引人注目……康德先生很久没有发表哲学著作了。我保证他不久便会出版一本小册子。”

他指的是《纯粹理性批判》。1780年，康德顺利地写出了《纯粹理性批判》。写作这部划时代的伟大著作仅用了5个月，但在康德的头脑中已经酝酿了十几年！那时，他已经57岁了。没有人比他成熟得更慢了，但也没有一本书像他的著作那样让哲学界震撼。

康德在前言里展现了哲学巨人的雄才大略："我在此斗胆宣称，这本书解决了所有的形而上学问题，提供了打开所有问题之门的钥匙。"

康德认为自己的事业是一次"哥白尼式的革命"，这个革命的核心在于确立"人是自然的立法者"。人们也把康德比作哥白尼。诗人海涅写道："从前理性像太阳一样围着现象世界转，努力想把它照亮；但康德却让理性这个太阳停止不动，于是现象世界围着理性转起来，并且只有转进了太阳的光照范围，才能受到照耀。"

康德在人们面前展示了一幅认识之国的地图，并建议认真而缜密地研究它。他说：认识之国"是由自然界本身禁锢于不变限界之内的岛屿。这是一个被广阔的、汹涌澎湃的大洋这个幻想的集中点所环绕的真理王国（多么美好的名称），在那里，眼看就要消融的云和冰好像是一些新的主国，它们经常用虚无缥缈的希望欺骗渴望有所发现的航行者。这个真理王国诱使航行者去进行冒险，而他是任何时候都不会拒绝进行冒险的，尽管如此，他无论如何也不能把冒险进行到底。在你为了研究这个海洋的全貌和为了弄清海里可否找到什么东西而决心下海之前，你最好再一次浏览一下我们准备离开的那个国家的地图，而且首先要给自己提出一个问题：难道不应对这个国家所拥有的一切感到心满意足吗？即使这种满足是由于生活的需要，因为除它之外我们再也找不到另一个安身立命之所了；我们也还需要判明，我们按什么权利来统治这个国家和可不可以认为自己有不受任何敌人侵犯的保障"。

《纯粹理性批判》给康德带来的是永久的声誉，虽然它刚问世时曾遭到冷遇，但批判哲学终于逐渐为自己开辟出一条通向大学讲台的道路，“康德热”笼罩于德国各大学。在耶拿，康德哲学甚至成了一场决斗的触发点。一位大学生声称，要想弄懂《批判》，在大学里起码得上30年学；另一位大学生则提出要同他决斗。甚至有许多名媛贵妇，也要买一本《批判》摆在梳妆台上。叔本华说，这本《批判》是“欧洲有史以来写就的最重要的书”，并认为，任何一个人在读懂康德之前都只能算是个孩子。歌德称康德“毫无疑问”是新时代哲学家中“最优秀的”，并说：“他的教导影响细密绵长，渗入我们德意志文化的最深处……您即使没读过他一个字，也处于他的影响之下。”

1784年春，柯尼斯堡大学为这位誉满全国的哲学家庆祝了他的60寿辰。庆祝会提前在3月4日即学期结束的日子举行。大学生们给康德教授赠送了纪念章。纪念章的正面是受祝贺者的像，反面是隐喻性的造型：比萨斜塔和下降的铁球，在斜塔的基座旁边是斯芬克斯的像。纪念章上还有这样一句题词：“对真理基础的研究将使真理得到巩固。”

从表面上看，康德是一个刻板和循规蹈矩的人。他的哲学的目的在于把规律理性化，他的生活也严格遵守机械单调的规律。这与康德生来身体羸弱有关，他个子矮小，体弱多病，身材有点畸形，一边的肩膀比另一边高，由于他清醒地意识到了这一点，为了能够保持身体的健康，他持之以恒地恪守自己制定的生活规则，给自己设定了明确的人生目标。通过这种努力，他能够健康地活到高龄，并最终基本上实现了自己的人生目标。

康德的住宅是一座二层小楼，位于市中心僻静后街。一楼的一边是一个宽敞的教室，另一边是厨娘的睡房。二楼的一边是餐厅、图书室和卧室，另一边是客厅和书房。书房里有两张书桌，一只三脚半圈椅。仆人住阁楼。康德死后，这栋房子几经转卖，现在已经不存在了。

几十年如一日，他每天早晨5时起床，喝一杯咖啡后，在书房开始备课。7时至9时，他在大学里讲课。9时至下午1时，这是他用于个人研究的主要工作时间段，他的科学著作大都是在这段时间里完成的。午饭经常邀请几位挚友共进，这些朋友都不以哲学为业，一边吃饭，一边闲谈。这时康德可以听到政治上的新消息以及种种见闻，紧张的脑力劳动之后便得到很好的休息。接着他穿上灰色的外衣，拿着精致的手杖，从家门口出来散步，这时是下午3时30分，于是邻居们都拿出怀表，对准时间。除了读卢梭的《爱弥儿》那几天外，他的散步从来没有中断过。散步之后，他又开始工作，晚上10时准时上床睡觉。

在他去世后，他散步的菩提林前小道被市政府命名为“哲学家之路”。

他活了80岁，从未离开过故乡；他没有结婚，终生过着独身生活。他的一生是讲堂书斋的一生，是平平静静地沉浸于思辨的一生。德国诗人海涅曾经风趣地说：“康德的生活史是难于叙述的。因为他既没有生活，又没有历史。”

然而，康德并不是一个不问世事的书呆子，他表面的沉静中隐藏着巨大的热情。人间的一切对他来说都是亲切的，他关于人所发表的议论也不光是从本本出发的。在美国独立战争前夕，康德对华盛顿将军及其战友们表示同情。一次在大街上同人交谈时，康德曾经谈到他对于在北美已经酝酿成冲突的态度。一位在场者声称，他作为一个英国人感到自己受了侮辱，提出要同康德决斗。哲学家尽管也佩有利剑，但剑法并不高明。他的武器是思想和语言，他继续谈论，坚持自己的立场，他说得如此令人信服，致使对方终于承认自己是不正确的，并伸出手来以示和解。康德还非常关心法国革命的发展，希望尽快了解最新消息，经常紧张地等待报纸，有时甚至特派仆人出去寻找。在革命进行的那几年间，康德每天同朋友吃午饭时谈的总是这方面的问题。据说在大庭广众之中，他不顾“雅各宾党”的嫌疑激昂地谈论革命。

康德同情国外的政治革命，在自己的祖国则掀起了一场哲学革命。因此，他遭到了反动势力的嫉恨和诬陷。他天天都在等待着政府的严厉措施。实际上，普鲁士政府很久以来就绞尽脑汁，既要使世界知名的哲学家受到惩罚，同时又不愿使自己陷入愚蠢的境地。1794年10月，康德受到了国王的申斥。在一封由沃尔纳大臣代表国王签署的给康德的信中说：“我们皇上早已怀着很大不满注视着您怎样滥用自己的哲学，在《论理性范围内的宗教》一书以及其他短篇论文中歪曲和贬低圣经和基督教的某些主要的和基本的原理。我们期待着您有更好的著作；您自己应该明白，您的所作所为是怎样地与您清楚知道的我们慈父的心愿背道而驰、我们要求您做出刻不容缓的并且诚恳的回答，并且希望，为免失皇上的恩宠您今后不要再犯类似错误，相反，要按照您的义务，运用您的影响和才能去实现我们慈父的意愿；否则，如果再有违抗，您必须招致不愉快的处置。”

放弃自己的观点不是康德的性格，但进行反抗他又无能为力。在一张小纸片上，他写下了唯一可能的策略："放弃自己内心的信念是卑鄙的，而在目前这种情况下保持沉默却是臣民的义务；既然你说的一切都应当是真实的，那就不一定非把全部真理都公开说出来。"

康德对国王的申斥做了回答，但他绝不是悔过，而是坚决否认对他提出的每一点指责。不过最后他表示，为了不给人提供指责他歪曲和贬损基督教的口实，哲学家"作为国王陛下忠实的臣民"，许诺今后不再公开发表有关宗教问题的意见。然而当国王腓特烈·威廉二世死后，康德便声称他不受所承担义务的约束，因为现在他已是另一个"陛下"的臣民了。

这时康德已是70多岁的老人。他曾在一封信中说："生命是短暂的，特别是在年逾古稀之后所剩的时间就更短暂了。但是我希望在地球上能有一个角落，使我们能在那里无忧无虑地度过晚年。"

康德很注意保养自己的身体，他的保养学的基本规则就是不要吝惜自己的力量，不要因舒适和闲逸而使自己变得软弱无力。他是一位独身老人，他认定，未婚的或早已成为鳏夫的男人"能够更长时间地保持显得年轻的外貌"，而成了家的人"则带有重累在身的痕迹"，因而使我们有可能推测到前一种人比后一种人要长寿。他还认为，研究哲学是战胜各种微恙的一种极好的精神手段，是一种"情绪兴奋剂"。哲学使人们把外部情况撇在一边，产生出一种精神力量，这种力量可以弥补随着年龄而出现的身体虚弱。

但是，随着年龄的增长，康德的身体开始虚弱起来。他没有生病，但是精力不济了。他逐渐减少他的课程。1796年7月23日，他讲完了最后一次讲座。由于健康不允许，从此在讲坛上听不到他的声音了。这年6月，人们为了向这位光荣的教授表示敬意，决定庆祝他的创作活动50周年。大学生列队来到康德的住处，乐队高声演奏。一个20岁的青年走进教授的房间，祝贺他的纪念日，向这位最有智慧的人保证，人们永远不会忘记他教的课程。在街上，人们高呼“万岁”。大学生们在献给老哲学家的颂诗中这样写道：

执教一万八千多天的教师，
在享有的崇高荣誉中度过，
你那具有青年人朝气的精神，
在探求那神圣的最高真理；
虽然你羸弱的身躯已经衰迈，
却把那最黑暗的地方照亮。

康德为他在老年还能保持着清晰的思想、饱满的精神，对生活和对事业的喜爱而骄傲。他没有力气讲课了，但他还能写作。像从前一样，整个上午他都是在书桌旁度过的。他开始写一本叫《从自然科学形而上学原理向物理学的过渡》，他认为这是他一生的一部主要著作。可惜这项工作没有完成。1804年2月12日，康德的脉搏停止了跳动。他一生的历史使命已经完成了。据说他的最后一句话是“这很好”。

早在1799年，他已经就自己的安葬问题做了安排。他要求在死后的第三天安葬，要尽可能从简，希望只有他的亲人和朋友参加，遗体埋葬在普通的墓地上。

但结果却是另一种情形。

康德去世的消息一经传出，满城人士，甚至普通市民均肃然动容。他去世的那天正是星期日，天气晴朗，只有一片白云远浮天际，相传有一个士兵站在铁匠桥边用手指着围绕着他的人说道："你们看啊！向天飞去的那是康德的灵魂啊！"第二天，《皇家普鲁士政治官报》在头版报道说："昨日午间11时本市伊曼努尔·康德因衰老逝世，享年80。他研究思辨哲学的功绩，世人皆知，并且很受人崇拜。此外，他处世为人的优点是：忠诚、和蔼、公正、仁爱。他的死对我们来说是特别重大的损失！至于纪念死者，应该是最光荣最永恒的。"

全城的人都来与康德告别。人们连续16天前来瞻仰死者遗容。哲学家的遗体停放在没有生火的客厅里，身着殓服，安放在一黑一白两幅毛毡上，枕头上铺着一个从前学生赠送他的诗章，足端放置着一首挽诗，题为"献给康德的亡灵"。

2月28日举行了葬礼。是日天气严寒，但3小时前大街小巷已挤满无数瞻仰的人们。24个大学生抬着灵柩，后边走着驻防军军官团和几个同胞的送殡行列。浩浩荡荡的送葬队在全城的钟声和哀乐声中缓缓地向大学教堂走去。大学评议委员会在教堂前迎接送殡的队伍，教堂前响彻送终词的声音。

康德被埋葬在邻近教堂北侧的教授墓地中。这是一座古老的附属建筑物，1809年被拆除，在原地建筑起一个回廊，取名为"康德柱廊"。回廊的尽头是康德的墓，上面安置着康德的半身雕像，刻着两行诗：

在这里，伟大导师将流芳百世，

康德墓

青年人啊，要想想怎样使自己英名永存！

自此以后，年代遥远，“康德柱廊”渐次颓废。到1880年，人们又在原柱廊的东边建筑了一所仿哥特式的小墓庐，庐内的一厢壁端刻着康德的一句名言：

有两种东西，我们对它们的思考越是深沉和持久，它们所唤起的那种越来越大的惊奇和敬畏就会充溢我们的心灵，这就是繁星密布的苍穹和我心中的道德律。

叔本华塑像

叔本华
最后的孤独

我曾经几次去法兰克福。每次去西欧，都要在法兰克福下飞机，然后再乘车去其他地方。据说，法兰克福机场是整个欧洲最繁忙的机场。

法兰克福是一座十分现代化的城市，巨大的商业中心。但它也是一座有历史、有文化记忆的城市。歌德就诞生在法兰克福，在这里度过了他的青少年时代。叔本华晚年隐居在这座城市里，最后埋骨在这个地方。歌德光辉太耀眼，以至于掩隐了叔本华本来应有的光芒。

但是，叔本华也和歌德一样，为法兰克福增添了城市的荣耀。所以，在法兰克福也有叔本华的塑像伫立在街头，凝视着一切过往；叔本华的故居得到很好的保护，开辟为叔本华档案馆，许多爱好哲学的人们来向这位老哲学家致敬。档案馆保存有叔本华的私人藏书（部分为档案馆购回并重组），很多私人物品，以及为数众多的与叔本华有关的文献及其著作、肖像、半身像、照片，还有隐藏在中央公园角落的墓地，偶尔，也会有几束鲜花敬献在墓前。黑色的长方形的墓碑横卧在冬青环绕的草坪上，刻着歌德体“Arthur Schopenhauer”。这是叔本华临终前要求的样子，没有头像，没有生卒年。

我在法兰克福，也多次寻找叔本华的踪迹。我想，不用刻意，说

叔本华墓

不一定哪条大街小巷，就曾经出现过叔本华的身影；河边的长椅上，就曾经是叔本华散步归来小憩的地方。他在法兰克福生活了30年，那里留下了他的故事，也留下了他的思想。他的著作，至今还是许多人的案头书。

叔本华是1831年秋搬到法兰克福居住的。这一年他45岁。之前多年，他住在柏林，曾在柏林大学任教。但他的对手黑格尔太强大，以至于令他饱受冷落，他的著作无人问津。他只得隐退在自己的书斋里，着手翻译西班牙悲观主义哲学家巴尔塔萨尔·格拉西安的《神谕简释和警世术》。在长期异常苦闷地虚度光阴之后，他终于离开了这座使他感到不快的城市。

叔本华在法兰克福过着隐居、孤独的生活。但他并不喜欢这座城市。他说法兰克福"有大都市的舒适，有很好的博物馆和歌剧院"，但"在法兰克福人眼里，法兰克福好像就是这个世界"，这些小市民脑子空空，却这么骄傲，是典型的"农民式骄傲"。

当代生活离异于他，他也背对着当代的生活，把自己封闭在哲学的沉思中。他在一封信中说："我过着隐士般的生活，完全彻底地沉浸在自己的探索和研究中。"他欣赏自己的孤独，喜欢这样的孤独。他是一位孤独的思考者，孤独是他哲学思想的精髓。他说："谁要是不热爱独处，那他也就不热爱自由，因为只有当一个人独处的时候，他才是自由的。"

这位法兰克福的隐士是贯今通古、博学多才的饱学之士。他的书斋四周是康德的半身雕像，歌德的肖像，一尊西藏的佛像，还有就是书了，他的书斋里藏有1375卷书。他认定："世间若是没有书，我早就绝望了……”他一天的大部分时间是在书斋里度过的，他一心扑在书本上，反复阅读柏拉图和亚里士多德的著作。他对佛教特别感兴趣，认为佛教不但由于其内在的优点，而且由于其信徒的众多，是世界上最主要的宗教。他下了很大功夫研究《圣经》，还研究了心理学，并有很高的文学修养。他对各门自然科学都有基本的了解，他自己曾说：“我一生一直在不断地注视所有这些科学的成果，并研究了它们的主要著作。”

叔本华的生活是单调的。他严格按照自己制定的作息时间表生活：早晨7点到8点起床，洗完冷水澡后喝上一杯咖啡。然后一直埋头写作到中午，这段时间他最珍视，期间禁止任何人打扰。之后吹笛半个小时，这是他坚持一生的娱乐方式。再之后，他穿着旧式的燕尾服，脖子上仔细地打着个白色的花结，到附近一家叫“英国花园”的餐馆用午餐。他的饭量很大。有一天，一位陌生客人隔桌注视他吃饭，叔本华对他说道：“先生，你大概是惊讶我的食量吧？是的，我吃得比你多3倍，但我的脑力也比你高明3倍以上。”餐后，他就开始阅读，直到下午4点钟。接着出门长时间地散步，一路上自言自语。傍晚6点钟，他会到图书馆阅读《泰晤士报》。晚上8点，他会去剧院听音乐会或看戏。散场后再次到那家“英国花园”用晚餐，期间可能与一起用餐的客人谈论人生、艺术和时事话题。他晚餐都要来一瓶淡酒，他认为“酒是一个人的智力测验，一个酒量大的人，绝不会是个傻瓜”。他一般晚上9点到10点左右回家，临睡前阅读一会儿古希腊罗马诗人的作品，然而最使他舒心的是阅读优婆尼沙昙中的片段。

与他长期一起生活的是一只白色的狮子狗，散步的时候这条小狗就一直跟着他。小狗叫“阿特曼”，意思是“世界之魂”。邻居们都把它称为“小叔本华”，而叔本华也反过来这样责骂自己的狗：“喂，你这人！”

叔本华和歌德是同时代人，但在法兰克福他们好像没有什么交集。歌德要比叔本华年长39岁，这时的歌德正住在魏玛，享受着他晚年的荣耀。叔本华的母亲是一位著名作家，在她的作品中，尤以长篇小说《加布里埃尔》最为著名，据说她身后出版的全集有21卷之多。歌德当年曾经是她沙龙里的常客。年轻的叔本华曾经见过歌德。他把自己的博士论文《论充足理由律的四重根》拿给歌德看，歌德告诫叔本华说：“如果你爱自己的价值，那就给世界更多的价值吧。”

叔本华性格古怪，自命不凡，极不合群，并有一种莫名其妙的恐惧心理。他总担心有人盗窃他的财物，把票据夹在旧信封里，把钱币藏在墨水瓶下面，用拉丁文或希腊文记他的账目。睡觉时枕头下面总要放着手枪，在公共场所宴饮时，他用的是自己随身带着的皮质杯子，以免传染疾病。他也不放心把自己的颈项交给理发匠的剃刀。

他更不能忍受噪音，他说：“噪音对智慧的人是一种苦刑。”他在柏林时，有一位女裁缝在叔本华房子外面和人谈天，叔本华竟气得将那位妇人从楼上推到楼下，结果使那位妇人手臂受伤，法院判叔本华负担她的终身生活费。没想到这位妇人身体极健壮，又活了整整20年。当叔本华听说她去世时，在账本上欣然写道：“老妇死，重负释。”

他就是这样在单调、凄凉和孤寂中度过他的隐居生活，是名副其实的“法兰克福孤影”，就这样一步步走完他的生命旅程。这位老哲学家，可能已经没有了年轻时不可阻挡的锐气，也没有了以庞大体系征服世界的野心，甚至也没有了对自己名声的斤斤计较。

但无论怎样的挫折、失败都没有动摇他的坚定信念，也没有动摇他捍卫自己主张的坚定意志。他曾写道："因为我不是多产的下流作家，不是根据别人的著作进行编纂的拾人牙慧之徒，我不是为了稿酬而写作，也不指望用自己的书去博得大臣的赞许……谁想认识和理解我，就不应该一点也不读我的著作。"他说过："人在一生当中的前40年，写的是本文，在往后的30年，则不断地在本文中加添注释。"他的"本文"写得不怎么带劲儿，但他要把"注释"写得好一些。他没有屈服，他不屈不挠地、不停顿地、孜孜不倦地继续写作，同他思想上的对手进行不妥协的斗争。可是他没有出版者，没有读者，没有听众，他的著作也大多被人们所忽略了。

他的"注释"确实要比"本文"写得好些。1851年，他63岁时，出版了封笔之作《附录和补遗》，一上市即售罄，终于成名。叔本华说，《附录和补遗》是缪斯女神晚生的子女。叔本华说这部书比先前所有的书写得都更通俗易懂，也会比先前的书卖得更好，是"献给世界的哲学"。他以优雅的文体，格言式的笔触，对人生、社会、文学、艺术等问题广泛思考，其诛心之言，骇俗之论，无不引人沉思。

迟暮之年，在他经过多年的冷遇和孤寂之后，人们仿佛突然发现了这位隐居在法兰克福的老哲学家。仰慕者从四面八方涌来。他的名字被传诵，他的著作被阅读，他的学说被讨论。著名音乐家瓦格纳在1854年把《尼贝龙根的指环》献给叔本华，这出歌剧被称为"押韵的叔本华"。各种学术机构也把各种荣誉加到他的头上，莱比锡哲学院出了征文题目《对叔本华哲学原则的阐释和批评》；波恩和布鲁塞尔开设了有关叔本华的课程。叔本华很在意这晚年得到的荣耀，虽然他在一首诗中不无矜持地写道："此刻的我站在路的尽头，老迈的头颅无力承受月桂花环。"叔本华还在一篇文章中援引了彼脱拉克的一句话："这一切终于都熬过来了，我生命的暮色成了我声望的朝霞。"

在他70岁生日时，柏林皇家科学院想授予他院士称号，叔本华拒绝了这一荣誉。但他的这个生日过得很风光，贺函像雪片一样从各地向他飞来。在他去世的前一年，叔本华看到了他的《作为意志和表象的世界》第三版受到空前的欢迎。叔本华称"全欧洲都知道这本书"。他在第三版序言中写道："当这本书第一版问世时，我才30岁，看到第三版时却不能早于72岁。我总算在彼脱拉克的名句中找到了安慰：'谁要是走了一整天，傍晚走到了，那也该满足了'。"

我在叔本华的墓前，在法兰克福的大街上，时时想起这句话。是啊，这一生，无论多么艰难，走到了目的地，这一生就算圆满、就该满足了。

我也已经到了人生的黄昏时光，但总觉得还没有走到路的尽头。漫游山林之间，抵达高处，回首俯视，蜿蜒曲折的来路尽收眼底，但还在努力前行，还在书房里读那些古今先贤们的书，与他们进行心灵的对话。也许，还没到傍晚，就还没有"走到"。那么，我只能继续努力，尽管我知道，"走到"的时候已经不远。那时候，也会像叔本华一样，获得时间赠予的"桂冠"。

马克思故居

马克思和恩格斯：各自年轻的路

我第一次到欧洲访问时，第一个行程就是去拜访马克思的故居。

马克思的故乡特里尔坐落于卢森堡和德国的界河莫塞尔（Mosel）河河畔，是一座有着悠久历史的古城，也是德国最古老的城市。早在公元前16年，罗马皇帝奥古斯都在这里设立城郡，并将它命名为

“Augusta Treverorum”，意为“奥古斯都大帝的特雷维尔城”。在戴奥里先大帝重组罗马帝国时，特里尔成为帝国西部的都城，统辖高卢、西班牙、日耳曼和不列颠地区。罗马人为了使这座城永恒，建筑了无数巨石建筑和雕塑。而今，虽然历经两千多年的风尘岁月，仍然闪耀着当年罗马征服者特有的宏大气势和壮美风格。随处可见的古罗马建筑遗址和茂密的森林，使得整个城市蔚然苍古，如诗如画。或许，马克思对历史的一贯而专注的热情正源于年少时的这种环境。

马克思的故居距离市中心不远，坐落在“布吕肯大街”上，名为“大街”，实则是一条狭窄的小巷。马克思故居是一座朴实且带有巴洛克风格的三层小楼，黑瓦白墙，棕色门楣，门前的墙面上镶嵌着我们所熟悉的马克思的铜质头像，下面写着：“1818年5月5日卡尔·马克思诞生于此”。正是在特里尔，马克思度过了他青少年时代的美好时光。马克思在特里尔中学读了6年书，受到学校里盛行的启蒙精神的熏陶。在17岁毕业那年所写的论文中，他已经显露出对人类使命的信念和卓越的才华。马克思在这篇文章中说：

> 历史把那些为一个共同目标奋斗，并使自己变得高尚的人们看成是伟大的人物；经验则把造福于人类最大多数的人称颂为最幸福的人；如果我们选择了使我们能最大限度地服务于人类的职业，那么我们就不应该屈服在它的重负之下，因为这是为一切人而做的牺牲；那时，我们所体会到的就不是无谓的、有限的、利己主义的快乐，我们的幸福将属于亿万的人。我们的事业虽是默默无闻的，但永远具有积极的意义，高尚的人们将在我们的墓前洒下热泪。

恩格斯故居

不久，马克思就离开了他热爱的故乡，踏上了为理想而奋斗的伟大道路。可以说，正是在故乡的岁月，孕育了马克思伟大思想的最初萌芽。正如马克思的传记作家梅林所说："还在少年马克思的头脑中，就已闪现着一种思想的火花，这种思想的全面发挥就是他在成年时期的不朽贡献。"

这些都是一百几十年前的往事。随着岁月的流逝，马克思故居也淡出了人们的视线。直到1904年，这座古老的房屋才被确认为马克思的出生地，以后作为马克思故居开放。

我去拜访恩格斯故居是在一个初冬的傍晚。那天，赶上了西欧少见的大雪。大街上没有多少行人，清冷而宁静，仿佛已经进入了漫漫长夜。就是在这个雪夜里，我们来到了恩格斯故居所在的伍珀塔尔（Wuppertal）市。伍珀塔尔坐落在德国著名工业中心鲁尔区。在德文中，伍珀（Wupper）是城市所在地的一条河的名字，塔尔（Tal）是山谷的意思，伍珀塔尔是一座沿着山谷而建的城市。当我们走进伍珀塔尔市区的时候，首先注意到的是一对对支架支撑着空中的铁轨，横贯城市，仿佛一只巨大的黑色蜈蚣蔓延在半空中。这是令这座城市知名的世界最长和最古老的单轨悬挂列车（Wuppertaler Schwebebahn）。它被称为“乌珀塔尔的象征”。如今，悬挂列车还是这个城市的主要交通工具。在运行的列车里，有一辆列车被命名为“恩格斯号”。

乌培塔尔市以恩格斯为荣，把他称为“我们城市的伟大儿子”，一条宽阔的大街被命名为“弗里德里希·恩格斯大街”。坐落在这条大街旁的恩格斯故居是一座具有巴洛克风格的四层绿色的楼房，具有浓厚的地方特色，门口的铜牌上写着：“恩格斯故居——1775年建”。房子周边的墙壁上贴着排列整齐的灰黑色石片，窗户漆成乳白色，格外显眼。木制的大门开在半楼上，楼外有石台阶与其相连。楼前是一个大花园，花红草绿，古木参天，被命名为“恩格斯花园”。从正前方看去，整座小楼掩映在绿树丛中，雅致而温馨。这是恩格斯的祖宅，也是少年恩格斯主要生活的地方。二战期间，这座房子被炸毁。战后，乌珀塔尔市政府按照原图纸、在原址进行了重建。1970年，为

恩格斯塑像

纪念恩格斯诞生150周年，将其开辟为恩格斯博物馆。在它的旁边，还有一座更大一点的样式相似的房屋，也是恩格斯家的老宅。在庭院中，还有两处旧房子的墙基，其中一间是恩格斯出生的房屋，都在二战时毁于战火，现在那里竖立着一座纪念碑，碑上刻着："这里是我们城市的伟大儿子弗里德里希·恩格斯诞生的地方，他是科学社会主义的奠基人之一。"

恩格斯在这里度过了无忧无虑的童年。他的父亲希望儿子能和他一样，将来成为一名实业家或者商人。恩格斯17岁时，不得不按照父亲的要求放弃中学学业，到一家营业所当办事员，后来，恩格斯又被送到当时商业比较发达的海港城市不来梅，实习经商。不来梅是德国北部的重要港口城市和对外通商口岸，与世界各地的经济和文化联系非常密切，整个城市弥漫着自由和开放的气息。年轻的恩格斯来到不来梅，如鱼得水，把主要的精力用在读书和写作上。他如饥似渴地阅读过去看不到的各种书报，吸收新鲜的民主思想。他为《德国电讯》杂志写了一组《伍珀塔尔来信》的通讯，这个杂志是在海涅影响下的激进文学团体"青年德意志"的机关刊物。

1841年，恩格斯从不来梅回到了乌珀塔尔，仍在父亲开设的纺纱厂工作，但写作时评已成为他生活中不可分割的重要内容。1842年，他开始为在科隆出版的《莱茵报》撰写政论性文章，当时马克思正好应聘担任该报的编辑。从那时起，两个年轻人就有了书信联系。1844年，恩格斯与马克思在巴黎市中心的一家古老的咖啡馆会面，从此开始了两人长达40年的友谊。

1845年2月初，卡尔·马克思受到法国当局的驱逐，从巴黎来到

布鲁塞尔大广场的天鹅咖啡馆

布鲁塞尔。在布鲁塞尔期间，马克思一家先后住在同盟路5-7号和奥尔良路42号。这两处住房都比较简陋，一家人的生活也相当拮据，主要靠他母亲的资助以及恩格斯等朋友们的帮助。但是，这几年的生活相对比较平静，很可能是他们一家从没有过的快乐时光。也就是在这一时期，在马克思的头脑中孕育着巨大的革命风暴。这是马克思思想最活跃的一个时期，他的许多重要著作如《关于费尔巴哈的提纲》《德意志意识形态》《哲学的贫困》等，都是在这里完成的。

这年4月，恩格斯也来到布鲁塞尔，他租的房子紧挨着马克思一家。在马克思、恩格斯周围，陆续聚集了一批来自欧洲各地的共产主义者。他们经常来到布鲁塞尔大广场的天鹅咖啡馆写作和聚会，交流思想，讨论时政，批判各种与科学共产主义相抵触的思想学说。他们先后发起、成立了共产主义通讯委员会，这是马克思、恩格斯第一次政治实践的尝试，被认为是所有后来国际共产主义组织的雏形。1847年底，马克思和恩格斯着手撰写《共产党宣言》，作为共产主义者同盟的行动纲领。在两个人的通力合作下，科学共产主义的第一个纲领性文件《共产党宣言》诞生了。

雨果说，布鲁塞尔大广场是“世界上最美丽的广场”。在广场的四周矗立着40多座建筑物，每一座建筑都精雕细刻，风格各异，错落有致，而在气韵上和谐一致，相互映衬，相互呼应。大广场是比利时历史上黄金时代留下的印记。几个世纪以来，大广场一直是布鲁塞尔举行重要活动的地方。它几经战乱纷争的烟火风雨，也阅尽无数人生的悲欢离合。它以宽阔的胸襟收纳了来自欧洲各国的许多仁人志士，这些历史名人也为它赢得了不朽的声誉。20世纪法国著名诗人和电影导演科克托把布鲁塞尔大广场称为“世上最华丽的剧场”。在这个剧场中，上演了一幕幕载入史册的历史活剧。

我曾两次来到布鲁塞尔大广场，不仅仅是为了欣赏它的美丽和壮观，更是为了寻找那些曾经在这里居住、停留或游历的历史伟人的萍踪，回望当年的激扬文字，感受他们的精神气息。

与市政厅相邻的一侧，有一座五层建筑，即著名的天鹅咖啡馆，在其门楣上，饰有一只振翅欲飞的白天鹅。它就是马克思和恩格斯当年工作过的地方，也是伟大的《共产党宣言》诞生的地方。

我站在天鹅咖啡馆的门前，仰望着那只美丽的白天鹅，想象着当年，马克思、恩格斯和他们的战友，都是一批风华正茂的年轻人，他们就聚集在这座咖啡馆里，雄心勃勃，指点江山，或热烈地讨论，或激烈地争辩，或慷慨激昂，或默默沉思。那是一幅多么激动人心的景象！而给人类历史以巨大影响的《共产党宣言》就诞生在这里，这又是一个多么值得纪念的“圣地”！

如今，在天鹅咖啡馆里，仍然宾客满座，推杯换盏，人们可曾记得，在这里发生的那些令无数人精神振奋的事情？在咖啡馆里，是否还飘浮着《共产党宣言》初印时的墨香？

《共产党宣言》出版之时，恰逢席卷欧洲的1848年大革命爆发。惊慌失措的比利时国王下令搜捕外国政治流亡者并驱逐出境，马克思的名字被排在第一位。1848年3月初，马克思一家离开了生活了3年的布鲁塞尔，前往巴黎。再之后，马克思到了伦敦，才有了《资本论》这部震撼世界的鸿篇巨制。

而在马克思离开布鲁塞尔之后3年，另一位伟大的作家则从巴黎来到布鲁塞尔，他就是维克多·雨果。不过，雨果在布鲁塞尔生活了半年多，也被布鲁塞尔当局驱逐。

本书作者在伦敦拜谒马克思墓

3年前，布鲁塞尔当局驱逐了马克思；3年后，这一幕又在雨果身上重演。大广场默默地见证着这一切的发生，以忧伤的目光一再为曾经给它带来巨大声誉和光彩的伟人们送别，以惋惜的心情望着他们远去的背影。

巴黎先贤祠

先贤祠里的大仲马

2002年11月30日，法国举行了隆重的仪式，在著名作家大仲马200周年诞辰之际，把他的灵柩从他的家乡维莱—科雷特的墓地迁入巴黎先贤祠。这是一个极大的荣誉，是国家向一位伟大作家最崇高的致敬。

先贤祠位于巴黎市中心塞纳河左岸的拉丁区，是纪念法国历史名人的永久圣殿。先贤祠（Pantheon）其名源于希腊语，最初的含义是“众神之所”。起初它是法国国王路易十五为感激神恩而建立的一座教堂。然而，教堂建成之日恰逢法国大革命爆发，教堂变成了“祖国和自由的祭坛”。1791年，法国国民议会正式命名它为“先贤祠”，作为安葬法国历史伟人灵柩的地方。先贤祠就是法国纪念堂，就是巴黎守护神的寓所。先贤祠集中了法兰西一代又一代伟人的灵柩，其中有伏尔泰、卢梭、雨果、左拉、马尔罗，居里夫妇，数学家拉格朗日，法国抵抗运动领袖让·穆兰，以及先贤祠的建筑师苏夫洛等人，是展现法兰西民族荣光的一处圣地。

大仲马是第六位入住先贤祠的作家。这是一个迟来的荣誉。多年来，许多热爱大仲马的读者一直在为大仲马的荣誉而奔走。法国有一个“大仲马之友协会”，其成员除了法国人，还有100多个国家的“大仲马迷”。2001年3月20日，协会主席迪迪埃·德关致函总统希拉克，他在信中比较了雨果与大仲马身后受到的不同对待。雨果去世后就被称为“圣人”，法国为他举行了隆重的国葬，他的灵柩进入先贤祠。而大仲马，1870年冬普法战争之时“他静悄悄地走了，几乎没有人知道”。雨果竟是从德国的报纸获悉这一噩耗的。他认为2002年是一个弥补大仲马生前未得到公平待遇的绝佳机会。他动情地写道：“让大仲马进入先贤祠不仅会使法国人民高兴，而且在全世界具有象征意义。总统先生，我们现在向您提出这个问题，大仲马是不是应该进入先贤祠?”

希拉克很快做出答复。3月26日，他签署总统令，决定在2002年大仲马逝世132周年（12月5日）前夕，将他的灵柩移往先贤祠。总统府与文化部共同制定了周详的迁移计划。

11月26日，在共和国卫队的护送下，大仲马的灵柩踏上了最后辉煌的旅程，从维莱—科雷特小城一路走来，经过大仲马生前建造的基度山城堡，经过法国参议院卢森堡宫，在万众的注目礼中，由6名共和国卫队士兵肩负，在希拉克总统的陪同下进入先贤祠，成为第70位安眠在这里的“对法兰西做出杰出贡献者”。

在大仲马灵柩入葬先贤祠的仪式上，希拉克总统致辞说：共和国向大仲马如同巨河般的业绩致敬，他以其著作展开了“一个永恒、多虑、战斗、英勇与优雅的法兰西的画卷。……在今后的许多世代中，大仲马的著作……将继续影响我们的集体记忆，并对塑造我们的民族身份发挥作用”。希拉克还说，大仲马是法兰西语言文化在世界上最好的传播者。他在国外旅行时，真切地感受到大仲马在国外也深得人心。希拉克总统说，他真诚地希望这个决定能够改变某些人的成见。这些人把大仲马视为二流作家，理由只有一个：他是一位大众喜爱的作家。把大仲马的灵柩移入先贤祠，就是要指出：文化属于所有人。

在法国人的心目中，一位文化伟人不仅有艺术方面的建树，更重要的是他对国家和民族乃至整个人类的思想和精神的贡献。

我曾经两次拜谒先贤祠，每次都会在地宫的大仲马房间停留，向他以及和他同居一室的雨果和左拉致敬。我从门外向里望去，3个石棺静卧在那里，而生前他们都曾叱咤法国文坛，并且以广博的作品滋养人类的心灵。

大仲马是我最喜欢的作家之一，他的几部著名的小说，如《基度山伯爵》《三个火枪手》等，我都很仔细读过。记得还是在上大学的时候，一位比我们年龄大一点的同学曾经读过“文革”前的《基度山伯爵》版本，闲聊时就给我们讲“基度山恩仇记”的故事。大仲马的作品带有一切通俗小说的特点，情节紧凑，悬念丛生，峰回路转，特别适合讲故事。所以，这位同学讲的“基度山”让我们都听得入迷。

《基度山伯爵》中的一个场景

正巧，新版的《基度山伯爵》在这时候出版了，但是因为印数太少，图书馆只进了一套，只能在阅览室里读。我得知这个消息，每天早早吃过晚饭就等在阅览室门前，一开门就跑进去拿到这本书。这样，我用了5个晚上的时间，极为迅速地读完了全部4册《基度山伯爵》。虽然是在突击状态下读完的这部小说，但基度山伯爵那“高贵的复仇”的故事让我体验到一种阴冷的美丽，给我的印象是极为深刻的。正如高尔基所说，《基度山伯爵》是一部“令人精神焕发的书”。

《三个火枪手》是一本关于友谊的书。大仲马最看重的是友谊，他说过：“只有恶人才否定友谊，因为他们不懂何谓友谊。”《二十年后》《布拉热洛纳子爵》，也都是小说史上有关友谊主题的代表作。而在青年时代，我们对于友谊又是有着多么热烈的渴望。

大仲马在40多年的文学创作生涯中，创作了大量的通俗历史叙事小说。将历史进行通俗化的描写是大仲马在其文学创作生涯中的最主要成就。小说大都以真实的历史作背景，情节曲折生动，往往出人意料，有历史惊险小说之称。结构清晰明朗，语言生动有力，对话灵活机智，刻画出众多栩栩如生的不同阶层的人物形象，被后人美誉为“通俗小说之王”。在他的作品中，友谊、爱情、忠诚是永恒的主题。所以，他拥有与同时代的许多作家相比数量众多的读者。雨果说，大仲马的作品“丰富了灵魂、思想、智慧”。大仲马“创造了人们对阅读的渴望”。

法国作家布吕奈尔说：“大仲马的长篇故事始终受到喜欢历史的神奇性的读者所赞赏。”英国作家萧伯纳评价说：“大仲马之于小说，犹如莫扎特之于音乐，已达艺术的顶峰。过去、现在和将来，都无人能超越大仲马的小说和剧本。”

大仲马的小说令我着迷，而他的经历更是波澜壮阔的故事。法国传记作家安德烈·莫洛亚写的《三仲马》，我曾仔细地阅读过。这本书不仅讲述了大仲马的故事，还有他的父亲老仲马、他的儿子小仲马丰富多彩的一生。

大仲马出生在巴黎北部的小镇维莱·科特雷，是黑白混血儿的后代。他的祖父是一位侯爵，在圣多明各岛为一位黑人女奴赎了身并娶她为妻。他父亲是拿破仑手下的将军，曾在奥地利、意大利征战，母亲出身于诺曼底的贵族家庭。因此，大仲马有1/4的黑人血统。出生时他是一个漂亮的白皮肤孩子，有垂直的金发和蓝色的大眼睛。到了青春发育期，头发卷曲了，皮肤变成浅棕色，显示出某些黑人体质特征。他年仅4岁时父亲就去世了，但据说父亲在加勒比海的传奇经历给了他许多创作灵感。大仲马是靠亲戚和父亲友人的资助长大成人的。

大仲马是写作奇才。他没有家学渊源，也没有受过特别的写作训练，21岁闯荡巴黎之前，甚至没有听说过拉辛、高乃依等作家的名字。大仲马有着自发而灿烂的才华。他特别会编故事，想象力天马行空般驰骋。他体格壮硕，食量极大。他经常连续12个小时写作，也有过一两夜不睡觉地写。他只用了两年时间就完成了他最受欢迎的两部小说《三个火枪手》和《基度山伯爵》。他还雇用了许多助手帮他写作，其中一位主要的助手是奥古斯特·马盖。奥古斯特·马盖一般会向大仲马提供一份手稿，很多时候大仲马所要做的就是署上自己的名字。他们以这种方式出版了10多部小说和剧本，在19世纪40年代席卷了巴黎文学圈，但到了1858年，奥古斯特·马盖把大仲马告上了法庭，要求给予自己名分并分享作品带来的权益。奥古斯特·马盖只获得了经济补偿。虽然大仲马承认，奥古斯特·马盖给了他很多写作上的帮助，但他坚持认为作品乃自己一人完成。因为，只有大仲马才是文字的炼金术士。

大仲马像

大仲马工作异常努力。在40多年的创作生涯中，他涌泉般地喷出了

80多部小说及大量的剧本、游记，各种著作达300卷之多。还有人说他一共创作了超过1000部小说。有人做过统计，他创造了37267个人物，其中主要人物4056个。由于他的作品数量巨大，他在世时就被讥为“写作工厂”。从他笔端流出的千百个历史故事，都有惊天地泣鬼神的感染力，不同年龄段的读者都被感动。许多后来成为名家的人都说，大仲马的作品是他们青少年时代的精神家园。就像凡尔纳的作品激起读者的科学好奇心，大仲马培养了读者冒险的胃口。在他的作品中，小说《三个火枪手》《基度山伯爵》《玛戈王后》等，几乎被译为世界上所有的语种；话剧《亨利三世及其宫廷》《安东尼》一上演就引起轰动，成为19世纪法国话剧改革的先声。

大仲马在许多作品中都讴歌赞美友谊。他也十分珍视与朋友们的友谊。他与许多作家，包括戈蒂耶、拉马丁、马舍雷、奈瓦尔、乔治·桑等，都结下了深厚友情。他与雨果的友谊一直是文坛的佳话。1829年，大仲马的话剧《亨利三世及其宫廷》在巴黎大获成功，雨果写信跟他要剧票，19世纪法国文坛两位最重要的作家得以相识。“两双手紧紧地握住，再也没有分开过”。雨果曾推荐大仲马进法兰西学院，但是没有成功。雨果评论大仲马说：“他的为人像夏日的雷雨那样爽快，他是个讨人喜爱的人。他是密云，他是雷鸣，他是闪电，但他从未伤害过任何人。谁都知道，他待人温和，为人宽厚，就像大旱中的甘霖。”

对大仲马在法国文坛受到的歧视，雨果愤愤不平。1872年，当大仲马的灵柩移往家乡时，雨果给小仲马写信，高度评价大仲马：“你父亲是本世纪名望最高的作家。亚历山大·仲马这个名字不仅属于法国，而且属于欧洲；不仅属于欧洲，而且属于世界。”

大仲马热爱旅行。每写一部历史小说，他都要到事件发生地去考察。他热爱旅行，也是为了发泄蕴藏于体内的无穷尽的能量，排遣内心的郁闷。这也是为了远离对他怀有偏见的巴黎。法国出版的《大仲马全集》中，《旅行印象》占25卷。

大仲马不仅是一位书斋里的写作家，而且是一个行动者。他的人生充满激情和活力。他作为一个共和派将军的后代，在1830年的巴黎革命中，他是唯一的一个扛起枪走上街头捍卫共和原则的作家。他还参加了1848年推翻七月王朝革命、加里波第对那不勒斯王国的征战。

最成功的时候，大仲马是巴黎文学的巨星。他的创作给他带来了巨大的收益，成为很有钱的人。特别是《基度山伯爵》给大仲马带来的巨额稿酬，巴尔扎克、雨果也不能望其项背。在完成《基度山伯爵》后，他在巴黎西郊约20公里处的一个可以俯视塞纳河谷的山丘上，建造了一座自己的城堡，并且命名为"基度山伯爵城堡"。巴尔扎克称"这是人们所做的最美妙的疯狂事儿之一"。据说，当建筑设计师告诉他城堡造价需要20万法郎时，这位"伯爵"大人豪放地说："但愿比这更多一些！"

基度山伯爵城堡于1847年7月25日竣工。城堡建在一个小森林里，幽静而又隐蔽，城堡中有两个建筑，主建筑是他居住的地方，建筑非常符合大仲马所要求的华丽风格，内部装饰也体现了他的作家身份：那些窗帘的银质挂钩上吊着他所喜欢的莎士比亚、歌德、雨果等大文豪的雕像；他自己的一尊半身雕像则安放在门厅的正中央，并且在雕像的底座上刻了一行字："我爱爱我的人"。另外一个小的建筑以

“伊芙岛”命名，这是他后期作品写作的地方。

大仲马过着奢华的生活，曾在城堡前的草地举办过很多戏剧表演。他经常在城堡里大宴宾客，饮酒作乐，在《基度山伯爵》和《三个火枪手》非常畅销的时期，他在这里招待了整个巴黎：每个星期邀请20多位客人。如此的铺张，以至于几年的时间把自己的财产挥霍一空，最后以很低的价格把城堡拍卖。

1890年，基度山伯爵城堡开辟为大仲马故居博物馆，向公众开放，并被列为国家文物保护单位。基度山城堡里保留着很多仲马的生活痕迹，有他的画像以及一些生活用品，他著作的多种版本和手稿，还有一把大仲马在他的出版商那儿坐过的椅子。

现在的城堡已经成为巴黎的一处文学圣地，供人们纪念这位伟大的作家。真正伟大的作家，人们永远不会忘记。

西奥多·卢梭《枫丹白露森林中的橡树丛》

巴黎郊外的巴比松小路

一年的冬天我去巴黎，应枫丹白露博物馆馆长伯纳德·诺塔里（Bernard Notary）先生的邀请，专程去枫丹白露访问。枫丹白露（Fontainebleau）在法语中意为“蓝色泉水”。它涵盖了面积广大的枫丹白露森林、位于森林中心的枫丹白露小镇，以及枫丹白露宫。当我们抵达的时候，枫丹白露笼罩在一片浓雾之中，宏伟的宫殿在浓雾中若隐若现，带上一种梦幻的色彩。

枫丹白露宫外面的景色也极为优美。紧挨着枫丹白露丛林的，就是现在远近闻名的巴比松小村。百年前，画家塞温这样描述巴比松：

本书作者访问枫丹白露

“它就在枫丹白露森林里。这实在是块好地儿，当我们在高高的橡树下面，抽着烟斗，使用大量的矿物颜色画画时，你将看到它是怎样的美丽！”

我漫步在巴比松老街的小路上。虽然巴比松不再是当年寂静的小村庄，而是闻名世界的艺术小镇，但在那条不长的石板小路上，依稀还有一些当年的痕迹。巴比松的房子现在很多已变为画廊，展览着当今流行的各种风格流派的绘画。很多房子的外面都刻有某位著名画家曾住在这里的石碑。原先画家们聚居的“GANNE”客栈如今已经变成市政博物馆。19世纪中叶到后期，许多年轻的艺术家寄宿在这家饭店里。他们没有钱付食宿费用，便在墙壁、家具上绘画，以抵充费用。沿街都是一些精致的小房子，有画廊、咖啡馆，还有装饰别致的小酒馆和小旅店。巴比松小路的尽头，是一片茂密的杉树林，那里也曾经是年轻艺术家们写生和聊天的地方。在一块大石头上刻着米勒和

巴比松小路上米勒的房子，站在房子前面的是米勒的夫人

西奥多·卢梭的头像，以纪念两位艺术家感人的友谊。

巴比松有着肥沃的土地，大片的森林，潺潺的流水和各种奇花异草，当年是寂静的、偏远的、人烟稀少的地方。枫丹白露宫殿的豪华气势遮蔽了小镇的风光。直到19世纪30年代以后，一些巴黎的年轻画家发现了这里田园景色的独特之美，陆续搬到这里居住。他们怀揣大师的梦想，过着安贫乐道的日子。他们喜欢描写乡间农民的生活和环境，用画笔写下乡村朴实的画风，宫廷宗教类的细腻古典画派大异其趣，形成在西方美术史上有很大影响的巴比松画派。因为这里邻近枫丹白露森林，画家们经常在此写生，所以他们又被称为“枫丹白露画派”。

在美术史上，被津津乐道的巴比松画派画家主要有米勒、柯罗、西奥多·卢梭、查克、迪亚兹、特罗雍、杜普雷与杜比尼7个人，也

巴比松路口的西奥多·卢梭和米勒雕像

称“巴比松七子”。其中，在艺术上最有成就的是诗人风景画家柯罗、科学风景画家卢梭以及农民画家米勒。

第一个发现巴比松的画家是卡米勒·柯罗（Camille Corot）。柯罗从小就喜欢绘画。1822年，柯罗曾经去意大利学画，获得了丰富的户外写生经验。1830年的一天，柯罗背着行李来到枫丹白露森林，画了几幅速写以支付食宿费用。为了感谢当地人的热情，他说自己没有钱，就为大家唱一首歌吧。

柯罗擅长风景画和人物肖像。作品大多采用灰色调子，画面上朦胧的光线透过蓬松的树丛，照射在宁静的池塘水面和远处的房屋上面；中景部分则点缀几个牧人或少女，极富浪漫主义特色。被认为是法国19世纪中期最出色的风景画家。

柯罗为人厚道，乐于助人，在他60岁后，他的画卖出了大价钱，但他仍然过着简朴的生活，时常把钱捐助给贫困的画友，所以大家都称他为“柯罗老爹”。

回到巴黎后，他向画友展示了几幅在巴比松的写生作品，并告诉他们那里的生活是如此舒适和安宁。不久，画家卢梭、迪亚兹等搬到此地安家落户。

西奥多·卢梭（Theodore Rousseau）的父亲是巴黎的一个工匠，因为经营不善而破产，使卢梭很早就尝遍了贫穷的滋味。卢梭具有诗人的气质，他完全消磨于野外，面对着大自然。有一次他在田间工作时遇到一个朋友，他便说：“在这多么愉快！我愿这样永远地生活于静寂之中。”卢梭酷爱自然。他周游法国及其毗邻地区，广泛地取材于各地风光：从乡间小屋到休憩的旅人，从高山森林到平原空地，从天气变化到四季时景。卢梭在不同的天气、季节、一天的不同时间里反复描绘同一个题材，深深沉迷于枫丹白露森林中。他坚持以客观态度作画，并力求强烈、充实而精确。他将写实手法与浪漫主义气氛结合起来，热衷赋予自然一种高大壮丽的视感并体现出景物的多样性，从而获得“风景画家中的德拉克洛瓦”的雅号。

米勒及其家人虽然很迟才来此定居，但一住就是26年。米勒是巴比松画派中最有成就的大家。他出生在农民家庭，从小就在田里干活。一次，他看到一本《圣经》，就照着插图的样子画起来。后来，他到巴黎学画，平时只能够靠画一些小作品来维持生计，生活过得相当艰难。1849年，米勒的一幅农民画被人买走，他用这笔钱做盘缠把全家搬到了巴比松，从此过着与繁华的都市隔绝的日子。这时他已35岁。现在，米勒的故居被完整地保存下来。米勒故居坐落在一个简朴的小院子里。不大的画室分为里外两间，里面摆着很多漂亮的风景画，据说这些都是米勒的学生所作。

定居巴比松后，米勒依然亲自下农田劳动。他喜欢观察田间干活的农民，画了许多速写，农民生活成了他最重要的题材。《播种者》是米勒在巴比松定居后的第一幅作品，后来他把这幅速写稿改成了油画并在巴黎的艺术沙龙展出。他的作品大多描绘宁静的田园生活，如油画《拾穗者》《晚钟》等一大批杰作都是在这个时期产生的。米勒发现了平凡的劳动者的诗情画意。他笔下的农夫是疲惫、穷苦、终日操劳的贫困者，衣衫褴褛，肌肤黝黑，佝偻的身躯，粗大的手掌，这便是米勒为之赞美的法兰西农民的形象。米勒用自己的画笔真实地反映了农民的日常生活和艰苦劳动，这种新型风俗画受到欢迎，因而他被称为“农民画家”。米勒的作品为后来的画家所推崇，凡·高就多次临摹他的《播种者》。

米勒《拾穗者》

米勒《晚钟》

虽然巴比松小路两边的景色已经与先前大有不同，但仍然弥漫着浓厚的艺术气息。那是从历史深处涌动的气息，是来自法国艺术家灵感的气息。漫步在寂静的巴比松小路上，微风吹拂面颊，我的心灵已拥入大自然的怀抱。

尼采档案馆

尼采的妹妹与尼采档案馆

魏玛是一座很有文化韵味的小城，风景优美、古色古香。它依偎在埃特斯山的怀抱中，清澈的伊尔姆河水从身边静静地流过，掩映在树木花丛中的中世纪建筑，以及富有田园诗风格的公园，还有矗立在公园和街头的雕像，都给魏玛增添了无穷的魅力。丹麦童话作家安徒生曾说过，魏玛不是一座有公园的城市，而一座有城市的公园。

魏玛曾是德国的文化中心，在德意志历史文化上具有重要的地位，代表着古典文化的传统，被人们赞誉为“德国的雅典”。那时的魏玛群星灿烂，赫尔德、李斯特、巴赫等世界闻名的理论家、艺术家曾在这里生活过，而伫立在魏玛街头的歌德和席勒手拉手的雕像，则代表了魏玛文化的最高峰。

然而，不大为人们注意的是，在郊外，还有一座孤寂的小房子，哲学家尼采在这里度过了最后的3年。现在则辟为尼采档案馆。

这是一座简洁朴实的带有一个小院的建筑，房子中间靠上的地方刻着“NIETZSCHE-ARCHIV”几个大字。档案馆只有一层开放展览，昔日的客厅四壁如今都变成了展示橱窗，有尼采和妹妹伊丽莎白的一些往来信件。里面一个房间按照他去世时候的样子保留着，添加了他的一些肖像画和塑像。书架里放满了他的个人著作和藏书，房间里还有一架钢琴。在一个窗边一个黑色的小塑像里，尼采坐在椅子里，膝盖上放着一条拖地的毯子。这个老去却依然倔强的哲学家向窗外出神地望着，颧骨刻薄而锋利地高高凸起，两撇厚厚的胡须覆盖了嘴唇。这是他在生命最后时刻的形象。

尼采作为精神病人在这里度过了人生的最后时光。

尼采出生在东普鲁士邦萨克省洛肯地方的一个牧师家庭。洛肯是一个小村庄，现在，这里开辟了尼采纪念馆。纪念馆就是当年尼采施洗的小教堂的洗衣房，尼采的墓地就在小教堂的身后，与他相伴的还有他的母亲和妹妹。还有一组群雕“尼采三临己坟”。1889年1月5日，尼采发狂后两天曾致信好友说：“今秋，几乎一丝不挂，两个我出席了我的葬礼。”100多年后，雕刻家据此创作了铜雕：正面是母亲搀着穿大衣的尼采，面对两个赤身裸体、仅下体遮着顶帽子的尼采。

尼采继承了父亲孱弱的体质——神经痛、近视眼、眩晕头痛。他父亲去世时仅36岁。刚刚5岁的小尼采惊恐地注视着整个悲剧，并在他的记忆中长时间萦绕不去，他认为自己也会在父亲去世的年龄离开人世。父亲死后，尼采和他的妹妹便由他们的母亲、姑母等几位妇女抚养，同时也深受她们的忧郁心情的影响。他是在心理上带着一种“女人气”长大的。他头颅硕大，身材瘦小、眼睛略斜，智力上聪慧过人，性情上内向孤傲。除了妹妹，他不与其他同龄的孩子们一块儿玩耍，他怕他们，不知道怎样和他们说话，也不会使用他们的那些俚语和脏话。

尼采像

1864年，尼采进入波恩大学，研究神学和古典语言学，一个学期之后，他放弃了神学，跟随他的著名老师弗里德里希·里奇尔转到莱比锡大学。就是在这时，他读到了叔本华的《作为意志和表象的世界》，唤醒了他的哲学意识。1869年，当瑞典的巴塞尔大学需要一名古典语言学教授时，里奇尔便推荐了尼采。25岁的尼采走上了大学讲坛，成为一名年轻的教授，莱比锡大学也不顾一切手续，授予他哲学博士学位。

他在巴塞尔大学任教整整10年，这是他的学术活动最活跃和最有成绩的时期。他一度满足于大学宁静的环境，安心地写他的书。但是，他那不断自我探究的习惯时时袭扰着他。当他平静地坐在教室里给学生们讲课时，他开始沉醉于那冒险的梦想。不过，他很快从书生气的迷梦中惊醒，普法战争爆发了。他看到德国骑兵部队开赴前线。他告诉我们，就是在这时，他的哲学开始形成了。“我第一次感到最强大最高贵的意志不是在生存的悲惨斗争中表现出来的生活意志，而是战争意志，权力意志，超权力意志！”尼采应召参加了普鲁士的军队，不过由于他身体瘦弱，没有亲临前线参加战斗，而是被派去看护伤员。在这几个月中，他待在那些不久于人世的人们中间，看到了流血和死亡，引起他无限的思考。

普法战争结束后，尼采回巴塞尔大学继续任教。但是，头痛和眼疾时时在折磨着他，使他无法继续工作，他总担心自己会在36岁即他父亲去世的年龄死去。1876年，他曾为恢复健康休了一年长假，但在1878年他几乎完全失明，头痛也日益加剧。1879年，他35岁时，不得不交上辞呈。他辉煌的学术活动到了尽头。

病愈后不久，尼采又遭到失恋的打击。他的身体变得更加衰弱了。他过着漂泊无定的生活，连续游历了意大利、法国、德国和瑞士许多地方，寻求健康和内心的平静。尽管他遭到连续的痛苦和失望，甚至有几次使他处于自杀的边缘，但最终他并不想彻底毁灭。他觉得，一个人应当接受他的命运，不管它多么可怕。他都不得不去爱它。“爱命运”是尼采生活哲学的柱石。

尼采自己的生活愈加困苦不堪，他孤独无援，病魔缠身，但他心目中的理想人格却是“超人”。他有一部最著名的书，叫作《查拉图斯特拉如是说》。这本书包括四部分，每一部分都用了大约10天时间写作，它的每一章都是在长途步行中构思而成的。尼采在这本书中塑造了一类新人，他们的主要特征是伟大的人物在生活的道路上所表现出的那些优秀品质——即最高的才智、钢铁般的意志和崇高的道德目的。他完全掌握自己的命运而生活在善与恶之外。尼采试图通过对历史目的问题的一个答案，为治疗西方文明失去目的和意义的危机提供一服良药。这答案是："一切神都死了，查拉图斯特拉说；我们现在将过超人的生活。"

1889年1月3日，尼采在意大利都灵的广场上跌倒，不省人事，被人抬回住所。他跌倒的直接原因是他目睹一个赶车人鞭打疲惫的母马。据说尼采用双臂抱住那头可怜的牲畜的脖子，和它一起摔倒在地上。当他醒过来时，已经神经错乱。他被送进了精神病院。从此再没有恢复神志。

尼采处于自大狂症的重重迷雾笼罩之中。他曾经渴望获得人们的承认，甚至为此而陷入疯狂，然而，当那辉煌得令人难以置信的成功降临时，他却走进了另一个世界。在那里，尽管他还活着，但生活的大门却永远向他关闭了。

尼采在疯疯癫癫的状态中又活了10年。后来，他的母亲把他从精神病院接回家里照顾，直到1897年母亲过世。他的妹妹伊丽莎白在母亲女佣艾文的协助下，接手照顾他，使其度过余生。

尼采与他的妹妹感情非常深厚。尼采的父亲去世后，他和妹妹由母亲抚养成人。尼采生性孤独，童年时就很少与同龄的小孩儿们一起游戏，妹妹是他唯一的朋友。尼采体弱多病，时常头痛难忍，一直是伊丽莎白照顾他。从小到大，兄妹俩相依为命，亲密无间。

后来，伊丽莎白嫁给了德国反犹主义运动的一个头面人物伯恩哈特·福斯特。尼采本人对福斯特并没有好感，对妹妹的婚姻也极力反

伊丽莎白·尼采像

对，甚至拒绝参加他们的婚礼。尼采极度嘲讽他妹夫推崇的“德意志美德”，对福斯特鼓吹的“纯化雅利安人种”的事业嗤之以鼻。对于福斯特的巴拉圭殖民计划，尼采在做了仔细的研究后也持坚决反对的态度。伊丽莎白对此非常恼火。

哲学家的妹妹不顾其兄的极力劝阻，决然与丈夫一起远涉重洋，到巴拉圭去建立条顿移民村。但是不久，移民村的计划就失败了，福斯特本人也自杀身亡。起初伊丽莎白还独自支撑残局，期望换回她丈夫的事业，但是她受到移民们的强烈抵制。正在走投无路之际，她发现当时已经疯了的哥哥在德国人心目中的地位日益上升，大有超过她丈夫的势头，于是伊丽莎白迅速抓住了这一时机，匆匆从巴拉圭返国，变成了尼采的主要“传道者”。

为了表示对哥哥的敬仰，她把自己的名字由伊丽莎白·福斯特改为伊丽莎白·福斯特—尼采，并从老母亲手里争夺来对尼采的看护权和尼采著作的保管权。随后就把藏在母亲家里的档案迁至魏玛，避开母亲的干涉，独自垄断了尼采的全部手稿、书信以及尼采著作的版权。

生命垂危时的尼采

尼采在与伊丽莎白的信中曾表示，非常担忧自己的所有信件、手稿和著作在他死后的归宿，因为“谁知道再过几百年人类才能再次拥有像我这样的一个人？想想我那些珍贵的资料都要四散于庸人之手，就觉得真令人悲伤”。

尼采去世后，伊丽莎白策划筹建尼采档案馆，搜集了尼采几乎全部的资料，并且大部分资料都是她整理归档的。

但也正是这个既没有深刻理解力又缺乏历史责任感的女人，成为使尼采蒙受歪曲、篡改和不公正评价的始作俑者。伊丽莎白利用得天独厚的条件，开始充当解释尼采的权威。但是，她对尼采的哲学并没有深刻的理解，而是常常用她丈夫的种族主义、反犹主义思想曲解尼采。她一面扣压尼采的某些手稿，一面又从中断章取义地引证一些话加以随心所欲的解释。由于别人不曾见过有关手稿，便也无从对她的解释提出异议。

与此同时，伊丽莎白按照自己的理解主持编辑出版尼采全集，并在其中大做手脚。在选择编辑人员上，伊丽莎白几乎完全以自己的好恶为标准，结果在全集的编辑出版过程中接连换了好几个编辑人员。她曾对招聘来的哥赛里奇说：“亲爱的哥赛里奇先生，您必须明了一个简单的事实，那就是您只能在我的赞同下成为编辑。”一向被认为是尼采的主要著作的《权力意志》一书，实际上就是伊丽莎白和哥赛里奇两人从尼采遗稿的片段中选择、修改、编撰伪造而成的。结果这一伪作竟欺罔世人达半个世纪之久。

罗素曾经说过：“一个蠢人复述一个聪明人所说的话时，总是不精确的，因为他会无意中把他听到的话翻译成他所能理解的语言。我就宁愿让一个是我自己的死敌的哲学家来复述我的话，而不愿让一个不懂哲学的好朋友来复述我的话。”

尼采的悲剧大概就在于此，而且篡改者竟是有意的！

尼采在生前曾经这样预言过：“一想到有朝一日，我会被最没有资格的人尊崇、歪曲……我就感到恐惧。”尼采还说，伟人因为被人误解方才成为伟人。

尼采的生平及其学说被人歪曲误解要超过尼采本人的想象力。在他身后，尊崇和歪曲他的不仅是最没有资格的人，而且是人类的公敌法西斯。而在实际上，尼采的哲学与法西斯的反犹主义、种族主义毫无共同之处。

墨索里尼自称是尼采的崇拜者，他致信尼采的妹妹称：“尼采是我最喜爱和最崇拜的哲学家”，并捐款2万里拉资助尼采档案馆。1931年，伊丽莎白前往意大利观看墨索里尼亲自撰写的剧本《百日》的上演，一同在场观看的还有当时并未掌权的希特勒。希特勒到伊丽莎白的包厢拜访了她。而后在纪念瓦格纳逝世50周年演出当晚，伊丽莎白与希特勒有了第二次会晤。由于当时伊丽莎白主持的尼采档案馆面临财政问题，希特勒从自己的私囊中拨给了补助，并且下令给尼采档案馆调拨公用资金。希特勒还两次朝拜尼采档案馆，以示崇敬之意，据说，希特勒曾经在档案馆长久地注视着尼采的塑像。

尼采的“权力意志”和“超人”，似乎成了法西斯的哲学，而在第二次世界大战以后，尼采又被当作纳粹思想家受到广泛的批判。

倘若尼采九泉有知，怎能不悲哀、怎能不愤怒？

伊丽莎白晚年彻底倒向法西斯主义。很多人认为伊丽莎白既是德国反犹主义先驱者的遗孀，又是一个坚定的反犹主义者。而伊丽莎白本人也的确曾为尼采档案馆获得来自纳粹政府的资助并成为“民族社会主义”意识形态的哲学中心而备感荣耀。希特勒多次登门看望伊丽莎白，到洛肯拜谒尼采墓。纳粹还指使德国专家教授3次向诺贝尔委员会提名伊丽莎白为诺贝尔文学奖候选人。幸好诺贝尔评选委员会拒绝接受这个提名。

1935年11月8日，89岁的伊丽莎白去世。德国报界称她为“欧罗巴的第一女性”，希特勒和其他纳粹党领导人物亲临葬礼，并亲自把用鲜花编织的桂冠安放在她的棺木上。

德国当代最著名的诗人戈德弗里德·贝恩说：“那些后世政治家按其所需诠释尼采，这与尼采何干？作为一个人，尼采是如此贫穷、无瑕、纯净——一个伟大的烈士，和男人。不妨再加一句：对我们这一代人来说，他就是这个时代的地震，也是路德之后德国最伟大的语言天才。”

罗素像

罗素在美国打官司

1938年，罗素应邀到美国讲学，他曾多次赴美，但这次却是最不愉快的。就是在这次讲学期间，发生了轰动一时的“伯特兰·罗素案”。这是历史上大哲学家因其思想而受到迫害的典型之一。

这时的罗素已经60多岁，正是声名卓著之时。他有着旺盛的精力，仍然在不断地写作，并到世界各地访问和讲学。1920年春天，他作为工党代表团的非正式成员访问了苏联，在那里逗留一个月。这年夏天，他到中国讲学，先后到过香港、上海、杭州、北京等地，受到中国知识界的热烈欢迎。罗素在中国也过得十分愉快，他特别喜欢杭

1920年罗素在中国

州这座美丽的城市。他在给朋友的一封信中说："这个湖上城市很美丽。两千年来，有许多皇帝和诗人来到这里，并住在这里。他们每个人都为它增加一些可爱的气质。这个国家比意大利更古老、更富有人情味，这里风景如画，人民乐观、和蔼可亲，比任何我知道的国民更爱笑。他们像18世纪的法国人那样机智。"有人告诉他，中国人说，如果罗素死了，他们要在中央公园举行一个盛大的葬礼，把他葬在西湖边，并建一座庙来纪念他。罗素幽默地说："我真有点遗憾这事竟不得实现，不然我就变成一个神。对一个无神论者来说，那该是多么有趣啊！"

他还到过日本和加拿大，并多次到美国讲学。他最长的一次到美国讲学是1938年，那次他在美国住了5年半，是他一生中最不愉快的时期。

罗素初到美国时，先在芝加哥和加州任教。1940年2月，他收到纽约市高等教育理事会主席奥德韦·蒂德邀请，担任纽约市学院的哲学教授。同时，该校代理校长米德也向报界发表声明，为邀请到罗素这样一位驰名世界的学者来校任教，深感荣幸。

然而，就在公布罗素的任命之时，出现了美国历史上没有前例的诬蔑和恐吓运动。教会人士、保守派分子、几乎全部民主党政客，都加入了这场诽谤大合唱。每天都有许多以关心教育为名的组织做出决议要求撤罗素的职务，同时还要罢免那些投票赞成任命罗素的理事会理事。

一位叫曼宁的主教率先发难。他写信给所有的报纸，宣称："有的高等院校在我们的青年面前把一个公众认为反宗教、反道德的宣传家，特别为通奸辩护……的人抬出来，当作负责的哲学教师。对于他们，我们该怎么说呢？凡是关心我们国家幸福的人愿意看见这种说教在我们高等院校的怂恿下四处散毒吗?"

《罗马天主教会评论》说，罗素的任命是"对老纽约人和真正的美国人一个野蛮无理的打击"。为达到取消任命的目的，它发表社论把罗素描绘成一个"信奉异教的教授"，是"来自大不列颠的哲学上的无政府主义者和道德上的虚无主义者……他对通奸的辩护使人非常反感，据说连他的一个'朋友'都揍了他一顿"。

同时，一些政客也纷纷活动，要求取消罗素的任命。

面对这些人掀起的层层恶浪，许多正直的人士都站在罗素一边。许多大学校长、各学会的现任和前任会长也联合起来一致为罗素辩护。17位全国最卓越的学者，包括洛夫乔伊、坎农、培里和施莱辛格等人向纽约市长递交一封信件，抗议"对世界著名哲学家伯特兰·罗素的任命进行有组织的围攻。”这封信接着说，如果围攻得逞，“美国的大专院校就不能幸免于被自由探索的敌人搞宗教法庭式的控制……任何地方的学生，能受到像伯特兰·罗素这样一位智慧丰富的人指导，是不可多得的荣幸……批评他的人，应该坦白而公正地同他在知识探讨和科学分析上较量。他们没有权利用阻止他教学的方法来钳制他的言论……这是个根本问题，同他们妥协，不可能不危害美国大学赖以生存的整个知识自由的结构。”怀特海、杜威、爱因斯坦等全国一流的哲学家和科学家都公开支持罗素的任命。爱因斯坦评论说：“伟大人物都曾遭受庸人的剧烈反对。当一个人并不轻率地顺从沿袭的偏见，而是诚实地、无所畏惧地运用他的聪明才智时，庸人是不可能理解的。”

纽约市立学院的师生们都因为教会和政治当局对学院事务的干涉而感到极大愤慨。300名教职员曾联名写信支持理事会的任命。在大会堂举行的一次群众大会上，奎因教授把罗素的遭遇与苏格拉底的遭遇相提并论。他说，如果撤销罗素的任命，“我们城市的美名会被玷污，就像雅典因为谴责苏格拉底是雅典青年的腐蚀者和田纳西因为裁决斯科普斯讲授进化论有罪而遭玷污一样”。

然而，攻击和诽谤仍在继续，而且愈演愈烈。一个默默无闻的琼·凯太太在一些人的怂恿下，以纳税人的身份向纽约高等法院提出控诉，以罗素是外侨和鼓吹性道德败坏为理由，要求取消罗素的任命。她自称担忧，如果她的女儿成为罗素的学生将会发生什么事情。代表她的律师戈尔茨坦则在诉讼状中用极恶毒的语言对罗素进行人身攻击，把罗素的著作说成是“好色的、猥亵的、贪欲的、淫荡的、色情狂的、春药般的、不虔诚的、狭隘的、虚伪的以及丧失道德品质的”。

琼·凯太太提出起诉后两天，法官麦吉汉就以超乎寻常的速度宣布判决。他根据“作为自然法则和作为自然的上帝的标准和准则”，撤销罗素的任命。他把这个任命说成是“对纽约市人民的侮辱”，宣称理事会的行动是“事实上设立一个下流的讲座”，而且这样做也是“专横的、恣意的，直接危害社会健康、安全和人民的道德的，也危害了本案起诉人的权利，因而起诉人有权提出撤销上述伯特兰·罗素的任命”。

这一判决引起一系列的抗议活动。美国大学教授协会全国理事会、美国科学工作者协会和公共教育协会等团体纷纷举行抗议集会，专门成立了一个以蒙塔古为主席、小兰德尔为秘书的“学术讨论自由—伯特兰·罗素委员会”，声援罗素，赞扬他探讨道德问题的高尚品格和勇气。

然而，法院的判决终成定局，罗素被取消了大学的任命。杜威对此评论说：“作为美国人，对于我们光明正大、公平对待的美名上的这道疤痕，我们只有羞愧不已。”奎因则说：“如果这就叫法律，那么毫无疑问，用狄更斯的话说，法律就是蠢驴。”

在整个事件过程中，罗素本人毫不动摇，一直进行坚决的斗争。起初他还保持沉默，只提出一项简短的声明，说：“任何在青年时代就决心不顾敌视和歪曲都要正直地思想和说话的人，早就预料会受到这种攻击，而且不久就会知道最好是不理睬它们。”但当攻击他的人已告到法院时，他挺身而出，义正词严地进行了驳斥。一家报纸曾说，罗素先生本人“一当恶果变得明显的时候，早就应该明智地引退”。罗素对此回答说：“如果我只考虑自己的利益和意愿，我早就立刻引退了。但是，不管这种做法从个人的角度讲可能是多么明智，我认为它也是怯懦而自私的。许许多多认识到他们自己的切身利益和宽容与言论自由的原则都已岌岌可危的人们，从一开始就迫切希望把论战进行到底。我要是一退却，就等于剥夺了他们作战的理由。而且默认了反对派的要求，会使实力集团将持有为他们所深刻厌恶的意见、种族和国籍的人开除公职。对我来说，这似乎是不道德的。”

罗素并没有失败。在案件结束后不久，他接到哈佛大学请他任教的邀请，后来又在宾夕法尼亚州梅里昂的巴恩斯基金讲座教了几年书，这个讲座的结果就是著名的《西方哲学史》。这部《西方哲学史》流传了几十年，至今仍然被认为是最好的西方哲学教科书之一。

罗素在晚年著的《自传》中写道：“3种单纯然而极其强烈的激情支配着我的一生，那就是对于爱情的渴望，对于知识的寻求，以及对于人类苦难痛彻肺腑的怜悯。”这段话也许是对罗素自己一生的最好的概括。正是这3种激情，使他度过了将近一个世纪的漫长生涯，在人生戏剧的舞台上扮演了一个最具丰富多彩个性的角色。

1890年，罗素考入剑桥大学三一学院，开始了他几十年学术生涯的第一步。他在那里学了3年数学，从第四年开始转修哲学。他读了大量哲学家的著作。他说：“阅读哲学之后，我仿佛感觉到由山谷的小天地中解脱出来，看到了多彩多姿的新世界。”他还参加了学校的一个叫“协会”的团体，结识了许多著名人物。他们在每个星期六晚上开讨论会，一直讨论到午夜，第二天吃过早饭后，到乡间漫游，继续高谈阔论。

罗素于1894年大学毕业，第二年被选为研究员，开始数学和哲学研究。1910年，罗素开始在剑桥担任讲师，讲授数理逻辑。但是，正当罗素潜心学术的时候，第一次世界大战爆发了。罗素积极参加反战运动，被判罚款100英镑，其后剑桥大学又剥夺了他的教课任务，把他赶出三一学院。然而，罗素并没有屈服，仍然热心于反战运动，到1918年初，他因写了两篇关于美国的文章而被控叛国罪。受控的文章在法庭上被当作证据诵读，结果赢得了听众席上热烈的掌声，但法庭仍判处罗素6个月的监禁。不过，这6个月的牢狱生活并不特别不愉快。他把这里的生活安排得很有规律，每天4小时写哲学著作，4小时读哲学书，4小时泛读一般著作。在监禁期间，他尽情享受记忆中他曾到过的美好地方，曾有过的迷人经历，他渴望全世界像他的心灵一样自由。

这些经历使罗素整个生活发生了很大变化。他不再是一位搞纯学术研究的人，而是一位关心人类命运的思想家和社会活动家。他写了许多关于社会政治、道德等方面的著作，积极参加社会政治活动，与社会的不公正做斗争。他说："痛苦的呼喊在我心中反响、回荡。孩子们受饥荒煎熬，无辜者被压迫者折磨，孤弱无助的老人在自己的儿子眼中变成可恶的累赘，以及世上触目皆是的孤独、贫困和痛苦——这些都是对人类应该过的生活的嘲弄。我渴望能减少罪恶，可我做不到，于是我也感到痛苦。"

这种情感一直持续到晚年。第二次世界大战后，他不顾高龄体迈，积极投入反对核武器、保卫世界和平的事业中去。20世纪60年代，他先后筹建了"罗素和平基金会"和"大西洋和平基金会"。他还和萨特等人成立"国际战犯审判法庭"，反对和谴责美国侵越战争。直到他去世前3天，他还口授了一个声明，谴责以色列对埃及的空袭和他们对巴勒斯坦难民的态度。就是在生命的最后时刻，罗素仍然竭力维护世界和平事业和维护正义事业。

罗素一生3次离婚4次结婚，并与好几位女士保持情人关系。在与女人的关系上，罗素似乎颇有些轻率，为此也遭到舆论的谴责。但是罗素对爱情另有自己的看法，他说，爱情可以减轻孤独感，爱的结合使他在一种神秘的缩影中提前看到了圣者和诗人曾经想象过的天堂。他的精神中始终都隐含着一股追求个人幸福的永不消退的热情。他热爱生活。也设法为自己的生活创造幸福的条件。

罗素烟瘾很重，除了吃饭以外，烟斗几乎不离嘴。他抽了75年烟，并总是抽一种他喜爱的“金混合”牌烟草。有人问他为什么抽烟，他说：“在我的一切都停止以前，我不打算戒烟。”没想到这烟瘾竟有一次救了他的命。1948年他应邀去挪威讲学，乘坐的飞艇中途坠海。他当时正好在飞艇后舱抽烟，而前舱的19位乘客全部溺死了。罗素被送往医院，有的记者问他在水中感觉如何，他只说了一个字：“冷”。他并没有受伤，唯一的损失是公事包中的一本陪他度过寂寞夜晚的袖珍侦探小说和几条裤子。

1944年，他回到了离开30多年的剑桥三一学院。这时，他已是白发苍苍的老人。他的满头白发简直成了荣誉的象征。他出现在哪儿，就立即会受到公众的注意。由于他具有一种始终不懈的忠于真理的热情，所以受到人们的普遍尊敬。学生们蜂拥而至，聆听他的讲演。1950年，他获得了诺贝尔文学奖。他是第三个以哲学家的身份获此重奖的人，因为他写作了“捍卫人道主义理想和思想自由的多种多样意义重大的作品”。

1969年5月18日，罗素度过了他一生中最后一个生日。那天，邻居们送来一张大羊皮革纸做成的奇特的美丽的贺匾。羊皮纸周围缀满鲜花，“祝罗素生日快乐”，签名的有柏拉图、休谟、伏尔泰等历史上的大人物。这象征性的签名表明，历史上所有的文学家、艺术家和思想家们都愿拿出他们的生命中的一段时间来延长罗素的生命，以便使这位当代的思想家能更长久地进行有益于人类的思维活动。

同时，这也表明，罗素享有与历史上著名的哲学家们同样的荣誉。

维特根斯坦像

去哲学世界做一名隐士

1944年，英国作家毛姆出版了他的著名小说《刀锋》，受到广大读者欢迎，而且受到弗吉妮亚·伍尔芙夫人这位严峻的批评家的称许。《刀锋》写的是参加第一次世界大战的美国青年飞行员拉里·达雷尔的故事。在军队中，拉里结识了一个爱尔兰好友：这人平时是一位生龙活虎的置生死于度外的飞行员，但在一次遭遇战中，因趋救拉里而中弹牺牲。拉里因此对人生感到迷惘，弄不懂世界上为什么有恶和不幸。复员后，拉里既不肯进大学，也不肯就业，一心想探求人生的终极。为此，他丢下未婚妻来到巴黎；两年后，和未婚妻解约，又从巴黎开始遍游世界各地，最后到了印度，找到了印度的吠陀经哲学。于是了悟人生，把自己的一点薄产分散给亲友，自己返回美国，当一个自食其力的出租汽车司机，打算隐身人海，以终天年。

有人说，拉里的蓝本就是哲学家维特根斯坦。《刀锋》出版时，维特根斯坦还活着。所以，毛姆在小说开头说："书中角色的姓氏全都改过，并且务必写得使人认不出是谁，免得那些还活在世上的人看了不安。"

维特根斯坦就是哲学界的隐士。

1906年，维特根斯坦进入柏林沙罗顿堡工业大学学习工程技术。实际上他一生都对机械饶有兴趣，当他还是一个孩子的时候，他因制作了一架缝纫机器而备受称赞，甚至在晚年他还能花上整天时间察看放在南肯辛图博物馆里他喜爱的蒸汽机。1908年，他到英国曼彻斯特大学当研究生，从事航空学的研究，并由此对数学发生了浓厚的兴趣。据说维特根斯坦曾向某人请教论及数学基础的文献，后者向他推荐1903年问世的罗素的《数学原则》。正是这本书极大地影响了维特根斯坦后来的发展。1911年秋，他根据弗莱格的建议，到剑桥师从罗素。

当维特根斯坦读完第一个学期后，跑来问罗素："请你说说我到底是不是一个十足的白痴？"罗素答道："我亲爱的朋友，我也不知道，但是，你为什么要提出这个问题?”维特根斯坦说：“因为假如我是一个十足的白痴，我将再回去读我的航空工程学。如果我不是白痴，我就希望成为一个哲学家。”罗素说，不妨利用假期写一篇哲学方面的论文给他看，然后才能回答。第二学期刚开学的时候，维特根斯坦交给罗素一篇哲学论文。罗素只读了他论文的开头一句话，就对他说：“不，你不应该成为航空专家。”

就这样，维特根斯坦开始专心于哲学，而他的哲学又对他老师产生了重要影响。他们两人的相遇，引起了20世纪西方哲学界的革命性变革。罗素称这场相识是他一生中“最令人兴奋的智慧探险之一”。

1912年，他的父亲去世了，维特根斯坦继承了一大笔财产。他不慕浮华，宁愿过一种朴素的生活。于是，他匿名捐赠了许多钱给贫困的奥地利艺术家和诗人，其中就有我们熟悉的大诗人里尔克和特拉克尔。后来他把财产全部都给了他的两个姐姐。他自己生活非常俭朴，有时甚至过分，他不讲究吃，好像吃什么对他来说是无所谓的，即使总是同样的饭菜也没关系。他不讲究穿，不能想象他会打着领带或者戴着礼帽。他的住所陈设也非常简陋。一张床，一张桌子和几把帆布靠椅，就是他的全部家当。任何一种装饰品都要从他周围拿走。

第一次世界大战爆发后，维特根斯坦本来可以免除兵役，但他作为一名志愿兵参加了奥军。他一直要求调到更危险的前沿阵地，这使司令官非常为难。他希望靠近死亡，或许会使他远未得到满足的存在出现一点起色。他蜷伏在战壕里，背上紧贴着死亡的黑暗。他总是在帆布背包里放上一个笔记本，一有空就把想到的问题记到上面。他写的常常是一些格言式的句子或者不连贯的章节，有时几小时凝神苦思

年轻时的维特根斯坦

却写不出一个字来，有时却又写得飞快。正是这些零散的思考，构成了他的哲学的最初形式。这些内容现在已作为《战时笔记》出版。他的本子上一半记私人日记，一半记哲学思想，为了防止身边人偷看，他还特地采用密码反过来写作，即把A换成Z、B换成Y、C换成X，依此类推。

有一次他在战壕里读到一本杂志，上面有一幅描述一次汽车事故中事件的可能次序的略图。这个略图启发了维特根斯坦关于“语言是实在的图像”的思想。这幅略图在这里起着一个命题的作用，也就是说，是对事物可能状态的一个描述。它具有这种作用是由于图的各个部分与实在的事物之间有一种对应关系。这就使维特根斯坦想到，可以把这个类比倒过来，一个命题就相当于一个图像，因为它的各部分与世界之间有类似的对应关系。命题的各部分组合起来的方式——命题的结构——描述了实在成分的一种可能的组合，即事物的一种可能状态。

1918年，29岁的维特根斯坦荣升中尉，同时完成了《逻辑哲学论》的初稿。不久他就被意大利军队俘虏了。据说，人们来抓他的时候，他正骑在一门大炮上用口哨吹着贝多芬第七交响曲。他在南意大利蒙特·卡西诺附近的俘虏营里被囚禁了将近一年。当时战俘中流行伤寒，死了很多人，家人朋友都很担心他，四处打点要救他出来，他却拒绝在同伴获释前出狱。战争时期的丧乱和他在囚禁生活中的体验使他的精神生活发生了重大危机，因而转向叔本华和托尔斯泰的伦理思想，对现代西方文明深感失望，对人类的现状和前途的看法十分悲观。他像现代文明中的隐士，不断地退隐、逃遁，企图在宁静中慰藉他那深处笼罩着黑暗的灵魂。

1921年，维特根斯坦出版了一本薄薄的《逻辑哲学论》，如果不把他为小学生编写的《德语难语词典》算在内，他生前只出版过这一本著作。但是，维特根斯坦认为他已经解决了所有的哲学问题，所以他应该放弃哲学。于是，这位哲学家隐居乡间，在偏远的地方担任了小学教师。后来他又在维也纳附近的郊区同修道士一起当园丁。他甚至打算进修道院，但因不满意修道院生活的内部条件作罢。

但是，作为一个哲学家，维特根斯坦并没有完全割断同哲学界的联系。1929年他返回剑桥，重操哲学旧业，此时那本《逻辑哲学论》已产生了深刻的影响，许多人也已经把他看作是分析哲学最活跃的代表人物。但这位哲学家最初却登记为一名研究生。次年，他受聘为剑桥大学研究员，后来接任了摩尔的哲学讲座教授。以一个外国人在英国的学术首府担任这个职务，可以说是殊荣，但维特根斯坦却引以为苦，经常劝他的学生不要在大学教书，尤其不能教哲学。维特根斯坦认为，“贪图功名是思想的死亡”。他厌恶功名，有意地过着不显眼的生活，阻挡一切使他成为名人或者出头露面的企图。他平日绝少与人交往，凡是大学社交生活和哲学界各种活动都决意不参加。

在剑桥大学，他开设了关于语言、逻辑、数学问题的研讨班。上课时，维特根斯坦坐在房间当中的一把普通木椅上，听课的人自带椅子或者坐在地板上。他讲课没有准备也没有笔记，每一堂课都是新的创造性的哲学工作，都是当场的、即兴的、紧张的哲学思考。他强烈地激励自己，全身心都处在紧张之中。这些“讲课”其实是一种聚会，主要是维特根斯坦与学生们自由地交谈，他向学生们提出问题，并且对他们的回答发表意见。但是，有时候他正力图说出他自己的一个思想时，他会用一种断然的手势来禁止任何提问或议论。聚会上经常出现持续一段时间的沉默，这时只有维特根斯坦偶尔的嘟哝声和其他人的屏息无声的注视。在这种沉默中，维特根斯坦极其紧张和活跃，他凝神专注，神采焕发，手势醒目，表情坚定。他的听众们知道，这是一种极其严肃、贯注和有力量的精神活动的表现。有一个学期他开了一门叫“数学基础”的课，前来听课的学生中，就有后来发明图灵机的阿兰·图灵。

维特根斯坦总是被他的讲课弄得筋疲力尽。他常常在讲课结束后立即离开，跑到电影院去。路上，他买一只圆面包或一块冷猪肉馅饼，一边咀嚼着一边看电影。他总是坚持坐到最前面一排，这样银幕就占据了他的整个视野，他的精神就能离开那些讲课的思想和激动的情绪。不管影片多么庸俗和做作，他都希望完全被吸引到影片上去，使他的精神能从折磨他和耗尽他精力的哲学思想中得到暂时的解脱。

他还爱看通俗侦探小说。他的美国朋友时常给他寄一些侦探杂志。维特根斯坦在一封回信中说：“从你那里得到侦探杂志是一件美妙的事。现在这种杂志奇缺，我觉得精神都饿扁了。它们是丰富的精神维他命和卡路里。”“当我打开一本你寄来的杂志时，就像走出一间闷热的房间呼吸到了新鲜空气一样。”

这多少可以说明，哲学思考的紧张性、严肃性、急迫性在维特根斯坦那里达到了多么强烈的程度。他本来想把哲学作为一种从现实生活中逃遁出来的避难所，却又成了哲学思考本身的受难者。毛姆曾讲过这样的话：“喜欢听故事和喜欢看跳舞和模拟表演……同样是人性的自然倾向。从侦探小说的流行可以看出这种爱好至今不衰，连第一流的知识分子也看它们，当然并不当回事，可是的确看它们。为什么？还不是因为他们唯一放在眼里的那些心理的、教育的、精神分析的小说不能满足他们的这种特殊需要吗！”

毛姆说的“第一流的知识分子”大概就是暗指维特根斯坦。

维特根斯坦的确是一位传奇人物。他的一生极富传奇色彩，被罗素称为“天才人物的最完美范例”。他一生不求闻达，甘心寂寞，却成了举世瞩目的大哲学家；他不善言辞，也不习惯写系统的著作，他早期所坚持的逻辑经验主义和后期所坚持的日常语言哲学却启迪了现代哲学的两个重要思想流派。而对两者他都加以否认。他很少回顾他早期的观点，当他回顾时往往是为了否定它们。他的生活是一场持续的旅行，而他的理想却是渴望宁静。他说：“探讨哲理的人渴望思想平静”，但他却总是得不到他毕生希求的安宁。因为，他是一位勤于思考的哲学家。

对维特根斯坦来说，哲学就是思考，思考比哲学更重要。他说：“只有甚至比哲学家们更加疯狂地进行思维，你才会解决他们的问题。”他把哲学思考比作游泳：正像一个人的身体有一种浮在水面上的自然趋势，他要做出努力才能达到水底——进行思考正是这样。维特根斯坦读的哲学书并不多，但他不断地钻研最深奥的哲学问题。他只有解决一个问题才能摆脱一个问题，而一个问题的解决又引发另一个问题。他不会浅尝辄止，一定要达到完全的理解。他强烈地激励自己，全身心都处于紧张之中。这就使思考在他那里呈现出异常的艰巨性，甚至使思维成为苦刑，一种巨大的折磨。有一天罗素同维特根斯坦一起紧张地工作了几个小时以后感叹地说："逻辑真是地狱！"

他终于又离开了剑桥。第二次世界大战期间，他曾在一所医院当看门人，后来又在一个医学实验室工作。他对于一些医学问题所提出来的深入、集中的见解，使那些以他为助手的医生们不胜惊奇。1947年他辞去剑桥大学教授的职务，来到了爱尔兰西海岸的一个小得不能再小的小村庄，住在一间小茅屋里。这座小茅屋现在被辟为"维特根斯坦故居"，爱尔兰总统亲自主持了故居的揭匾仪式，世界各地的青年到此朝圣。他一个人住在爱尔兰西海岸戈尔韦的一所海边的小屋里，邻居都是纯朴的渔民。据说，维特根斯坦在他的邻居当中成了一位传奇人物，一些年老的渔民仍然记得这位不苟言笑、独来独往的外乡人，他常常到海边散步，雪白的海鸟纷纷聚拢过来，到他手里啄食。

1949年夏，他到美国住了3个月，秋天回到英国时他得知自己患了癌症。他在一封信里写到，这个消息没有使他震惊，因为他没有继续活下去的愿望。1951年4月26日，维特根斯坦在医院中迎来了他的62岁生日。3天后，他在剑桥的住所去世。临终前，他对守护在身边的人说："告诉他们，我度过了极为美好的一生！"

有人形容这句话是"出奇的感人的话语（strangely moving utterance）"。

他的一位学生评论说："当我想到他的深刻的悲观主义，想到他

维特根斯坦逝世在剑桥的这座房子里

精神上和道德上遭受的强烈痛苦，想到他无情地驱使自己的心智，想到他需要爱而他的苛刻生硬又排斥了爱，我总认为他的一生是非常不幸的。然而他在临终时说自己是‘极为美好的’，对我来说，这是神秘莫测而又感人至深的言语。”

亨利·梭罗像

瓦尔登湖畔的梭罗小屋

瓦尔登湖是美国马萨诸塞州小城康科德附近的一个湖泊，是一处幽静的名胜，这里因为有了梭罗的小屋，特别是他的《瓦尔登湖》一书，而成为文学的圣地。《瓦尔登湖》在中国也一直畅销不衰，从1978年到现在，竟然有20多个不同的译本，拥有不同年龄的众多读者。

1835年，美国著名作家爱默生搬到了康科德居住。在美国思想史上，爱默生具有特别重要的影响，是确立美国文化精神的代表人物。林肯称他为“美国的孔子”“美国文明之父”。搬到康科德之后，在他的周围，形成了一个文学的小圈子，叫作“超验主义俱乐部”，因为他们信奉一种哲学即“超验主义”（transcendentalism）。超验主义认为人类世界的一切都是宇宙的一个缩影。爱默生说：“世界将其自身缩小成为一滴露水。”参加的成员有霍桑、阿尔柯、玛格利特等人。他们经常在爱默生家里举行聚会，探讨神学、哲学和社会学问题，还创办了一个叫《日晷》的杂志，其名称寓意一种全新的生活状态和一个崭新的历史时代。

梭罗的家乡就在小城康科德。1837年，20岁的梭罗大学毕业后回到家乡，以教书为业，同时给爱默生做助手，协助他编辑《日晷》杂志。他也是爱默生超验主义俱乐部的主要成员。

1845年7月4日，梭罗开始了一项为期两年的试验，他移居到离康科德城不远的瓦尔登湖畔的次生林里，尝试过一种简单的隐居生活。这一天是美国独立日，梭罗选择在这天来宣告他个人生活与精神上的“独立”。

来到瓦尔登湖畔之后，他认为找到了一种理想的生活模式，选择了心灵的自由和闲适。他借了一柄斧头，孤身一人，跑进无人居住的湖边山林中，自己砍柴，建造了一个小木屋。他搭建这栋小木屋以及相连的一个小柴堆棚，只花了27.94美元的材料费，其中包括：板子8.03美元，屋顶和墙壁用的废木板4美元，两扇旧玻璃窗2.25美元，1000块儿旧砖4美元，2桶石灰2.4美元，鬃毛0.31美元，门闩

0.10美元。

他在小木屋周围开荒种地，种豆、玉米和马铃薯，打猎、伐木、捕鱼，完全靠自己的双手，过着原始简朴的生活。他计算了他在一段隐居期间的饮食费用及其他支出，8个月的花费不过20美元。他要通过自己的实践向世人证明，人们完全不应该将时间倾注于无休止的物质追求方面，而应当将少量的时间用于谋生，而将更多的时间用于精神探索。在梭罗看来，人“只需要几样工具就可以生存下去，一把刀，一把斧头，一把铁锹，一辆手推车。对于勤奋好学的人来说，灯光，文具加上几本书，这已是第二位的必需品了。”他写道：

我步入丛林
因为我希望生活得有意义
我希望活得深刻
吸取生命中所有的精华
把非生命的一切都击溃
以免当我生命终结
发现自己从没有活过

乔治·桑在《我的生活史》里这样说过：“如果世界上有那么一个人，他能够完全摆脱浮华的时尚，能够使用少许的物质，甚至几乎是两手空空，单凭自己的梦想便为自己创造出一种生活，那么，这个人就是艺术家。这是因为他的身上具有一种天赋，他可以让哪怕是最微不足道的东西也充满盎然的诗意，可以用自己一贯的情趣和天生的诗情，为自我建造起一座朴素的草棚。”乔治·桑所指的，应该就是梭罗那样的生活。

瓦尔登湖不仅是梭罗生活的栖息场所，也是他精神的家园、心灵的故乡，是他在喧嚣的世界中寻得的一个幽雅僻静的去处。他描述了在森林中一个人生活所特有的寂寞感受："牛蛙鸣叫，邀来黑夜，夜莺的乐音乘着吹起涟漪的风从湖上传来。摇曳的赤杨和松柏，激起我的情感，使我几乎不能呼吸了，然而像如镜的湖面一样，晚风吹起来的微波是谈不上什么风暴的。"

他在瓦尔登湖畔追求孤独，实际上也是在追求深刻，他想在孤独的心境中对人生进行思考和探索。美丽而寂静的瓦尔登湖畔不仅给他提供了思考的空间，也给他提供了一种朴素淡泊的心境。梭罗对自己说："在下一个夏季里，我不需用那么多的劳力来播种豆子和玉米，我要匀出精力，用来播种——如诚实，真理，朴实，信心，纯真等。"这些品德，在他眼里，"远比其他产物要高尚"。他有时坐在阳光下的门前，坐在树木中间，从日出坐到正午，甚至黄昏，在宁静中凝思；也在湖边倾听风声、观察四季的物候变换、沉思人生和抚慰灵魂。他在这里观察、倾听、感受、沉思，并且梦想。孤独催生了他的深刻思想。他说："我含蕴着，并养育着珍珠，直到它的完美之时。""不必给我爱，不必给我钱，不必给我名誉，给我真理吧。"

梭罗到瓦尔登湖边的小屋中居住，不是避世，也不是隐居。在这段时间里，他并不完全处于孤寂之中。有德行的人是不会孤独的。不仅如此，德行还能感召他人，并为世人所效仿。到他的小木屋的访客从未间断过，他自己也经常到村里探望家人和朋友。他说："我也跟大多数人一样喜爱交际，任何精神旺盛的人来时，我一定像吸血的水蛭似的，紧紧吸住他不放。"他与渔民、猎户、诗人和哲学家往来，

梭罗的小屋

一起交换生活的意见。他和人们交流他的心得，愿意把自己的生活感悟告诉大家。他认为来到这个森林的人，都是“朝圣者”。

在瓦尔登湖小屋生活期间，梭罗并不是只想着自己，也关心天下。他因为反对黑奴制，拒交“人头税”而被捕入狱。虽然他只在狱中蹲了一宿就被友人在未经他本人同意的情况下，替他代交了税款保其出狱，但这一夜却激发他思考了许多问题。出来后曾有人问他这样一个问题，为什么有许多人宁愿坐牢也不愿意交税。为解释这一问题，他结合自己的亲身体验，写成了著名的政论《抵制国民政府》（*Resistance to Civil Government*，后改名为 *Civil Disobedience*，即《论公民的不服从》）。

这本小册子被认为是历史上改变世界的16部书之一，他倡导的“公民的不服从”的思想对托尔斯泰、罗曼·罗兰、印度圣雄甘地和马丁·路德·金都曾产生过不小的影响。

梭罗在这座小木屋里住了两年零两个月又两天。1847年9月6日，他离开瓦尔登湖，重新和住在康科德城的他的朋友兼导师爱默生一家生活在一起。

他把在小木屋的生活和感受写成一本书，就是现在风靡天下的《瓦尔登湖》。他静下心来，写得极为慎重。在5年里，他一次又一次地反复修改、补充、完善。

《瓦尔登湖》是一本清新、健康、引人向上的书，它向世人揭示了作者在回归自然的生活实验中所发现的人生真谛——如果一个人能满足于基本的生活所需，其实便可以更从容、更充实地享受人生。在书里，我们看到梭罗并没有因物质匮乏而窘迫，相反，正是由于他舍弃了一切身外之物，才有精力潜心研究自然、探索人生，书中洋溢着一种淡泊明志、宁静致远之美。

梭罗试图鼓励人们要简化生活，将时间腾出来深入生命，品味人生。他主张人们放弃烦琐的日常生活方式，"简单，简单，再简单"，以提升生活的目标，使生活变得崇高。他通过自己的生活实践，告诉世人不要被纷繁复杂的生活所迷惑，从而失去了生活的方向和意义。他认为：假如人们能过宇宙法则规定的简朴生活，就不会有那么的焦虑来扰乱内心的宁静。梭罗对工业文明、喧嚣社会挤压人类并侵蚀人性心怀忧虑，他认为，人类只有过简单淳朴的生活，才能享受到内心的轻松和愉悦；原始、平淡的自然生活，才适宜人们在其中进行观察、思考和写作。

对现代科技文明给人们带来的物质享受，梭罗并不排斥，他只是批评我们没有很好地利用它，"弄巧成拙"，他说："我们接通了越洋的电缆，却用它询问阿德莱德王妃（Princess Adelaide）是否得了咳喘，并未用它交流人类的思想。我们建成了铁路，却坐着它去城里消磨时光。"

但他离开瓦尔登以后，曾一再反对别人模仿他的行为。他说之所以到瓦尔登湖生活了一段时间，完全是他个人的志趣爱好。如果说一个人向往简朴的生活，只要心诚，在哪儿都可以做得到，无论是在纽约、伦敦、孟买或东京。心中有“瓦尔登”我们的生活将会变得更有意义、更有目的、更加幸福，这才是“瓦尔登”的真谛。

梭罗生活得有时像个隐士，他可能时常觉得那山、那水比那人更与他相投，山川草木均是他的密友。他的一个朋友说他：“我爱亨利，但无法喜欢他，我绝不会想到挽着他的手臂，正如我绝不会想去挽着一棵榆树的枝子一样。”

实际上，梭罗是一个很生动的人。他热爱生活，也热爱生活的世界。他把对生活的爱转变为对人生和世界的深刻思考。在他去世后，爱默生对其人格特征栩栩如生地描述说：梭罗喜欢走路，并认为走路比乘车快，因为乘车你要先挣够了车费才能成行。再说，假如你不仅把到达的地方、而且把旅途本身当成目的呢？但他几乎一辈子没有走出他的家乡——马萨诸塞州的康科德及其附近的山水。他觉得他家乡那块地方包含着整个世界，他是能从一片叶子就看出春夏秋冬的人，他家乡的地图就在他的心里，那地图自然不是平面的，而是立体的；不是固定的，而是活动的，云会从它们那儿带走一些东西，风又会把它们送来。

梭罗生前的名气并非很大，但随着时光的流逝，其声誉与日俱增，被誉为美国环境运动的思想先驱，被称为“一个隐居的圣人”。还有人认为《瓦尔登湖》是一本关于一个英雄的书籍。“梭罗通过《瓦尔登湖》这本书，将哲学小册子难以达到目的的先验主义哲学思想，变成了处于迷惘状态的人们的生活指南。”

如今，谈论《瓦尔登湖》是时尚人士的一种时髦。但这是一本需要静下心来读的书。心境沉寂才能理解梭罗的意思。这本书的中文译者徐迟先生说，在繁忙的白昼他有时会将信将疑，觉得它并没有什么好处，直到黄昏，心情渐渐寂寞和恬静下来，才觉得“语语惊人，字字闪光，沁人肺腑，动我衷肠”。而到夜深万籁俱寂之时，就更为之神往了。

马克斯·韦伯

“海德堡传奇”的学者使命

在德国小城海德堡，我和朋友们漫步在“哲学家小路”，度过了一个十分惬意的下午。“哲学家小路”在内卡河北岸的山坡上。我们走过承载着海德堡岁月的老桥，沿着蜿蜒的山间小路，在诗情画意和浪漫的气息中，享受着幽静宜人的气氛，在漫步中沉思和遐想，仿佛在与哲学家前辈同行，聆听他们睿智的教导。

海德堡的“哲学家小路”，是哲学家的圣地，是一切学哲学喜欢哲学的人必须走过的地方。

在漫步中也有驻足远眺。我们站在小路的观景台上，欣赏海德堡

海德堡“哲学家小路”

的美景：曲折幽静的小巷，尽显王者风范的古堡，流水潺潺的内卡河，都美不胜收，魅力无穷。马克·吐温说，海德堡是他到过最美的地方。

海德堡是一座著名的大学城。海德堡大学成立于1386年，是德国最古老的大学。16世纪的下半叶以后，海德堡大学就成为欧洲科学文化的中心，是德国浪漫主义与人文主义的象征。几百年来，人文荟萃，名家辈出。在这条著名的小路上散步的，有许多伟大的哲学家。黑格尔曾在海德堡大学任教，经常与朋友、同事一起在这条小路上散步，一起讨论深奥的哲学问题。还有哲学家费尔巴哈、雅斯贝斯、伽达默尔、哈贝马斯、马克斯·韦伯等人，也都把他们思想的足迹留在这条浪漫的小路上。

马克斯·韦伯（Max Weber）是海德堡大学走出来的最具生命力

和影响力的思想家。在墓碑上，他被称为“无所不知的通才”（Universalgelehrter）、“海德堡精神的象征”（Heidelberger Geist）。他的朋友则说他是“海德堡传奇”。几十年间，马克斯·韦伯时而离开，时而回来，跟海德堡总是难舍难分。韦伯早年曾于海德堡大学求学，之后在柏林大学开始了他的教职生涯。1896年，韦伯又回到海德堡，获聘为母校的教授。他当年就居住在哲学家小路的山坡下内卡河岸边的一栋别墅里，地址是齐格豪斯兰德街17号。抬头望去，就是那座虎踞全城的王座山上的古堡。这座别墅原来的主人是他的外祖父，韦伯的母亲海伦妮在这里度过了她的童年和少女时代。韦伯夫妇搬回这座大宅之后，他们在花园里种下雏菊、丁香、报春花、郁金香、黄杨树和山毛榉，开辟了一个小菜园，在里面种上豌豆和蚕豆。他对这座房屋充满了依恋的感情，他给母亲写信说：“在一直多云的天空下我们现在拥有了圆满的灿烂春光；夜莺在树丛中歌唱。晚上我们坐在狮泉旁边，沐浴着月光；喝茶的时候和特勒尔奇夫妇坐在一起的一个朋友边拉小提琴边唱——我们非常快乐。”

1919年9月，马克斯·韦伯去世半年前，在一次与老朋友们的聚会上，他说出了内心深处对海德堡的不舍与眷恋。他说，海德堡的温柔与和善在他饱受疾病折磨的时刻帮助他从黑暗中慢慢苏醒，让他可以开始新的生活。韦伯的思想和影响，都与海德堡有着密不可分的联系。他的学生霍尼希施海姆（Paul Honigsheim）说：“任何一个人想要绘制一幅马克斯·韦伯的画像，无论像中人是作为学者的韦伯，还是作为一个人的韦伯，都必须以他那个时代的海德堡为背景。”

这座别墅，现在称为“韦伯屋”（Max Weber Haus），一楼的房间已成为如今大学的语言教室，二楼则还完好地保存着韦伯在世时的房

韦伯屋

间，他一生中很多著作都是在这二楼的书房完成的。有着三角钢琴的大客厅，墙壁上挂着韦伯的油画像，这正是当年举办学术沙龙的房间。韦伯在这里主持了很多次学术沙龙活动，讨论时事政治、文化学术等话题。他的妻子在一封信中写道："每天都有一个来访者，至少有一个寻寻觅觅的灵魂。但是通常总会有好几个：孤独的女人和姑娘、前程似锦的学者、多年的老朋友纷纷来到这里。"这个沙龙成为海德堡学术界和文化界交流的一个中心，如今以"韦伯圈"闻名于世。"韦伯圈"是20世纪初最著名的德国学术社交圈，许多文人学士都参加沙龙活动，包括政治界、思想界和艺术界的许多精英人物，但为数最多的，还是海德堡大学人文学科的教授及学生。实际上，在将

海德堡古城

近十年的时间里，“韦伯屋”成为海德堡学术界和文化界交流的一个中心。通过这个圈子的放大作用，韦伯对这所学校和这个城市所产生的影响达到了巅峰。在他去世之后，这个沙龙还继续了很多年。

在那个时代，海德堡同时存在多个大大小小的学者圈子。这种圈子文化，是非常有海德堡特色的。那个时代几乎每个欧洲的大城市都有各自文人聚会的场所，在巴黎或维也纳，地点是咖啡馆，但在海德堡，一定是教授的家。这些圈子各有特色，参加者互有交集。

马克斯·韦伯是一位很有社会责任感的学者，他的学术研究都与社会现实密切相关。1919年，韦伯在慕尼黑大学做了一次题为《以学术为业》的讲演，这是他最著名的一次讲演。“志业”一词，对应的是德文的“Beruf”，虽然它也可以简单翻译成“职业”，但自从马丁·

路德在其著作中为其赋予了“奉神所召去从事某事”的特殊意义，在韦伯用到这个词的时候，含义远远超出了一项可以带来收入的工作的范围。

他在《以学术为业》中说：“灵魂不经过寂寞与清苦之火的锻打，完全炼不出任何有价值的东西来。”

在韦伯生活的时代，经济迅速腾飞，但启蒙时代的理性主义已经被颠覆，庸俗享乐主义文化在市民社会中广为泛滥。这是一个价值分裂的时代。韦伯感到十分厌恶的是，在这个“无意义”的世界上，出现了一些假冒伪劣的精神偶像，在每一个街角和每一份杂志上，都可以看到这种偶像崇拜。他批评当时德国的文化风气是平庸之辈在学术界占据了重要角色。因此，他呼唤学术界的科学精神。他认为以学术为业，就要有献身学术的精神和科学的专业态度。他说：“在科学的领地，个性是只有那些全心服膺他的学科要求的人才具备的，不唯在科学中如此，我们不知道有哪位伟大的艺术家，他除了献身自己的工作，完全献身于自己的工作，还会做别的事情。”

在我们今天的生活中，是不是还时常可以看到韦伯批评的那些现象的影子？在我们的周围难道不是也有一些假冒伪劣的精神偶像招摇过市，接受人们的崇拜吗？更为严重的问题，不是学术界自身的平庸，而是学术界在自身之外寻求“权威”的资源；不是服膺科学的要求，而是期待外在“权威”给予的肯定。

在马克斯·韦伯之前的一百多年，他的同乡、哲学家费希特也做过关于学者的讲演。1794年，费希特在耶拿大学做的讲演《论学者的使命》，对于学者的社会使命有更为精湛的论述。费希特认为，学者的真正使命是“高度注视人类一般的实际发展进程，并经常促进这种发展进程”。他还指出：“学者的使命主要是为社会服务，因为他是学者，所以他比任何一个阶层都更能真正通过社会而存在，为社会而存在。”学者在社会中全部工作的最终目标是提高整个人类的道德风尚。学者的职责就是永远树立这个最终目标，当他在社会上做一切事情时，都要首先想到这个目标。所以，学者应该是他的时代的道德楷模。学者“应当成为他的时代道德最好的人，他应代表他的时代可能达到的道德发展的最高水平”。

道德修养是学者之作为“学者”的基本要求。“学者”不仅是一种理想，而且是一种生存方式、生存状态。也正是因为如此，费希特说：“学者有理由成为最谦虚的人，因为摆在他们面前的目标往往是遥远的，因为他应该达到一个很崇高的理想境界，而这种理想境界他通常仅仅是经过一条漫长的道路逐渐接近的。”

费希特特别强调学者应该具有的献身精神。他在讲演中激动地说：“我的使命是论证真理；我的生命和我的命运都微不足道；但我的生命的影响却无限伟大。我是真理的献身者；我为他服务；我必须为它承做一切，敢说敢做，忍受痛苦。要是我为真理受到迫害，遭到仇视，要是我为真理而死于职守，我这样做又有什么特别的呢？我所做的不是我完全应当做的吗？”

费希特在讲这番话的时候也许想起了苏格拉底，这位古希腊哲学家以自己的慷慨赴死，为世界上所有献身哲学的人树立了一个人格和道德的楷模。

费希特满怀激情对大学生们做这样的关于学者使命的讲演。这些大学生都是志在未来学者生涯的热血青年。但是，费希特对他的时代很失望。他说："我也很明白，一个丧魂落魄、没有神经的时代受不了这种感情和感情的这种表现；它以犹豫忐忑、表示羞愧的喊声，把它自己所不能攀登的一切称为狂想，它带着恐惧的心情，使自己的视线避开一幅只能看到自己麻木不仁和卑陋可耻的画面，一切强有力的和高尚的东西对它产生的影响，就像对完全瘫痪的人的任何触动一样，无动于衷。"但他并不悲观。他说："我对青年人说，他们的年纪已经使他们能防备这种完全的麻木不仁，而我想同时以一种大丈夫的道德学说向他们的灵魂深处灌输一种感情，这种感情直到将来也能使他们防止这种麻木不仁。"

他更对青年学者们满怀期望："当你们离开这个地方，分散到各地去的时候，不管你们生活在什么地方，总有一天我会听说你们都是大丈夫，这些大丈夫选中的意中人就是真理；他们至死忠于真理；即使全世界都抛弃她，他们也一定采纳她；如果有人诽谤她，污蔑她，他们也定会公开保护她；为了她，他们将愉快地忍受大人物狡猾地隐藏起来的仇恨、愚蠢人发出的无谓微笑和短见人耸肩表示怜悯的举动。"

巴黎法兰西学院

迟到的桂冠终于戴到了柏格森的头上

1927年，法国哲学家柏格森轻而易举地夺取了该年度的诺贝尔文学奖的桂冠，成为第二位以哲学著作为主获此殊荣的人物（第一位是1908年的获奖者、德国哲学家奥伊肯）。这一年有36个人被提名参加诺贝尔文学奖的竞争，但大多数人实力并不太强，只有三四位候选人的条件比较优越。其中有挪威女作家温塞特和德国作家托马斯·曼，他们二位分别于1928年和1929年获奖。高尔基也是该年度被人们视为强有力的候选人，但是，显然瑞典文学院不会将此项奖颁发给这位红色革命作家。

虽然柏格森这年获奖没费什么周折，但是，自从他首次被提名起，等待了足足15个年头。1912年，他第一次被英国皇家学会的一位会员推荐。接着，瑞典文学院在审理和研究有关柏格森的推荐书时，还同时委托了两位著名的北欧哲学家撰写一份材料翔实的研究报告。1913—1914年，他们写了两份关于柏格森的研究报告。此时在瑞典文学院的会议桌上，柏格森成为一个人物，完全有可能在近年内获奖。但是，第一次世界大战爆发，1914年的诺贝尔文学奖也因战争而停颁。柏格森当年的夺“冠”的希望也一下子被战争的洪水冲得无踪无影。1918、1921两年，瑞典文学院院士、1916年的诺贝尔文学奖获得者海登斯塔姆以前两位哲学家的研究报告为蓝本，又重新撰写了两份新的关于柏格森的研究报告，而且1921年在柏格森的推荐书上签名的有12位法国政治学院院士。

但是，这一系列的努力和漫长、费劲的争取，都没有获得直接的效果。当1921年遴选诺贝尔文学奖的日子到来的时候，“桂冠”却落到了柏格森的法国同胞、“文坛宗师”法朗士的头上。从这之后，柏格森一直6年没有被提名。直到1927年，他才接到姗姗来迟的“桂冠”。因此，可以这样说，柏格森在这年获奖“看似平易却艰辛”。至于他在学术上的追求和努力，却是花费了更加艰巨的劳动，需要锲而不舍的奋斗精神。

柏格森像

柏格森生于1859年10月18日。德国现象学哲学家胡塞尔和美国实用主义哲学家杜威也出生在这一年。柏格森从小就接受典型的法国式教育，毕生都在法国度过。他在巴黎康多塞中学学习时，对自然科学和人文科学都有浓厚的兴趣。从1878年到1881年他在巴黎高等师范学习，在这期间，他掌握了希腊与拉丁古典文学，同时也钻研科学与哲学。毕业后在外省中学任教。正是在这个时期，某一天他在散步时获得了“绵延”的概念。

自柏拉图以后，哲学就在于如何消除绵延性，在于把时间既看作是一种幻觉而又有限的存在，又是永恒的东西。柏格森心想，恰恰相反，这个柏拉图通过反映所认识的存在，会不会是一个持续的存在？会不会就是时间本身？他用“我是一个绵延存在的东西”来代替笛卡尔的“我是一个有思想的东西”这句名言。用“在绵延的概念下”来代替斯宾诺莎的“在永恒的概念下”。正如他用绵延的价值来代替非暂时的价值一样，他用运动和变化的价值来代替静止的价值。这是真正的柏格森式的变革。他的全部研究工作，都是关于绵延和运动的。

他写了一本书，叫《时间与自由意志》。这本书使他获得博士学位，此后他便回巴黎在亨利四世中学任教。

回巴黎后，柏格森仍然继续坚持哲学的探索与研究。他花了5年时间，完成了第二部书《物质和记忆》。使他一举成名。这本书于1896年发表之后不久，美国哲学家詹姆士评论说："像贝克莱的《原理》或者康德的《批判》一样，它引起了一场哥白尼式的革命，而且它将为哲学的发现开辟新的场所。"

第二年，柏格森以哲学教授的身份回到巴黎高等师范，1900年又进入法国最高学术机构——法兰西学院。1907年，他发表了自己著作中最著名的书《创造的进化》，阐发了他根本的哲学旨意，宣扬其轰动一时的"生命冲动"的哲学。他宣称："生存就是变化，变化就是累积经验，累积经验就是无休止地创造自己。"

柏格森的哲学对20世纪的西方哲学发展有很大的影响。有人评论说："几乎没有一个当代哲学家敢夸耀他们完全没有受到柏格森的影响（不管是直接的还是间接的）。尽管很少有人提到和引证柏格森，但柏格森的存在却是不能从我们的文明中消失的。"

瑞典文学院授予柏格森诺贝尔文学奖的理由是："由于其丰富而生气勃勃的思想及表达的卓越技巧。"的确，柏格森的文章优美明晰，既模仿了像孔狄亚克之类大哲学家的严谨和简洁的风格，同时又像柏拉图和培根的文章，充满色彩和比喻。

柏格森获奖这年已经68岁了。他已多年卧病在床，有时候甚至连双手也难以动弹。因此，他只得通知瑞典文学院，由于健康原因，他无法亲自前往斯德哥尔摩领奖。法国驻瑞典大使代他去领奖，并在会上宣读了柏格森的致谢信。

柏格森获得了诺贝尔文学奖，使法国知识界极为兴奋。他们在报刊上除了赞扬柏格森本人外，还赞扬了瑞典文学院的决策英明。在法国政治学会举行的年会上，主持人在演讲时说，柏格森获得的这项荣誉由于举世一致的赞扬而显得更加光荣。尽管柏格森的对手是强有力的，但当瑞典文学院将此项奖颁给柏格森时，人们并不感到意外。瑞典文学院颁奖给他，主要目的是要褒奖一位哲学家，一位富有创造力且思想深邃的天才。柏格森的巨大影响力已经扩大到整个世界，而且这一影响已使整个时代烙上了他的标记。柏格森的哲学思想受到过挑战，甚至遭到反对，但是任何一种新的理论都会如此。到目前为止，柏格森著作的文学价值始终是人们所公认的。研究他作品的批评家无不极力推崇其严谨的、希腊式的典雅风格以及完美无瑕的文体，似乎在他的笔下，一切问题都迎刃而解了。

可以看出，法国舆论界对柏格森获奖是多么高兴，其得意之情溢于言表。

伍尔芙的“僧侣屋”

伍尔芙灵魂隐居的“僧侣屋”

伍尔芙在一篇参观勃朗特姐妹的故居文章中说：“一位伟大的作家其住所和周边环境能增添我们对他所著的书籍的理解。”她还说：“在文学界，不少巨匠都热衷于将住所打造成‘让灵魂隐居的秘境’，而这些房产在大师们故去后，继续吸引着全世界的读者，渴望在其中寻找属于自己的灵感缪斯。”

伍尔芙在伦敦的故居，就是她当年“让灵魂隐居的秘境”。

1919年，伍尔芙和丈夫、著名作家伦纳德买下了位于英国东苏塞克斯一栋宁静的小屋。据说这座房子曾经是十五六世纪僧侣们避难所的老房子。它的名字就叫“僧侣屋”（Monk’s House）。房子很旧，内部橡木梁柱上尽是岁月磨损的痕迹，房间格局也太小，甚至没有壁炉、澡盆和卫生间。但伍尔芙却深深地喜欢上了它那老旧的烟囱、摆放圣水的壁龛，尤其是那个花草茂密的花园。她和丈夫对“僧侣屋”进行了较大的改造。他们夫妇在此享受“乡村生活的乐趣”，散步于“有着惊人之美的风景中”，开阔的视野里有她“怀着乡愁迷恋着的风景”。1939年，他们再次对僧侣屋进行了扩建，度过一段平和的美好日子。

伍尔芙很喜欢这个地方。她在日记中描述僧侣屋所在地的美丽景致，说拥有僧侣屋让她对当地的“情感中注入了新的光泽”，还设想如果自己出的书销量好挣到钱的话，会在房子上加盖一层楼。她说自己在僧舍“太幸福了”，以至让几周时间白白消磨掉。伍尔芙的外甥昆汀·贝尔著的《伍尔夫传》也介绍了这间僧侣屋，说它是一栋乡下的“朴素住宅”，条件落后，但“住宅后面是一个盛大、凌乱的花园……花园之外是一片果园”。

作家董桥曾访问过这座伍尔芙的故居，他描述这个“山乡宅院”，说房子不怎么好，但“园林不算小，花木蓊郁，菜圃苍翠，果园繁茂”，“苹果多得不得了……艳红累累”。董桥还写道：“相传，那是僧侣僻静的庭院……（他们夫妇初搬进来时）天天点油灯，汲井水，在一亩大的土地上经营园蔬，周遭的景色跟14世纪诗人乔叟时代的景色完全一样。”

伍尔芙曾说："一个女人如果想从事写作，除了有私房钱外，还要有一间自己的屋子。"在花园围墙边上，伍尔芙还为自己搭盖了一间造型简单的小木屋。这间小木屋就是她的书房，就是她"让灵魂隐居的秘境"。她每天清晨开始写作，常常独自写作12个小时。写累了时，就会随意挪动一下书桌的位置，以便观看窗外花园里的景致。她凝视的目光有时停留在乌斯河谷和卡朋山上。她常眺望南部丘陵一带，寻找创作的灵感。

在这间小木屋里，她写出了那本有关女性主义的传世名作《一间自己的屋子》。书中通过对女性社会地位的历史和现状的分析，回答了诸如"女人应该怎样生活""女人应该怎样认识生活"等问题。她列举了许多例子来说明女人生存空间的狭小与艰难。女人若想有所建树，就必须先为自己争取到一个独立的空间，在经济上和精神上都拥有一定的自主权。

她还在这里写出了《雅各的房间》《达洛维夫人》和《灯塔行》等作品。这3部著作，将她推上"世界闻名的意识流作家"的位置。美国作家保罗·奥斯特谈及《灯塔行》，说这"绝对是我读过的最美的小说"，"它刺痛我，使我流泪，不停颤抖。她文字里的音乐感，她低沉而深刻的情绪，结构里微妙的节奏感，我被深深地打动了，以至于我想要尽可能地读得慢些，再慢些"。

如今的僧侣屋被辟为伍尔芙纪念馆，收藏了很多伍尔芙及伦纳德的艺术藏品，保留了他们曾经的生活痕迹。在伍尔芙书桌上放着信件，窗台前是伦纳德花费6年仍未完成的雕像，橱柜里有伍尔芙做果酱和面包的工具等。很多曾做客伍尔芙家的艺术家、作家和思想家，包括画家邓肯·格兰特、哲学家罗素等，都在僧侣屋留下了作品。

伍尔芙是20世纪20年代伦敦文学界的核心人物。她的家，即这座僧侣屋，是伦敦文学艺术界精英们经常聚会的场所。她邀请许多朋友来度周末，会见了众多慕名而来的拜访者。逐渐，在这里形成了一个文艺和学术的中心，也就是著名的“布鲁姆斯伯里团体”，这里面包括当时文化界的大批精英，其核心成员有：伍尔芙的丈夫作家伦纳德，艺术批评家克莱夫·贝尔，传记作家利顿·斯特雷奇，文学批评家德斯蒙德·麦卡锡，经济学家约翰·梅纳德·凯恩斯，画家邓肯·格兰特，艺术批评家罗杰·弗莱，作家福斯特等。

每个星期四晚上，这些怀有浓厚理论兴趣的年轻人从剑桥而来，聚在一起，谈天说地，谈论哲学和艺术之美。布鲁姆斯伯里团体的成员思想激进，无拘无束，绝顶聪明，全都苦苦寻找持久的幸福。他们把自己定位为伦敦的先锋派，他们质疑维多利亚时代的价值观，努力用怀疑的目光重新审视美和真的问题。哲学家罗素、诗人T·S·艾略特、乔伊斯、小说家亨利·詹姆斯和奥尔都斯·赫胥黎也与布鲁姆斯伯里团体过从甚密。

布鲁姆斯伯里团体的成员并非只是聚在一起谈论，同时也“非常勤奋、努力工作，给杂志投稿、写书、画画”，接连成名。这个团体不仅给予她友谊、智慧和信心，还将自由平等的精神灌输到她的心灵深处，使她的文学创作别开生面。1928年，她就“女性与小说”在剑桥大学发表演讲。它被称为伍尔夫的女权宣言，“奠定了女权领袖的地位”。

第一次世界大战期间，布鲁姆斯伯里团体解散了。到1920年，大部分成员才又聚集起来，另组为“记忆俱乐部”，仍然在伦敦文坛上发挥着重大影响。

伍尔芙一生命运多舛，饱受精神和情感的折磨。伍尔芙原名艾德琳·弗吉尼亚·斯蒂芬（Adeline Virginia Stephen），1882年1月25日出生于伦敦海德公园门（Hyde Park Gate）22号。这是她成长的地方，直到1904年父亲去世，她和家人才一起搬离。她父亲莱斯利·斯蒂芬爵士（Leslie Stephen）是维多利亚时代出身于剑桥的一位著名的文学评论家、学者和传记家。伍尔夫遗传了母亲的美貌和父亲的智慧。

1895年5月母亲去世，伍尔芙第一次精神崩溃。1904年2月父亲去世，伍尔芙又第二次精神崩溃，并试图跳窗自杀。1915年，伍尔芙一生中最严重的一次精神病发作，持续了9个月。患病期间，她的丈夫对她体贴入微，使她深受感动。她说：“要不是为了他的缘故，我早开枪自杀了。”

伍尔芙像

伍尔芙一生都在优雅和疯癫之间游走。有人这样描述伍尔芙：“她的记忆有着隐秘的两面——一面澄明，一面黑暗；一面寒冷，一面温热；一面是创造，一面是毁灭；一面铺洒着天堂之光，一面燃烧着地狱之火。”

1941年2月，伍尔芙完成最后一部作品《幕间》的写作。3月28日，她预感另一次精神崩溃即将开始，担心自己永远不会再好转，分别给丈夫和姐姐温妮莎留下短信。在给她丈夫的短信中写道：“亲爱的，我肯定又要发疯了……我们无法再次挺过这可怕的时刻了。”

她把石头塞满衣服口袋，跳进她家附近的欧塞河（River Ouse）。

简·莫里斯（Jan Morris）在《与弗吉尼亚·伍尔芙同行》中写道：“当她最终结束自己的生命时，她确实应该在英国的河水中了此一生。那条河就流淌在从她的住宅处可以看得见的地方，流淌在她所热爱的萨塞克斯郡土地上。人的精神到了最后也沉浸在那片大地的精神之中。”

她的丈夫伦纳德把她的骨灰安葬在僧侣屋花园的两棵榆树下面，离她钟爱的写作小屋相距只有几米远。

在她的墓碑上，刻着她撰写的小说《波浪》中的诗句：“哦，我将一头砸向你——不可征服、不可撼动的死亡！”

海明威在巴黎

丽兹酒店的海明威酒吧

巴黎旺多姆广场周边，是各大奢侈品牌的集中地。在广场的北侧，有一座低调内敛的建筑，一座在欧洲随处可见的巴洛克宫廷式建筑。楼房有五层之高，门面大概三四米宽，门口也没有醒目的招牌。只是在窗户遮阳篷上有“Ritz”的字样，从外观看来并不十分显眼。但低调的风格掩饰不住内在的霸气，因为这就是大名鼎鼎的丽兹酒店（Hotel Ritz）。

这座建筑最初建于18世纪，是一座属于豪族的私人宅邸。1898年，被称为“世界豪华酒店之父”的凯撒·丽兹将其改造为酒店，距今已有100多年的历史了。它有着最完美的服务、最奢华的设施、最精美的饮食和最高档的价格，因而享誉世界。在丹·布朗《达·芬奇密码》中，就提到了丽兹酒店客房的豪华布置。“丽兹”已经成为豪华和完美的代名词。

丽兹酒店本身就是一个传奇。这里的每一间房间每一个家具，都是古董，都有故事。100多年中，丽兹酒店接待了无数游客，其中有许多各界名流下榻于此，比如香奈儿、卓别林、罗斯福总统、斯科特·菲茨杰拉德，以及赫本等。香奈儿在酒店里有她专门的套房，她在此居住了整整30年。1997年8月31日，戴安娜王妃在这里度过了人生的最后一天。

法国大作家普鲁斯特也与丽兹酒店有着不解之缘。在他创作《追忆似水年华》时，他来丽兹酒店寻找灵感。他在这里的酒吧餐厅喝茶吃晚餐，观察着大厅里穿着睡袍、带着贵重珠宝来来往往的人们。香

巴黎旺多姆广场丽兹酒店

奈儿说，普鲁斯特会到一个隐蔽的地方与一个酒店仆人见面，给他钱，让他记下客人的姓名，以及他们吃饭穿衣，谈话的细节。当普鲁斯特出现时，所有的人都会将自己最好的一面展现出来，担心的同时，又希望自己能够成为他笔下的某个人物。

这些来来往往的各界名流，造就了丽兹酒店的灵魂，造就了酒店的传奇。

与丽兹酒店关系最密切、最有情缘、最有文学意味的客人，是美国大作家海明威。海明威非常喜欢丽兹酒店，他曾说："当我梦想进入另一个世界的天堂时，我就如同身处巴黎的丽兹酒店。"

1921年12月，20多岁的海明威作为美国《多伦多星报》驻巴黎记者，携新婚妻子哈德俐·理查森乘船从美国到了巴黎。那个时期的巴黎是世界中心，是全世界的艺术家都向往的世界之都。巴黎物美价廉，很适合艺术家这样的穷人生活。当时，"世界上最有趣的那些人"都住在巴黎。海明威刚到巴黎，就兴冲冲地在给友人写的信里说："什么在这里都很便宜。旅馆房间12法郎。两个人一顿饭，男人足量，约12法郎至14法郎，约等于50美分。葡萄酒60美分，好葡萄酒。朗姆酒14法郎一瓶。"

海明威夫妇住进位于勒穆瓦纳红衣主教路74号的公寓。这套公寓比较简陋，"一个有两居室的套间，没有热水也没有室内盥洗设施，只有一个消毒的便桶。地板上铺一块上好的弹簧褥垫当床，墙上挂着我们喜爱的画，这仍不失为一个使人感到欢乐愉快的房间"，但他们很快乐，他们在这里开始呼吸巴黎的空气。海明威知道，所有的人，纵然在巴黎多么拮据，却拥有巨大的财富——这就是巴黎本身。

如今这座公寓的墙上钉着一块纪念牌，说明这里是海明威曾经居住过的地方。牌子的最下方，摘录了《流动的盛宴》里的一句话：“这就是我们在巴黎的青春岁月，我们最贫穷、最快乐的日子。”

初到巴黎的时候，他们十分贫困，处处捉襟见肘。直到晚年，他对巴黎的穷困仍有刻骨铭心的记忆。他说，饥饿也是一种很好的锻炼，“巴黎是一座非常古老的城市，而我们却很年轻，这里什么都不简单，甚至贫穷、意外所得的钱财、月光、是与非，以及那在月光下睡在你身边人的呼吸，都不简单”。

所幸的是，海明威在巴黎结识了许多文学界的朋友。20世纪20年代的巴黎，聚集了很多文学家群体，包括不少美国作家旅居巴黎。这些后来光芒万丈的人物在这里度过了最好的青春年华。他们汇聚在这里，相互碰撞，相互激励，也相互成就。在他们的回忆里，最不可或缺的一段一定是在巴黎的时光。

海明威来巴黎之前，美国作家舍伍德·安德森给他写了一封介绍信。安德森此前曾在巴黎侨居过，结识了作家格鲁特·斯泰因、诗人庞德等人。他写了封热情洋溢的介绍信推荐海明威，说他在写作上前途无量，希望大家可以照顾一下这位年轻人。通过安德森的引荐，海明威结识了斯泰因、乔伊斯、菲茨杰拉德、埃兹拉·庞德这些美国知名作家，他们都穷尽其力地为这位年轻人提供帮助。

斯泰因（Gertrude Stein）当时已经是很有名的作家。她从1903年开始就住在巴黎。20年代，她的工作室成为侨居巴黎的英美作家、艺术家会聚的中心之一。斯泰因对很多年轻作家都有很大的影响，尤其是那些来到巴黎的美国作家。海明威后来回忆说：

我的妻子和我曾拜访过小姐……她对我们非常亲切友好，我们喜爱那挂着名画的大工作室。它正像最优良的博物馆中的一间最好的展览室，可就是没有她们那儿的暖和而舒适的大壁炉，她们招待你吃好东西，喝茶和用紫李、黄李或野覆盆子经过自然蒸馏的甜酒……

斯泰因小姐个头很大但是身材不高，像农妇般体格魁梧。她有一对美丽的眼睛和一张坚定的德国犹太人的、也可能是弗留利人的脸，而她的衣着、她的表情多变的脸以及她那好看、浓密而富有生气的移民的头发，头发的式样很可能还是大学读书时的那种，这些都使我想起一个意大利北部的农妇。

著名作家司各特·菲茨杰拉德虽然只比海明威大3岁，但早已成名，他和他的妻子泽尔达是美国的大明星，社交媒体界的宠儿，走到哪里都引人注目。他们在巴黎过着花天酒地的奢华生活，而当时的海明威还是一个不名一文，渴望成名的初学者。菲茨杰拉德对海明威十分照顾，带他进入上流社会社交圈，还为他推荐了很多资源。海明威在《流动的盛宴》里，花了很多的文字去写自己和菲茨杰拉德的故事，是全书最为生动的部分。他说：

他的才华像粉蝶翅膀上的粉末构成的图案那样自然。最初，他并不比蝴蝶了解自己翅膀那样更多地注意到自己的才华，他也不知道自从何时这些才能被洗刷和破坏。直到后来，他开始注意到他破碎了的翅膀和翅膀的结构，才明白不可能再次起飞了，因为对于飞行的热爱已经消逝。他唯一能够回忆的，是当初在天空中毫不费力飞翔的日子。

20年代的海明威是个温文尔雅，极富魅力，充满慷慨与热情的年轻人。与那些久居巴黎的文化人交际，他打开了视野，这些交往也逐渐成为他的写作素材。海明威的《太阳照常升起》被称为“迷惘的一代”代表作。据说，“迷惘的一代”这个提法就源自海明威与斯泰因的一次谈话。斯泰因去修车厂修车的时候，跟修车厂的老板闲聊，感慨现在的年轻人工作不踏实，老板说了一句“这是迷惘的一代人”，这个句子就这样为海明威专用，进而成为一代人最真实的写照。

在巴黎，海明威独自穿行于拥挤的左岸，路过热闹的人群，挑选某家安静的咖啡馆或者酒吧，点一杯咖啡，从上衣里取出笔记本和铅笔，开始埋头写作。写不下去的时候点上一杯酒。他说，那时，整个巴黎都是属于他的，而他属于那个笔记本和那支铅笔。海明威喜欢在咖啡馆中写作。他喜欢独自待在咖啡馆的浪漫氛围里。在这里，他感到自己的心灵在自由驰骋。

他最爱去的咖啡馆，是蒙帕纳斯大道尽头的丁香园咖啡馆。这个咖啡馆包裹在一片绿色植物当中，俨然是一座花园。咖啡馆内部也很舒适，在角落里，还保留着一张“海明威座椅”，椅背的铜牌上刻着海明威的名字。就是在这里，海明威阅读了菲茨杰拉德的《了不起的盖茨比》，下决心也要写一部小说。就是在这里，海明威用了两个月的时间写出了那部伟大的作品《太阳照常升起》。

海明威经常去的咖啡馆还有花神咖啡馆、双偶咖啡馆、圆顶咖啡馆，这些都是巴黎的文学坐标。比海明威稍晚一点的时候，萨特和波伏娃就经常出现在花神咖啡馆，他们在那里写作和交谈，孕育了影响世界的存在主义思潮。海明威在《流动的盛宴》中提到圣日耳曼大道上的双偶咖啡馆。他说他在双偶咖啡馆写东西时，喜欢张望对面的波拿巴街，凝望历史悠久的圣日耳曼德普雷修道院——巴黎城最古老的教堂。他忘记说的是，近代最伟大的哲学家笛卡尔的棺椁就停放在这座教堂里。

海明威非常喜欢奥德翁路12号的莎士比亚书店。莎士比亚书店不仅是一家书店，还是一家非官方借阅图书馆，向海明威这样的生活拮据的作家开放。他们可以到这里借阅买不起的书籍，读后归还。莎士比亚书店也是文人读书会友的地方，后来还扮演了出版社的角色。1922年，书店主人西尔维亚·比奇小姐出版了詹姆斯·乔伊斯的《尤利西斯》这部被视为禁书的作品，让世人尽早地认识了这位文坛奇才。在那段没钱买书的日子里，海明威读的书都是从莎士比亚书店借来的，他如饥似渴地阅读陀思妥耶夫斯基、托尔斯泰、屠格涅夫等伟大作家的作品。在那里，他发现了文学作品的新世界。

乔伊斯写作的地点就在海明威对门，红衣主教路73号，法国诗人瓦雷里的家里。海明威和乔伊斯也是非常亲密的朋友。他们一起聊天，讨论文学，甚至海明威还帮乔伊斯打过架。

当然，海明威最常出入的是丽兹酒店的酒吧。1925年的一天，海明威第一次走进丽兹酒店的大门，就与丽兹结下了不解之缘。据说海明威、菲茨杰拉德、加里·库珀都愿意花很多的时间在这家酒吧里。

丽兹酒店的海明威酒吧

他们每晚都会来，点一杯特殊调制的鸡尾酒，开始一天的工作。有的时候，海明威还到丽兹酒店住上几个星期。他的好朋友菲茨杰拉德和他一样，经常在丽兹酒店的酒吧喝得酩酊大醉。菲茨杰拉德有一篇很著名的短篇小说《一颗像丽兹酒店般大的钻石》，就是根据这家酒店取名的。

海明威在巴黎断断续续生活了好几年。那几年，海明威在巴黎度过了最贫穷也是最快乐的日子，是他一生最美好的记忆。他最后一部作品《流动的盛宴》，记录的就是自己年轻时在巴黎的生活。他说："每一个在巴黎住过的人，回忆与其他人都不相同。我们总会回到那里，不管我们是什么人，她怎么变，也不管你到达那儿有多么困难或多么容易。巴黎永远值得你去，不管你带给了她什么，你总会得到回报。"他还说："假如你有幸年轻时在巴黎生活过，那么你此后一生中不论去哪里，它都与你同在。因为巴黎是一席流动的盛宴。"

1944年8月，巴黎刚从德国军队的占领下解放出来。8月25日这一天，时任美军战地记者的海明威开着吉普车，带着一行人前往丽兹酒店。跟随他的还有大卫·布鲁斯上校，此人后来成为美国驻法大使，战前他们经常一起来丽兹的小酒吧。据此，海明威成为丽兹酒店的“解放者”。酒店值班副经理认出了这两位老顾客，谦恭地迎上去问饭店能为他们做什么。海明威看了看身后兴奋、邋遢的士兵，说：“73杯马蒂尼酒怎么样？”就这样，马蒂尼成了一款名酒。

二战结束后的一段日子，海明威几乎每天都泡在丽兹的酒吧里，帮助酒吧恢复营业，和侍者一起讨论鸡尾酒的调制，并为酒吧带去了一大批新顾客。

1957年，海明威最后一次来到巴黎，依然住在丽兹酒店。酒店对这位老顾客予以高规格的接待，将他安排在“皇后套房”。更让他意外的是，酒店的行李员给他送来了两只十几年前存放在酒店储藏室的箱子。箱子里，存放着他1921年到1926年间在巴黎的笔记，上面记

1924年的海明威

录了他初来巴黎那几年在蒙巴那斯区居住时的艰难而又快乐的生活。翻阅这些泛黄的笔记本，老海明威被年轻的自己打动。

1994年8月25日，在巴黎解放50周年的纪念日，丽兹酒店正式将“小酒吧”更名为“海明威酒吧”，并在更名的当天，酒吧特意推出了一款新调制的鸡尾酒——海明威热红酒，以表达对这位作家的敬意。酒吧里面的装潢一直保持着20世纪20年代的风格，墙上多了25张海明威的照片，他的打字机和铜质头像也都让顾客们重温起当年的氛围和情调。

乔万尼斯科格纳米格利奥(Giovanni Scognamiglio)绘油画《马国贤向他的四个学生读福音书》

马国贤与东方学院

那不勒斯是意大利南部的一个古老的城市。它坐落在那不勒斯海湾，风光绮丽，是地中海著名的风景名胜之一，被人们称颂为“阳光和快乐之城”。这里一年四季阳光普照，那波利的民谣传遍世界。

那不勒斯最初是希腊人建立的城邦。公元前7世纪，附近的希腊殖民地库迈的居民建立了一座名叫帕耳忒诺珀的城市，库迈是由来自希腊优卑亚岛的居民所创建。“帕耳忒诺珀”是希腊神话中一个塞壬（海妖）的名字，传说她是那不勒斯的创建者。后来，库迈人在旧帕耳忒诺珀的近旁又创建了尼亚波利（Neápolis，意为“新城”）。那不勒斯湾的新旧两城，就成为今天那不勒斯城的基础。

后来，那不勒斯被罗马人占领，成为一个罗马殖民地。罗马人是希腊文明的赞赏者和继承者，那不勒斯的希腊化文明传统受到罗马人相当的尊重。这里的人民保持着他们的希腊语和风俗，兴建了精致的别墅、高架渠、公共浴场、音乐厅、剧院和神庙，克劳狄一世和提庇留等多位罗马皇帝也选择在这里度假。据说在基督教传入那不勒斯时，彼得和保罗两位使徒都曾经来此布道。而圣亚努阿里乌斯也在此殉道，后来被尊为该市的主保圣人。

此后的岁月，那不勒斯和罗马帝国的兴衰同行，几度易主。只是岁月流转，江山换代，唯有古城魅力不减。罗马人、诺曼人和西班牙人都在该市留下了自己的印记，世代建立的教堂、宫殿和广场层层叠叠，不断为这座古城增添风采和文明的气息。

我有一位当地的青年朋友，他的中文名字叫谢宗旭，是在那不勒斯大学读汉学方向的博士。我在那不勒斯的行程都是他安排的。谢宗旭先安排我去坐落在梅加里德斯（Megarides）小岛上的“蛋堡”（Castel dell'Ovo）参观，这是那不勒斯最古老的城堡，有着两千多年的历史。

梅加里德斯小岛是当年希腊人建城的最初核心地区。传说，公元前6世纪建立城堡的时候，被巫师放置了一枚鸡蛋，如果鸡蛋破碎，城堡便会随即消失，而且还会给那不勒斯带来灾难。公元前1世纪，罗马贵族卢库勒斯在此建造华丽别墅Castellum Lucullanum。476年，西罗马最后一位皇帝罗慕洛·奥古斯都被罗马军队统帅奥多亚克流放在这座小岛上。到了5世纪，一个教会团体在此兴建了教堂。9世纪以后，被轮番统治过那不勒斯的诺曼、日耳曼、法国安茹、西班牙贵族改建成为防御性建筑。

蛋堡四面峭壁，惊涛拍岸，是当地眺望那不勒斯湾最好的位置之一，日落时分，远看着巨大的落日潜入海平面，无限浪漫。

接着，我们去参观那不勒斯王宫。王宫位于那不勒斯市中心，是一栋米白色的三层建筑。以宫顶中间矗立的三层钟塔为中轴线，王宫二层和三层左右两侧的20扇窗户相互对称，一层则为左右对称的拱门。王宫建于1600年，是西班牙统治时期那不勒斯王的居所。之后的数次修建都是那不勒斯历史交替的见证。18世纪波旁王朝统治期间，王宫被作为波旁王朝的宫殿。1888年时，在相隔的拱门间放置了8尊那不勒斯重要国王的雕像。从对面的民意表决广场（Piazza del Plebiscito）望去，整栋建筑质朴大气，格外开阔。

我们还去参观了民意表决广场和大教堂，穿过街边的一片片民居，行走在城市的小巷，感受当地独特的风情和文化气氛。最后，我们去访问那不勒斯大学东方学院，寻找马国贤的踪迹。

马国贤（Matteo Ripa）清朝康熙年间来华的传教士。马国贤出生于那不勒斯南部的爱波里小镇，15岁时被送往那不勒斯求学。18岁那年，他立下决心要传播福音，希望能得到赴东方传教的任务。1707年，马国贤和另外5位传教士于当年10月13日开始了东方之旅，从荷兰鹿特丹出海，先到伦敦经南非好望角，最后于1710年1月抵达澳门。

那时候来中国的传教士，都是一些饱学之士，其中有一些人任职于宫廷，直接为皇帝服务。此前，康熙帝曾托多罗主教代请教皇物色长于艺术与科学的教士，供职宫廷。多罗主教函告康熙，有教士6人新近来华，里面有3个人是深谙数学、音乐、绘画的。此3个人即指山遥瞻、德里格和马国贤。康熙接到多罗主教的奏折后，立即谕令两广总督赵弘灿处理此事。两广总督赵弘灿安排马国贤在广州一方面学习汉画，一方面接受绘画方面的水平测试，绘制山水画和人物画。马国贤绘制了10幅画，赵弘灿见后大为欣赏，敦请马国贤为他临摹了一幅，并让马国贤画了一幅真人肖像，招来很多人围观。赵弘灿派人将马国贤的画作急速送京，康熙对此十分满意，下令准其一行入京。

1711年，马国贤到达北京。在觐见康熙后，他随即开始了他的“宫廷画师”工作。他在回忆录中说：“根据陛下的旨意，2月7日我进宫，被带到了一个油画家的画室。他们都是最早把油画艺术引进中国的耶稣会士年神父的学生。一番礼貌的接待之后，这些先生给了我一些画笔、颜料和画布，让我可以开始画画。”

马国贤在清宫服务了13年。正是他开创了中西绘画结合之路。马国贤在清宫的身份实际上是御用画师，他必须考虑自己的绘画是否能令康熙满意，这使他必须面对如何处理西方绘画和中国绘画两大传统的问题。马国贤早期创作的一些人物和风景画作品，如《桐荫仕女图屏》《各国人物屏》《通景山水屏》等，都在一定程度上借鉴了中国画的手法。马国贤精于雕、琢、绘、塑，深为康熙所重。

马国贤将西方的铜版画制作技术介绍到中国。马国贤来华前并未制作过铜版画，只是有些基本的了解。到中国后，他自己动手制作了相关设备，多次试验后成功掌握了镌刻铜版的技术。1713年，康熙让马国贤主持印制铜版《御制避暑山庄三十六景诗图》，马国贤因而成为中国镌刻铜版画的创始人。马国贤在镌刻铜版时糅进了西洋绘画的手法，他的铜版图是中国绘画艺术与西方版画雕刻艺术的一次完美结合。同时，他也积极培养一批中国神职学员，并辅导他们学习宗教画，这些学生以殷若望、谷文耀、黄巴桐、吴露爵等最有名。

1719年，马国贤在距北京100公里的古北口，自办一所学校专收中国学生，授予神学，这是教廷传信部在北京的第一所学校。1723年，亦即雍正元年，马国贤带着4个年幼的中国学生和他们的老师回到欧洲。他们在途经伦敦时，受到英国国王乔治一世的两次会见，并邀请他们共进晚餐。1724年9月12日的伦敦《每日邮报》报道说："有一些中国贵族抵达我们国家，立即被英王召见，受到空前未有的礼遇。他们很光荣地吻了国王的手……"在觐见英国国王时，马国贤进献了他绘制的一幅包括中国、日本在内的地图副本。这幅地图至今仍保存在大英博物馆内。

随后，马国贤带领这几位中国人回到自己的家乡那不勒斯。

在教皇格利门十二世的特许下，马国贤在那不勒斯创立了专门培训中国人的"中国学院"（Collegio dei Cinesi），自任总管。这是欧洲第一个旨在培养赴华神职人员的机构，在教学内容方面，学院开设了中文课，后来还增加了一些中国周边国家的语言课。1729年9月29日，法国哲学家孟德斯鸠在那不勒斯拜访了马国贤。

这个学院后来被意大利政府接管，改称"东方学院"（Istituto Orientale）。这所学院是欧洲最早专门从事中国研究的机构，为欧洲的汉学研究做了许多初创工作。其中学院用意大利文翻译了《三字经》、唐宋古诗文，还有中国各地方言的语法书。马国贤本人编写了一本《中文拉丁文词典》。这个学院后来发展成为意大利的汉学研究中心。直到今天，那不勒斯东方大学仍然以一幅18世纪的油画作为学校简介的封面，画面上是学校创建者马国贤和他的两位中国弟子，远景中依稀可以见到中国学院当年的建筑。

东方学院位于那不勒斯的老城区。走过狭窄的街巷，我来到一个小广场，前面就是东方学院的主楼。这是一座很古老的建筑，陈旧的红砖墙壁，古老的门廊，老式的庭院，都似乎述说着它所经历的沧桑岁月。寻找马国贤的踪迹，就在这所大学里。他在这里度过了人生的最后岁月。那回廊、广场、街巷，都可能闪过马国贤匆忙的身影。

那不勒斯东方大学

我在那不勒斯东方学院受到老师们的欢迎。他们热情地领我参观学院的图书馆和会议室、教室，会议室的墙壁上挂着一幅巨大的利玛窦地图，铺满整面墙。我与学院的负责人和教授们进行了座谈，他们给我介绍了学院的历史，讲到他们的教学和研究。现在，东方学院已经是整个意大利最重要的汉学研究中心之一。

我在东方学院马国贤曾经工作过的地方，亲身体会和感受到了这座最早的欧洲汉学机构浓郁的学术气氛。

傍晚，我坐在风光明媚的桑塔露琪亚海岸边，看着这里美丽的日落景色，隔着那不勒斯湾，眺望远处维苏威火山的雄姿。我在这里坐了许久，眼看着夜幕徐徐降落。华灯初上，又是一片宁静的夜景。夜景中的那不勒斯很迷人。

毛姆像

毛姆与
辜鸿铭的会见

毛姆是英国著名的作家，他的小说《月亮与六便士》《刀锋》等都有着广泛的影响。1919年，毛姆在他的秘书陪同下来到中国，先是沿长江上溯1500多英里，然后改走陆路来到上海，前后4个多月，收集了大量的创作素材。

毛姆为中国之行做了很多准备，他可能查阅了很多的资料，熟悉了一些中国的社会形态、政治架构、平民百姓的日常生活状态等。毛姆来中国的目的，就是想写一本书，一本能够让英国、法国等欧洲的读者了解和熟悉中国人生活状态的书籍。以毛姆的写作经验来看，中国作为一个贫穷、僵化、不思进取、停滞不前的国度，却有着几千年的悠久和伟大的文化，在这里面到底积聚了多少奇绝、陆离的事物呢？以这样的背景、事件和人物演绎成一部作品，在欧洲的蔑视中国的人文环境里可能会有意想不到的成功。他说："我到中国去，是怀着对艺术和古物感兴趣的旅行者的心情去的，要去看这个有古老文明的人民有些什么奇异的风俗和礼仪；但也想到我一定会遇到不同种类的人，去认识他们的话，会增加我的经验。"

在中国期间，毛姆曾专程去拜见他心目中"现代中国儒家学说最为权威的学者"辜鸿铭。毛姆读过托尔斯泰于1906年写给辜鸿铭的长信，后又读过他写的《中国人的精神》。毛姆对辜鸿铭和神秘的东方哲学充满了向往之情，所以便有了此次的中国之行。那一年毛姆46岁，辜鸿铭63岁。毛姆刚刚走过了他生命中的一半岁月，而辜鸿铭的时间已经不多了。

毛姆对这次会见满怀期待，他写道："前去拜访（辜鸿铭）是我这次艰苦旅程的愿望之一。他是现代中国儒家学说最为权威的学者。据说他能流利地讲英语和德语，他多年担任慈禧太后的一个大总督的幕僚，但如今过着退隐的生活。然而全年中每个星期的某些天里，他会敞开大门进行诸如切磋学问、讲授儒学的活动。他有一批门徒，但人数不多，因为比起他那朴素的寓所和严厉的训诫，大部分学生更喜欢外国大学华丽的建筑和洋人有用的科学；而在他看来，这都不值得

辜鸿铭像

提起也不屑一顾。从听到的所有情况我可以推断，他是一个有个性的人。”

辜鸿铭是清末民初大名鼎鼎的文化人物。张中行在《负暄续话》中说：他“先后在英国、德国读书，其后还到过法、意、奥等国，肚子里装了不少西方的书和知识，更出色的是通英、法、德、拉丁、希腊等几种语言，尤其英文……获得十几个学位，其中一个本土的是宣统皇帝赐的文科进士，也许就是因此而入了《清史稿》。”辜鸿铭当过清末大臣张之洞的幕僚、外务部左丞。辛亥革命后，应蔡元培之邀，任教于北京大学。他面向西方人撰写的《中国人的精神》，他翻译的《四书》，在欧洲文化界流传很广，因此，辜鸿铭在国外声名远播，有“到北京可以不看三大殿，不可不看辜鸿铭”之说。外国的著名作家、诗人、学者，来中国会见他的有印度的泰戈尔、日本的芥川龙之介等。

毛姆是在哪里见到辜鸿铭的呢？有的文章说是在北京，还详细地描绘了辜鸿铭在北京的住宅。但按照毛姆的记载，好像应该是西南的一座城市，应该是在重庆。他写道："这一个在我看来如此偏僻的地方，竟能发现这样庞大的一个城市，真让人感到惊奇。站在它面向落日的城楼上，你能看到西藏的雪山。城里人口众多，你只有在城墙上才能走得自由自在，一个腿脚快的人走城墙一圈要花3个小时。1000英里内没有铁路，河道很浅，只有载重不大的平底船能够安全航行。坐舢板需要5天才能抵达长江上游。"他说："在这座城市里住着一个著名的哲学家。"

不管是在哪里，反正他们见了面。但是他们见面的过程却颇为周折。毛姆先是派接待他的人去送一张便条约辜鸿铭来见，辜傲然不理。几天过后，毛姆意识到"以这样傲慢的方式去接近一位哲学家是不合适的"，于是亲笔写了一封极为客气的信，询问可否登门叩访，这才得到辜鸿铭的应允，"约定第二天上午10点钟见面"。

毛姆说："我是坐轿子去的，路长得好像没完没了，我走过拥挤的市街，又走过冷僻的街道，直到最后来到一条寂静、空荡的街上，一长线白粉墙上的一个小门前，轿夫放下了轿子。"门开后，由一个青年领着毛姆，"通过一个破旧失修的庭院，被引进一间长而低矮的家具稀少的房间"。房间里有美国产的写字台，有紫檀木椅、中国几桌，靠墙摆的书架上有很多书，绝大多数是中文书，也有许多英文、法文和德文的哲学和科学书籍，还有几百册未装订的学术期刊。在没有被书架占着的墙上，挂着不同风格的书法条幅。桌上的长颈花瓶里插着黄色菊花。

落座后，仆人奉上一听纸烟和一杯香茶。在他打量墙上的字画时，辜鸿铭穿着马褂踱了进来。二人握手后，重又坐下。辜鸿铭先开口了，那一口流利地道的英语让毛姆吃了一惊，听了他的话更吃了一惊。辜鸿铭说："先生想来见我，真是荣幸之至。因为贵国人只同苦力和买办打交道，他们大概以为所有的中国人不是苦力就是买办。"

在毛姆不知所措之时，辜鸿铭又说："所以你们以为只需招招手，我们就得过来。"

毛姆只得不断向面前这位高大瘦身、戴着小帽、后面拖着灰白小辫，早已在欧洲扬名立万的中国学者道歉。

他们谈到了哲学。辜鸿铭说："英国人对于哲学没有多大颖悟。"毛姆提示他："我们有一些哲学家对于世界思想也不是没有影响的。"辜鸿铭言辞犀利地说："休谟和伯克利吗？在牛津教课的哲学家们中，当日我在那里总不想去冒犯他们神学上的那些同事。他们并不顺着他们的思想达到逻辑的推断，以免他们的大学社会的地位万一发生危险。"毛姆问他："你读过现代发展起来的美国哲学吗？"辜鸿铭回答："你是说实用主义吗？那是那些想要相信难以置信的事情者的最后避难所。我倒认为美国石油比美国哲学对我们更为有用。"

辜鸿铭言辞咄咄逼人："那么为什么白种人看不起黄种人？要我告诉你吗？因为他发明了机枪。那就是你们的优越性……当黄种人能够把枪炮做得和白种人一样好，射得一样准，那你们的优越性又在哪里？"

在毛姆的眼中，辜鸿铭给他的印象都与那条辫子有关："有一条细小灰色的辫子和一双大而明亮的眼睛"，辜鸿铭"把辫子拉到手上，'这是一个标志，我是旧中国的最后的代表'"。

当毛姆告别时，辜鸿铭表示要送他一个纪念品。毛姆说："就送我一张你书法的范本吧。"

辜鸿铭很高兴，在一张宣纸上挥毫写了他自己的两首小诗。毛姆不懂中文，望着墨写的中国字，"它们在纸上构成一种惬意的图样"。

他想请辜鸿铭翻译一下，他回答说："你别指望我出卖自己。请你的英国朋友帮忙吧。那些中国通其实一无所知，但你至少可以找到一个人，能够给你粗略而简单地翻译几行。"

毛姆归国后，请汉学家译出后，真叫他哭笑不得，竟然是一首写给青楼女子的情书："你不爱我时：你的声音甜蜜；你笑意盈盈；素手纤纤。然而你爱我了：你的声音凄楚；你眼泪汪汪；玉手让人痛惜。悲哀啊悲哀，莫非爱情使你不再可爱。"

与辜鸿铭的会见，给毛姆留下极为深刻的印象。在毛姆看来，辜鸿铭果然个性十足。辜鸿铭所有的狷狂、孤傲、迂腐、落拓、悲哀甚至恶作剧都证明了他的一个观点：哲学关乎个性，而不是逻辑。

毛姆与辜鸿铭的会见，是中西文人之间交往的一个趣话。但毛姆的中国之行，使他对中国人充满了好奇。毛姆是个敏锐的观察者和高明的聆听者。他观察他们，不动声色，多用白描和记叙，而没有西方人的文化优越感和自豪感。

回国以后，从1922年起，毛姆发表了一系列涉及中国和远东的作品，包括戏剧《苏伊士之东》、散文集《在中国画屏上》、长篇小说《面纱》、中篇小说《信》、短篇小说集《阿金》等，其中《在中国画屏上》是反映毛姆中国印象的代表之作。有的西方评论者所指出的，《在中国画屏上》这一标题的象征功能异常丰富，里面有着多重含义。首先，屏风上的画面介于连续与不连续之间，以此概括58篇联系松散的速写，颇为精当。其次，在20世纪初期，绝大部分英国人对于中国背景的认识不过是"中国式屏风"，这样的屏风曾经充斥在维多利亚时期的英国客厅中，不一定是"中国制造"，但是有着"中国趣味”，亭台楼阁、山林湖泊，有“东方装扮”的小人儿徜徉其间，Chinese Screen 是“异国情调”的代名词，反映的是英国人的中国想象。英国人与中国人隔着无形的屏风，声气相闻而又自行其是，形成反差极大的两个世界，特别是英国人的老大心态，使这种屏风根深蒂固，难以逾越。对这种一屏障目不见泰山的现象，毛姆是颇有微词的，他希望向英国读者提供他所看到的中国的一幅真实而生动的画面，所谓的“在中国屏风上”更多的是反讽的手法。

毛姆本人对美很敏感，对于理解中国的审美观也很热忱。在毛姆的眼中，中国是一个文化历史悠久、古老神秘的国度，同时又是一个愚昧专制落后的所在。毛姆批判当时中国现状，但对中国传统文化则向往而仰慕。他赞美长城的“巨大、雄伟、令人敬畏”，“静静地耸立在薄雾之中”；赞叹最贫穷的村庄里农家简朴的门上那可爱的雕刻，窗户的花格所构成的复杂而优美的图案，古桥的栏杆上栩栩如生的狮子或龙的雕像。

英国作家毛姆在其笔下刻画的中国形象，在西方社会产生过很大影响。毛姆对中国形象的塑造是亲历中国之后，根据其见闻和感受创作的较为客观的形象。毛姆在作品中对中国形象进行多方位构筑，有对自然、社会、人文风俗的描绘，更多的是对人物形象的刻画。毛姆以双重视角体察那个时代的中国现实，并以冷峻客观的笔触展示出一幅中国形象素描。毛姆作为一个具有开阔文化视野的西方作家，他笔下的中国形象为读者呈现了一个相对客观的中国。

镇江赛珍珠故居

“镇江女儿”的中国灵魂

在镇江，面对着长江的滔滔江水，有一座叫作润州山的小山。沿着蜿蜒的润州山路，走到山顶上，有一座青砖木结构的二层小楼。从这幢房子的窗口望去，就可以俯瞰长江。屋子的一侧居民稠密，房屋鳞集，另一边，有矮矮的群山，栽有花木和竹林的美丽的山谷。这幢小楼就是美国作家赛珍珠（Pearl S. Buck）的故居。现在，这里被命名为“镇江市友好交流馆”，收存陈列着赛珍珠的著作和相关物品、资料以及其他与中美友好交往相关的展品。故居的边上是赛珍珠纪念馆。

赛珍珠的故居门前有一块牌子，说明这是一栋东印度风格的建筑，但可能也是英国人殖民印度以后的风格，实际上很有民国时代的建筑风情。走进大门，百年前江南民居的古朴气氛迎面而来。楼下是起居室和餐厅，起居室的地板上铺着花地毯，餐厅里的那张餐桌据说是赛珍珠母亲生前最喜欢的样式，右边是保姆王阿妈的卧室，有一个老式的铜油灯和观音像。楼上是赛珍珠及父母卧室、书房。赛珍珠在这里度过了18年难以忘怀的童年和青少年时光，所以有人说赛珍珠是“镇江的女儿”。

赛珍珠的父母是美国南长老会传教士，1880年7月婚后不久即被派驻中国，两人分别起了中文名字，叫赛兆祥和凯丽。赛珍珠出生后，刚满3个多月，便被父母带到清江浦（今江苏淮安）。两年后他们移居镇江。当时镇江有2000多名外国人，在西津古渡还有英国领事馆。赛珍珠的父母他们没有选择条件舒适的洋人住所，起初他们居住在古运河边的一座临江的二层楼房，后来就搬到了润州山上的这幢房子里。赛珍珠从小就和中国人“混在一起”，和中国孩子一样玩耍，说中国官话，写汉字，穿中国衣服，与底层百姓朝夕相处，了解当地人的生活情状，熟悉中国社会的风土人情。赛珍珠经常跑到邻居家吃饭，她甚至喜欢上穷人家的饭菜：糙米粥、咸鱼、豆腐、锅巴，她经常在回自己家里吃饭时，肚子已经饱了。

在镇江时，赛珍珠的父亲每年花费数月时间离家巡回来往各地农村进行传教，他“总是带了些冒险经历的故事回家”。年幼的赛珍珠和妹妹更多地随着母亲凯丽以及一名中国保姆生活。凯丽女士在镇江创立了一间小的医务室，帮助照料那些来此医治的中国妇女。保姆王阿妈是扬州商人的女儿，因为太平天国动乱全家被杀，她是被人用绳子系在一口枯井里才大难不死，后来沦落为“下等人”当保姆。在赛珍珠的童年记忆里，王阿妈似乎有讲不完的神话和鬼怪故事，比如“白娘子水漫金山”“刘备招亲的甘露寺”都发生在镇江，这种看得见、摸得着的文学故事对赛珍珠的人生影响很大。王阿妈还经常带赛珍珠到寺庙院子和乡间打谷场上看戏。赛珍珠说：“我绝不会忘记在我童年时代的另一个重要人物，那就是我的中国老保姆。她照料我们全家，并和我们共同生活长达18年之久。她给我讲她童年的故事，和她曾生活在那太平天国起义时的极端恐惧中。我花了许多长长的但愉快的下午来倾听；而她一边补缀袜子，一边讲她的家和家族遭遇到的意外事件。她也常常给我吃些芝麻糖或是一碗特别美味的点心。”正是王阿妈的“文学启蒙”和“戏文教化”，日后孕育出了一位世界级的大作家。

1900年，中国北方发生义和团运动，给作为西方人的赛珍珠一家带来极大的麻烦，母亲凯丽带着孩子们逃往上海，在那里她们受尽了等待的煎熬，她们盼望着来自父亲赛兆祥是吉或凶的讯息。这一年的晚些时候，全家终获团聚并返美生活，这是赛珍珠首次回到美国故乡。两年后他们一家回到中国，父母还为她请了一位姓孔的先生做家教，接受传统的私塾式教育。这个“高高瘦瘦、非常庄重、非常威严，穿着长袍，梳着一根黑亮的辫子”的中年人，有非常高的学养，虽出身世家，却和王阿妈一样，在外逃难和漂泊，后来幸运地被赛家聘为家庭教师。在3年的时间里，孔先生每天下午都会用他纯正的北京话，给赛珍珠讲四书五经、朗诵古典诗词，孔先生为赛珍珠打下了开明的、探索性的、不受教会管辖的教育基础，为她打开了一扇走进中国传统文化的大门。她不仅熟悉了中国传统典籍，还能写一手秀美的楷书，甚至能动手自刻印章。

赛珍珠后来回忆道：

> 我在一个双重世界长大——一个是父母的美国人长老会世界，一个小而干净的白人世界；另一个是忠实可爱的中国人世界——两者之间隔着一堵墙。在中国人的世界里，我说话、做事、吃饭都和中国人一样，思想感情也与其息息相通。我熟悉那里的每一寸土地，就像熟悉我脸上的皱纹一样……
>
> 我真的很难说清自己究竟属于世界的哪一边……我忠于亚洲，更确切地说是中国，就像我忠于自己的国家一样。

在赛珍珠的人生记忆里，中国永远像家一样舒适。包括她人生暮年的孤独和挫折，支撑和温暖她的还是来自童年在镇江时的那一道光亮。她说：

> 当我生活在中国人民当中的时候，是中国人民给了我最大的愉快和兴趣。当人们问我他们是何种人的时候，我回答不出。他们不是这或者那。我无法给他们下定义，正如我无法给我自己的亲戚朋友下定义一样。我与他们如此接近，曾

与他们如此亲密地一起生活过，无法给他们下定义。

赛珍珠18岁时回到美国，进入位于弗吉尼亚州伦道夫的梅康女子学院攻读心理学。赛珍珠觉得她的大学生活并不愉快，因为她在中国生活太久，她的言谈举止和打扮装束（头扎两条辫子），引起了她的美国同学们极大的好奇，大家几乎把她看成是来自另一个星球的人，同学们对她来自中国所表现出来的惊讶态度常常令她反感，所以不久她就把自己打扮得"至少表面上仿佛跟她们一样了"。1914年11月，赛珍珠返回中国镇江，接替母亲的教会工作，并先后在崇实女校和润州中学教英文。

1917年她与美国农业专家约翰·洛辛·布克（John Buck）结婚。婚后，赛珍珠随丈夫来到贫穷的安徽宿县（现安徽省宿州市）。布克做农业考察，她便和他一起下乡，不时客串翻译。她因此接触了许多目不识丁、从未见过西方人的农民，还和一些农妇交上了朋友，把住处临时改成了一间女子学校。3年的农村生活，让她目睹了中国最广大的人群如何在艰难困苦中挣扎拼搏。其间的愚昧和智慧，卑微与伟大，都深深震动着她的心灵，成为她日后创作《大地》三部曲最主要的材料来源。

1919年下半年，约翰·布克到美国教会创办的金陵大学农学院任教，赛珍珠随夫迁居南京，在金陵大学外语系和农林系教授英文，并在东南大学、中央大学（南京大学）兼职教授教育学和英文等课。赛珍珠后来深情回忆这段日子："在这里，我生活的一部分是在金陵大学、东南大学和后来的南京大学教书，教授英国文学……我住在南京的一所旧砖瓦房子里，房子四周是我喜欢的大花园。在那里，种树栽花，我丈夫培植蔬菜。我们在花园里，夏天在这里进餐，朋友们带着孩子同我们一起在这里游憩。”

赛珍珠在南京大学的住处如今也开辟为赛珍珠故居。这座灰砖小洋楼坐落在南京大学鼓楼校区内的西边围墙附近，红漆木门，绿植环绕，木门上面有一个匾额，镌刻着鎏金的繁体汉字“赛珍珠纪念馆”。在故居小楼前，有一座赛珍珠的铜坐像，小楼的一层是会客室。墙壁上是赛珍珠美丽优雅的照片，书房里陈列着赛珍珠各种版本的文学作品。第三层是阁楼。赛珍珠说，从这阁楼的窗户可以望见紫金山。她喜欢这座山，“紫金山巅陡峭险峻，记得七月的一天，我独自爬上峰顶，举目眺望，惊奇不已；山北侧，遍地盛开着野栀子花，蓝中透红，光彩夺目。此后，我每年都想到山顶赏此美景，这一奇观我将永生不忘。”

赛珍珠就是在这个小阁楼窗前的桌子上，完成了《大地》的写作与翻译，完成了后来为她获得诺贝尔文学奖的全部作品。1929年，赛珍珠开始写小说《王龙》，仅仅3个月就脱稿了。

《王龙》描写了中国农民王龙从一无所有到成为富户的故事，围绕农民与土地的关系，从家族的兴衰和人性的变化，揭示了农民的生命源于土地这一永恒的主题。那独特的东方情调和浓郁的乡土气息，使西方人第一次真切地感受到古老中国的魅力，尽管贫穷、混乱、水深火热，但中国农民对土地的眷恋深深地打动了他们。赛珍珠说：“我已经学会了热爱那里的农民，他们如此勇敢，如此勤劳，如此乐观而不依赖别人的帮助。长久以来我就决定为他们讲话。”

这部初名《王龙》的小说，在出版商的建议下改名为《大地》。

1931年3月，《大地》（*The Good Earth*）在美国出版，一经问世立刻引起了轰动，成为全美最畅销的小说，当年便卖出了180万册，连续22个月荣登美国畅销书榜首。

这部小说的英文版印行70多版次，据统计，它的许多版本和重印本累计达到200万册。此外，《大地》还被德、法、荷兰、瑞典、丹麦、挪威等60多个国家翻译成上百种文字和方言出版，风靡全球。1932年5月，《大地》获美国哥伦比亚大学普利策小说奖、豪厄尔斯奖章，赛珍珠被选为美国文学院院士，荣膺十几个名誉学位称号。《大地》还被改编成话剧在纽约上演。1933年，米高梅公司开始筹拍电影《大地》，1937年公映后获得极大成功，据其制片商统计，大约有2300万美国人和4200万世界各地的人们观看过这部电影，演王龙妻子阿兰的路伊斯·莱纳因之赢得了当年的奥斯卡最佳女主角。

1938年11月，赛珍珠将《大地》系列的7部作品提交诺贝尔文学委员会评选。这些作品以宏大的背景和全新的视角征服了众多评委，诺贝尔文学委员会的评语是："由于她对中国农民生活作了丰富多彩和史诗般的描述，并著有两部杰出的传记，特授此奖。"

赛珍珠成为美国历史上第一个获得诺贝尔奖的女作家，也是世界上用英文写中国题材获此殊荣的第一人。在诺贝尔文学奖的授奖大会上，她激动地说：

> 中国人民的生活多年来就是我的生活，的确，他们的生活始终是我的生活的一部分。我的祖国与我的第二祖国的人民的心灵在许多方面有相通之处。其中最重要的是，他们都酷爱自由。这一点在当今的中国比以往任何时候都更真实。

目前中国举国上下正在进行着有史以来最伟大的战争——为自由而战（指抗日战争）。我从未像现在这样对中国充满了敬仰之情。

但是，赛珍珠的获奖在当时的美国文坛却遭到群起而攻之。她的作品虽然畅销，但其书写的中国，时至今日也仍然算是边缘题材。按资历也轮不上她，而赛珍珠的女性身份，也让当时相当一部分男性作家大为不满。比如威廉·福克纳就不无酸意地说，自己情愿不拿诺贝尔文学奖，也不愿同“赛中国通夫人”为伍。美国大诗人罗伯特·福斯特说：“如果她都能得到诺贝尔文学奖，那么每个人得奖都不该成为问题。”

在西方，赛珍珠的《大地》等作品赢得了广大的读者，震撼了西方人的心灵，引起了人们对中国的同情和关心。在赛珍珠的时代，上至政治领袖下至清洁工，无一不读她的小说。抗战时期，美国募捐委员会主席写信感谢赛珍珠，说许多募捐者看了《大地》三部曲才了解中国而慷慨解囊。海伦·斯诺夫人说，她就是在当初读了《大地》后才决心来中国的。一位德国老太埃尔娜·罗莱德夫人也是从赛珍珠的著作中，产生了探访遥远而古老的中国的强烈愿望，她90岁了，已来中国9次。

赛珍珠是第一个因描写中国而获得诺贝尔文学奖的西方作家，她对于中国文学特别是中国小说十分推崇。在所有的中国古典小说中，赛珍珠最喜爱、最崇拜的是《水浒传》。她用5年教书的业余时间翻译了这部古典名著，受《论语》里“四海之内，皆兄弟也”的启发，纽约

1933年出版的这部上下卷译著即以*All Men Are Brothers*（《四海之内皆兄弟》）为名，这是《水浒传》第一个英文全译本。这部书刚一推出便成为畅销书，蹿上了美国权威“每月图书俱乐部”排行榜首，评论称赞赛珍珠“为中国历史题材小说做出了开拓性贡献”。林语堂曾对赛珍珠说：“多亏你的译本，使这部名著全球闻名。现在国外甚至有人将施耐庵比作荷马，称赞中国也有《伊利亚特》《奥德赛》那样的作品。”

赛珍珠一家合影

抗日战争爆发后，赛珍珠在美国密切关注中国的命运，为支援中国的抗战做宣传。她应宋庆龄之邀，出任“保卫中国同盟”的荣誉委员，号召美国文化界新闻界，成立了“美国中国救济事业联合会”，说服罗斯福总统夫人出任该会荣誉主席，为援华筹集了大量的资金。

1940年，赛珍珠建立了一个民间团体“东西方协会”。她利用这个协会主办的《亚洲》杂志，宣传中国抗战和介绍抗战中国，鲁迅、茅盾、郭沫若、柔石、丁玲、萧乾、萧红等人的翻译作品，都经赛珍珠之手与西方读者见面。埃德加·斯诺的《红星照耀下的中国》（《西行漫记》）就是首先在这个刊物上发表的。

赛珍珠自获得诺贝尔文学奖以后，又创作了大批反映中国抗战内容的作品。从1939年至1945年，共有长篇小说5部、剧本7部、散文4篇，编著《中国木刻》1本。1942年出版的《龙种》以南京大屠杀为背景，描写了1937年至1941年南京西郊村民的生活和斗争。作品揭露这场屠杀带来家破人亡、妻离子散的巨大灾难，歌颂普通民众磨炼成长、奋起杀敌的英雄壮举。这是世界上第一部以英文向西方揭露日军在南京大屠杀的罪行的长篇小说。许多读者把它当成“来自中国抗日前线的真实报告”。《龙种》这本书一经推出就大受欢迎，初版29万册，后来又多次再版。《龙种》于1944年被拍成电影，主演是凯瑟琳·赫本，把中国形象推荐给美国大众。

赛珍珠致力于中西文化交流的业绩受到人们的广泛赞扬。在她去世时，美国总统尼克松出席了为她举行的追悼会，他在悼词中称赞“她是一座沟通东西方文明的人桥，一位伟大的艺术家，一位敏感而富于同情心的人”。

1998年10月18日，美国前总统乔治·布什访问赛珍珠曾经执教过的南京大学，参观了赛珍珠故居，他说："像千千万万美国人一样，我当初对中国的了解，以至后来对中国的爱慕，就是受赛珍珠的影响，这些都是从读她的小说开始的……赛珍珠对美中两国最大的功绩，就是她在美国人民的心目中创造了一个中国人民是不可动摇的良好信念。"

威廉·燕卜荪像

游吟中国的英国诗人

20世纪二三十年代，在中国的许多高校里，特别是清华北大这样的名校，都聘请了一些西方专家任教。在这些专家中，有一位英国人威廉·燕卜荪，他在中国的讲学活动对于艾略特等人的西方诗歌在中国的传播，以及对于中国现代诗歌的发展都有很大的影响。他在中国的时候，正值抗日战争爆发，于是，他的身影也出现在南下转移的学生队伍中。

威廉·燕卜荪（William Empson）是英国著名文学批评家、诗人。1925年，他考入剑桥大学玛德琳学院读数学，两年后在数学学位考试中获得第一名，并开始以剧作家和诗人的身份被人所知。1928年，与他人共同创办了《实验》杂志，力图将艺术实验、哲学实验与科学实验结合起来，结果被斥为“聪明的年轻人可悲地尽讲废话”。在本科期间，燕卜荪用自己的话来说，沉湎于“让人头晕的夸夸其谈”，其诗歌创作是“孤独与受难”的产物。

之后，他由数学专业转读文学专业，获得文学学位考试荣誉第一名。他师从大名鼎鼎的文学理论家瑞恰兹。他在瑞恰兹给他批改的一份作业中得到启示，于1930年写出了震惊现代西方文学界且影响久远的著作《朦胧的7种类型》（*Seven Types of Ambiguity*），将瑞恰兹倡导的文学批评中的语义分析推向一个新的阶段，推动了美国新批评运动的兴起。在该著作里，他并不认为朦胧（因词法、句法、心理因素分为7类）与思想的深刻相得益彰；他想证明的是，当朦胧被一位娴熟的诗人运用时，便能表达我们非言语现实中许多方面的模棱两可或令人惊奇的经历。

这部书的完成，让瑞恰兹非常震惊。因为这一年，24岁的燕卜荪大学尚未毕业，就铸成了一位老到的理论家一生的成就。他的这部早年著作被新批评派视为经典，竞相效法。该书改变了整个现代诗的历史，也开创了“细读”（Close Reading）批评范式，直到今天，英美大学的文学系依然鼓励学生作细读分析。美国文学批评家兰色姆认为：“没有一个批评家读此书后还能依然故我”。甚至有人说，西方文学应分成“前燕卜荪（Pre-Empsonian）时期”和“后燕卜荪（Post-Empsonian）时期”。

燕卜荪在毕业考试中获得优异成绩，并全票当选为玛德琳学院“查尔斯·金斯利副院士”（Bye Fellow）。但是，1929年夏天，一名清洁工在替燕卜荪搬迁宿舍时，发现了他在抽屉里存放的安全套。这件事情被大肆宣扬，成为一个轰动性的丑闻。玛德琳学院为此举行了院务会特别会议，在燕卜荪的导师瑞恰兹缺席的情况下，决定开除燕卜荪，取消他的副院士头衔，将他的名字从学院名册上永远删除。

被剑桥大学开除之后，燕卜荪来到伦敦。在瑞恰兹的帮助下，他于1931至1934年，在日本东京帝国大学教授英国文学。1934年合同期满不再续约，他以自由撰稿人的身份来到布鲁斯伯里，过着清贫、散漫的生活，与当时的诗人、艺术家们频繁交往，恰如诗中所说“渐渐地劣酒充溢着整个血管”。

布鲁斯伯里是伦敦中心的一个小街区，著名的大英博物馆、伦敦大学，以及一系列书店、出版社等都集中在这个街区。20世纪初在这里形成“布鲁姆斯伯里集团体”，使这个街区名扬世界。他们是当时英国一群具有“无限的才华，无限的傲慢，无限的激情”的年轻艺术家、批评家、作家、经济学家等组成的松散而富有个性的小团体，以弗吉尼亚·伍尔芙的宅邸为中心，经常组织聚会，终夜聚谈，品味艺术经典。燕卜荪住在布鲁姆斯伯里，正是这一团体的最后时期。在此期间，燕卜荪的创作生命勃发，完成并出版了代表作《朦胧的7种类型》《田园诗的几种变体》和《诗集》。

1935年，中国学者吴宓到英国访艾略特，住在伦敦的燕卜荪闻讯前去拜见吴宓，并表达希望到中国去教书的愿望。

1937年，住在布鲁姆斯伯里的青年诗人燕卜荪带着他的一腔诗情奔赴烽火硝烟中的中国，也把现代诗的潮头引领到了中国诗坛。

燕卜荪于1937年7月得到北京大学的聘用通知。就在他动身来中国时，恰好卢沟桥事变发生。在北平的英国朋友劝他推迟来华，但他拒绝了。当燕卜荪乘车经过西伯利亚和满洲里，到达北平时，才真正感受到战争的严酷，他形容自己“像幽灵一样来到中国”。

接待燕卜荪的是美国学者翟孟生（R·D·Jameson）。翟孟生是一位民俗学家，是基础英语（Basic English）的推广者，参与过当时北京的不少学术活动，在1930年代的清华校园，很多人听过他的课，《吴宓日记》对他有记录，钟敬文在论及民俗学在中国发展历史时，也肯定过翟孟生的贡献。翟孟生还是在中国最早介绍欧美现代主义的外籍教师。当时的《清华周刊》刊有他的英文讲稿，上海的商务印书馆也出版过他的《欧洲文学简史》。在他的讲稿中，T·S·艾略特的名字已经出现。听过他讲课的中国学生大概是因此而知道有T·S·艾略特以及《荒原》。

因为战争的原因，翟孟生很快回国了。燕卜荪没有办法到北京大学报到，便与瑞恰兹夫妇从天津乘船南下香港，最后乘飞机到达湖南长沙。但是，由北大、清华和南开组成的临时大学尚未开学，他又与瑞恰兹夫妇赴中国西南边陲和越南进行了冒险旅行。最终，他在云南与瑞恰兹夫妇分手，独自经成都、重庆回到长沙临时大学。瑞恰兹夫人在日记中写道，飞机从香港飞往长沙时，经过日本飞机常常出没的空域，大家都很紧张，燕卜荪却在纸上做代数题，似乎显得很平静。

同行的另一位英国人维克多·伯塞尔（Victor Purcell）记录了在

广西和越南的冒险经历："在经受考验和磨难的时刻，如拖延时间和外交交涉，或者我们被遗忘在路边，像雨伞被遗忘在出租车上，每到这样的时刻，（瑞恰兹）会以温和、遥远的方式生气；他夫人会以不同方式对同一个问题表示不满；我会坐在那里，怀揣杀气地愤懑；（燕卜荪）会掏出他的烟斗，在纸上做题。"

当时抗日战争烽火正起，北大与清华、南开联合迁往内地，至湖南长沙，合并组建长沙临时大学，校长先后为张伯苓和梅贻琦。因校舍不够，临大文学院就设在南岳衡山白龙潭上头的圣经学校里，所以《西南联大校歌》中有："万里长征，辞却了五朝宫阙，暂驻足衡山湘水。"当时，文学院院长是胡适，但实际他并未到任。临大文学院当时有学生80人，前后到达的教授有20多位。

当时南岳条件非常艰苦，临大文学院距南岳镇四五里地，原系湖南新军第四十九标营房，后来成为美国人办的圣经学校。校舍为二层木质结构建筑，陈旧破败，底层潮湿，排满双层大床，光线暗淡，学生睡地板。下雨后多处漏水，只好在被上蒙块儿油布，枕畔支柄雨伞，方能睡到天亮。钱穆在《八十忆双亲·师友杂忆》写道："文学院在南岳山腰圣经书院旧址。宿舍皆两人同一室，闻蒋委员长来南岳曾住此，于诸室中为最大。"

除了住宿条件差之外，吃饭和教学的条件也艰苦。柳无忌当时担任3门功课的教学，他谈到当时学生读书不易，既无课本，亦缺参考书，教室里一块小黑板还是后来才搬进来的。"湖南厨子煮米饭硬得粒粒可数，难以吞咽"。

燕卜荪与瑞恰兹夫妇由海路南下，随即北上赶到长沙加入临大。

燕卜荪辗转来南岳报到，在此工作、生活3个多月，播撒了现代派诗歌的种子，并写下了234行的长诗《南岳之秋》(*Autumn In Nanyue*)，具体地描绘了他们当时所处的困境，同时也展示了师生们的乐观向上的思想态度，以及面对种种艰难困苦所做的思考和坚强的信念。

1937年11月初的一个夜晚，长沙临时大学文学院外文系主任叶公超走进简陋的教室，高兴地对大家说："同学们，我们所请的英国剑桥诗人已经来南岳了，他现在正在楼上打字，明天就可以给大家上课了。嘿，他可真是一位了不得的诗人呢!"

长沙临大文学院当时可谓人才济济，汇聚了一大批名流雅士，包括冯友兰、闻一多、朱自清、叶公超、沈有鼎、郑秉璧、浦江清、柳无忌、容肇祖、吴达元、孙晓梦、罗皑岚、金岳霖、刘寿民、杨业治、周先庚、吴俊升、罗廷光等，都是著名文学家、哲学家和文学评论家。但所有这些人，当时都没有燕卜荪的名气大。

燕卜荪抵南岳后，他与哲学家金岳霖同住一室。金岳霖曾留学美英，是学贯中西的大哲学家。他称金岳霖为"老金"(Lao Chin)。"四人居室，两位教授将就，谈心，论道，不缺朋友"。除了金岳霖之外， 他与叶公超等教授交往密切。他认为南岳长沙临大的教授一般皆能讲两门以上的外语，其水平比欧洲的大学毫不逊色。

在南岳期间，校方安排燕卜荪为学生讲授莎士比亚和英国诗歌。赵瑞蕻在《怀念英国现代派诗人燕卜荪先生》中，记述了燕卜荪第一天上课时的情形："燕卜荪先生一进教室门，便开口急急忙忙地说话。一说话，便抓了粉笔往黑板上急急忙忙地写；然后擦了又写，又抬头望着天花板'喔，喔'地嚷着，弄得大家在静穆的氛围里迸出欢笑的火花。那天他给我们大略讲述了有关莎士比亚评论一类的近况。然而，他的话说得又快又不很清楚，一口纯正的牛津音，也许我们没有听惯，不过听起来挺悦耳。在那一节课里，与其说去听课，不如说是来欣赏这位英国现代派著名诗人的风采和谈吐，大伙儿的眼光迷失在诗人的身上了。”

当时从战火中抢救出来的图书还没有运到南岳，燕卜荪硬是凭借超凡的记忆，把《奥赛罗》（*Othello*）整段整段地默写在黑板上，或把乔叟和斯宾塞的诗篇一字不差地背诵出来，然后边讲解边评论。他在《南岳之秋》中写道：

> 课堂上所讲的一切题目与内容，
> 都埋在丢在北方的图书馆里。
> 因此人们奇怪地困惑，
> 为找线索，搜寻自己的记忆。

赵瑞蕻回忆起这段往事说：“战事倥偬之中，上燕卜荪的课，让人恍然觉得如秦火之后，天下无书，儒士背诵整部经书授徒。”李赋宁回忆说：“因战乱，交通困难，图书尚未运到山上。燕先生仍教‘莎士比亚’，凭超人的记忆，用打字机打出莎剧《奥赛罗》的全文，油印后供学生阅读。”

王佐良回忆在南岳衡山第一次聆听燕卜荪的课：“那时候，由于正在迁移途中，学校里一本像样的外国书也没有，也没有专职的打字员，编写外国文学教材的困难是难以想象的。燕卜荪却一言不发，拿了一些复写纸，坐在他那小小的手提打字机旁，把莎士比亚的《奥赛罗》一剧硬是凭记忆全文打了出来，很快就给我们每人一份！我们惊讶于他的非凡的记忆力：在另一个场合，他在同学们的敦请下，大段大段地背诵了密尔顿的长诗《失乐园》；他的打字机继续‘无中生有’地把斯威夫特的《一个小小的建议》和A·赫胥黎的《论舒适》等文章提供给我们——然而我们更惊讶于他的工作态度和不让任何困难拖住自己后腿的精神。”

燕卜荪在讲授《当代英诗》课时，从霍普金斯（Hopkins）一直讲到奥登，所选的诗人中，有不少是他的同辈诗友，因此他的讲解不像一些学院派大师那样溯源流、论影响，也几乎完全不征引任何二手的批评见解，他喜欢独立对诗歌的语言进行精细分析。他还鼓励学生对诗歌要有自己的感受和见解，不要人云亦云，甚至有时要提出与教师不同的看法。

在南岳期间，很多文学青年苦中有乐，他们有时彻夜长谈，喝浓茶，偶尔也喝点酒。他们极其认真地、几乎有些放肆地评论着作家作品。他们读诗、背诗、写诗，而燕卜荪几乎参加了这一切活动。

燕卜荪是第一位来到南岳并且影响巨大的外国文人，他为青年诗人们架设了一座通往西方诗歌的桥梁。燕卜荪成为传奇人物，还因为他的“诗人风度”：极端不修边幅，而且好酒贪杯，也使他成为临大文学院的“一道风景”。据说，一天下午该他上课了，学生们在教室里久等他不来，于是两个学生便自告奋勇地上楼去找他，只见他醉倒在床底下，鼾声如雷，睡得很香。另一次喝醉后，他把眼镜放在皮鞋里，第二天起床时踩碎了一片，只好“半壁江山，坚持抗战”，完全是一副落拓不羁的“诗人风度”。

他经常穿着那身灰棕色的西装和一双破旧的皮靴，在淅沥的雨声中，撑着一把油纸伞，踏着泥泞去南岳镇上买酒一醉为快。“一块块污泥巴沾满了他的西装裤，裤管皱卷起来好像暴风雨过后拆了绳索的风帆，他毫不在乎，也不换洗，大气晴朗时，一样地穿了来上课”。连南岳的和尚道士、老人孩子都知道，“山上的大学里来了一个邋遢洋人”。

燕卜荪喜欢中国的虎骨酒，是能够接受中国烈酒的为数不多的西方人。他平时总是拿着他的烟斗，有一种英国绅士的仪态，但有时候又很随便，喜欢游野泳，有时甚至衣服也被人偷走了。

他的粗心、古怪和邋遢也是人们津津乐道的话题，他的室友，哲学家金岳霖常常需要“强迫”他洗澡、换衣。据金岳霖回忆，有一次燕卜荪突然发现自己穿着一只拖鞋到了食堂。但他没有回去取另一只鞋，而是将脚上穿的一只也扔掉。

对南岳当地人来说，也有幸领略了一回“西洋景”：“烟霞深沉、层林尽染的秋色中，一个有着西方人特有的红通通的高鼻子的外国人，身穿灰棕色西装，手拿手杖，腋下总是夹了一两瓶红葡萄酒，大口袋里塞满着书本、火柴和英国烟卷，匆匆来往于白龙潭瀑布上一条长满了秋草的山间小径，而佳丽的南岳风景则常常令他驻足、徘徊……”

对燕卜荪的为人，南岳的师生们给予很高的评价，多年以后，他的许多学生，还深情地回忆起他们的英国老师那些有趣的故事，以及对于他们的深刻影响。